NIGHTSOUL - DEUTSCHE AUSGABE

DIE RAVEN CURSED-SERIE
BUCH DREI

MCKENZIE HUNTER

Übersetzt von
ANNA DRAGO

McKenzie Hunter

Nightsoul – Deutsche Edition

McKenzieHunter@McKenzieHunter.com

Cover: Orina Kafe

Übersetzung: Anna Drago

Lektorat (Deutsch): Katrin Dolle

ISBN: 978-1-946457-43-1

NIGHTSOUL - DEUTSCHE AUSGABE

DIE RAVEN CURSED-SERIE
BUCH DREI

MCKENZIE HUNTER

Übersetzt von
ANNA DRAGO

DANKSAGUNG

Jedes Mal, wenn ich ein Buch veröffentliche, bin ich erstaunt über die Anzahl der Menschen, die es möglich gemacht haben. Vielen Dank an meine Freunde und Familie für ihre Ermutigung und Unterstützung! Márcia Alexandra, Robyn Mather, Sherrie Simpson Clark, Stacey Mann, ihr seid alle wunderbare Beta-Leser, und ich schätze es sehr, dass ihr mir eure Zeit und euer Feedback zur Verfügung gestellt habt. Elizabeth Bracker, meine Assistentin, es gibt keine Worte, um auszudrücken, wie sehr ich alles schätze, was du tust. Ich bin dir wirklich dankbar.

Meredith Tenant and Therin Knite, vielen Dank, dass ihr meine Worte verbessert und mir geholfen habt, eine rundere Geschichte zu erzählen. Danke, Orina, für mein wunderschönes Cover. Ich liebe es!

Vielen Dank an meine Leser, dass Sie mir eine weitere Chance geben, Sie mit Erins Geschichte zu unterhalten. Ich hoffe, dass Ihnen die Lektüre genauso viel Spaß macht wie mir das Schreiben.

Mephistos ruhiger Gesichtsausdruck ließ düstere Neuigkeiten ahnen. Sein Blick folgte meinem Glas, als es zum dritten Mal an meine Lippen wanderte, während ich darauf wartete, dass er etwas sagte. Der Alkohol hatte weder meine Sinne getrübt noch die kalte, harte, unwiderlegbare Tatsache, dass ich gestorben war. Ich war *gestorben*! Mephisto und die anderen hatten mich wieder zum Leben erweckt. Diese Tatsache ging mir immer wieder durch den Kopf. Angst und Neugier durchströmten mich. *Wie hatten sie das gemacht?* Was war beunruhigender: das Sterben oder nach dem Tod zu leben?

Als ich meinen vierten Schluck trank, warf er mir einen missbilligenden Blick zu. Warum verurteilte er mich dafür? Was sollte ich tun? Es ignorieren, während er mir erzählte, dass er, Clayton, Simeon und Kai mich wieder zum Leben erweckt hatten, ohne mich zu einem Vampir zu machen? Selbst Vampire erwecken einen technisch gesehen nicht wieder zum Leben. Sie müssen von einem trinken, bevor man stirbt und als Vampir wieder aufwacht.

Mephisto beugte sich vor und rückte die ungeöffnete

Flasche Rotwein näher an sich heran. *Du bist derjenige, der drei Flaschen auf den Tisch gestellt hat.*

Ich hatte die erste Flasche Weißwein geleert, bevor ich überhaupt Fragen zu stellen begonnen hatte, und hatte ein Glas vom Roten getrunken.

„Was seid ihr?", fragte ich mit leiser und zögernder Stimme. Wieder legte ich eine Hand an meinen Hals und tastete nach nicht vorhandenen Vampirbissspuren. Als ob es welche gäbe! Wenn Vampire beißen, hinterlassen sie keine Spuren, es sei denn, sie wollen es. Lecken über die Bissstelle versiegelte die Wunde und heilte die Haut. Aus diesem Grund konnten sie so lange unentdeckt leben. Es gab nach wie vor keine Beweise für ihre Existenz.

„Erinnerst du dich an das erste Mal, als du durch den Schleier gegangen bist, und was du gesehen hast?", fragte Mephisto.

Natürlich erinnerte ich mich daran. Es war schwer, solch eine surreale, himmlische Vision zu vergessen. Schneebedeckte Berge, klares blaues Wasser, eine beruhigende Brise. Geflügelte Leute, die durch die Luft schwebten. Tiere: Raubtier und ihre Beute, die in einem harmonischen Zustand lebten, in dem keiner der beiden sich seiner hierarchischen Stellung bewusst war. Es war friedlich und wunderschön. Das Bild zauberte mir zunächst ein Lächeln ins Gesicht, aber irgendwie war die Erinnerung ernüchternd, und ich stellte das Glas ab, ohne noch einen Schluck zu trinken. Ich musste vollkommen klar sein. Egal, wie sehr ich sie dämpfen wollte, ich *musste* die harte Realität spüren.

„Du hast gesagt, dass du mich in den schönen Teil geführt hast", erinnerte ich ihn.

Er nickte. „Das meiste davon ist schön, aber du erinnerst dich doch daran, was ich über die Bewohner des Schleiers gesagt habe."

„Sie sind stärker", sagte ich.

„Und tödlicher. Wo ihr hier keine Götter habt, wir haben

sie" – er hielt einen Moment inne – „im Schleier gibt es sie."
Er nahm sein Glas Wein, trank einen Schluck und seufzte. Er
hatte sein Essen nicht angerührt, und ich nahm an, dass er es
wahrscheinlich auch nicht tun würde. Mephisto kam mir
nicht wie ein Makkaroni-mit-Käse-Typ vor. Er lehnte die
Krönung des Trostessens ab. Sein Verlust. Als er bemerkte,
dass ich seinen Teller anstarrte, schob er ihn mir entgegen.

Ich konnte vielleicht nicht trinken, aber ich würde mich
mit Trostessen vollstopfen.

„Der Nachteil der Macht besteht darin, dass die Leute
immer mehr wollen, sei es Kontrolle oder Dominanz. Gib
ihnen ein Gebiet, sie wollen eine Stadt. Gib ihnen eine Stadt,
sie wollen ein Staat, ein Land oder einen Kontinent. Für
einige ist dieses Bedürfnis unstillbar." Er trank einen genüss-
lichen Schluck von seinem Wein und genoss den
Geschmack.

„Mächtige magische Wesen unterwerfen sich niemals
einfach den Regeln der Gesellschaft. Oft bedarf es der
Androhung von Konsequenzen und Strafen, bevor man auch
nur annähernd so etwas erreichen kann. Du hast es hier
wahrscheinlich in kleinerem Maßstab gesehen. Ich vermute,
dass die Supernatural Task Force nicht aus einem überflüs-
sigen Wunsch, sondern aus Notwendigkeit entstanden ist.
Jede Rasse des Schleiers reguliert oft die Ihren, aber dann
gibt es diejenigen, deren Taten so verwerflich sind, dass sie in
den Abyssus geschickt werden müssen. Dort werden die
mächtigsten und rücksichtslosesten Bewohner des Schleiers
festgehalten. Dort, wo deine Mutter schließlich hingeschickt
wurde."

Ich schauderte, als er sie so nannte. Technisch gesehen
war sie das, aber mir wäre „Babyträgerin" lieber. Ja, Babyträgerin war akzeptabel für mich. Ich wartete geduldig darauf,
dass er fortfuhr, während mir das Wort ‚Abyssus' durch den
Kopf ging. Es klang vertraut, aber ich konnte es nicht einordnen. Mephisto schien sich zurückzuhalten, gab nur Bruch-

stücke von Informationen weiter und schätzte meine Reaktion ein. Es würde noch schlimmer werden. Ich wusste es.

„Malific ist eine Erzgottheit, genauso wie ihr Bruder Oedeus, der Herr des Abyssus. Sobald jemand verurteilt wurde, lag es in unserer Verantwortung, sie festzunehmen. Wir sind die Jäger des Abyssus."

Endlich begriff ich. „Verdammt", flüsterte ich. „*Abyssus* bedeutet Hölle."

Mephisto nickte kaum als Antwort. „Es ist das, was wir das Gefängnis genannt haben, aber ich vermute, dass es ganz anders ist, als du dir das vorstellst." Er schenkte mir ein schwaches Lächeln. „Es ist kein unterirdisches Reich, das von einem gefallenen Engel bewacht wird und in dem die Bewohner gefoltert werden. Es ähnelt eurer Enklave." Er hielt einen Moment inne und wählte seine Worte sorgfältig. „Mit erheblichen Sicherheitsmaßnahmen, hauptsächlich Magie und Feuer."

Klingt für mich nach Hölle, aber nur zu, Jäger der Hölle. Oedeus war der Herr der Hölle und seine Schwester ein Teufelsbraten, was seine Aufgabe noch schwieriger machte.

„Ihre Verurteilung ist nicht sofort passiert. Über ein Jahrhundert lang hat sie den Schleier terrorisiert und die Nachsicht ausgenutzt, die ihr aufgrund der Stellung ihres Bruders entgegengebracht wurde", sagte er, trank einen kleinen Schluck aus seinem Glas und seufzte. „Er war zu gnädig und dachte, sie würde sich ändern. Er ließ zu, dass Sentimentalität und Nostalgie sein Urteilsvermögen und seine Verpflichtungen gegenüber dem Schleier trübten. Er hat sie wieder und wieder gewarnt und ihr zu viele Chancen gegeben.

Nachdem sie die Immortalis erschaffen und drei Städte verwüstet hatte, hat Oedeus seine erste Strafe verhängt, indem er die Caste dazu aufgefordert hat, ihre Armee ins Exil zu schicken. Er ging davon aus, dass es ihr Verhalten zügeln und sie davon abhalten würde, andere Götter für ihr Ziel zu gewinnen, den Schleier zu einer Götterherrschaft, einer Oligarchie, zu machen. Wie Ian hat sie geglaubt, dass ihre große Macht ihr das Recht gab, über andere zu herrschen. Sie hat nach dem Grundsatz gelebt, dass jeder, der nicht auf ihrer Seite war, gegen sie war." Sein Gesicht wurde nachdenklich. „Das erste Urteil hat sie nicht abgeschreckt, sondern eher angestachelt und zu Vergeltungsmaßnahmen geführt. Sie hat eine weitere Armee geschaffen und um sie … wurde sich gekümmert."

„Ihr habt euch um sie *gekümmert*", vermutete ich.

Er nickte. „Es hat sie wütend gemacht, und sie hat Rache geschworen. Ihr erster Schritt war, die Bewohner des Abyssus zu befreien. Fast drei Jahre lang hat sie das gemacht. Oedeus hat schließlich erkannt, dass Malific eine Verdammte war und keine Anzeichen dafür zeigte, dass sie ihr Verhalten aufgeben würde. Er legte den Wächtern die Liste ihrer Verstöße und Gräueltaten vor, und sie wurde verurteilt."

Bevor er fortfahren konnte, vibrierte sein Handy. Er holte es aus der Tasche, warf einen Blick darauf, runzelte die Stirn und ignorierte den Anruf. Als es sofort wieder vibrierte, starrte er es gereizt an. „Asher, wie kann ich dir helfen?", fragte er mit kühler, angespannter Stimme.

Ich konnte nicht verstehen, was Asher sagte, aber was auch immer es war, brachte Mephisto dazu, sich viel Mühe mit dem angespannten Lächeln zu geben. „Ja, ich weiß, wo Erin ist, und mir ist durchaus bewusst, dass ich die letzte Person war, mit der sie gesehen wurde, bevor sie angeblich verschwunden ist." Sein Ton war gestelzt, voller obligatorischer Höflichkeit.

Mephisto sah mich ruhig an, und in den dunklen Teichen seiner Augen tanzte der Schalk. „Sie ist in Ordnung. Wir essen gerade zu Mittag. Ich kann dir versichern, Asher, dass wir dieselben Interessen haben. Ich möchte genauso wenig, dass ihr etwas zustößt, wie du. Und jetzt muss ich dich bitten, mich zu entschuldigen, damit wir mit unserem Essen fortfahren können."

Ich warf einen bösen Blick in seine Richtung und hätte mit Asher am liebsten dasselbe getan, weil er Mephisto und nicht mich angerufen hatte. Dann wurde mir klar, dass er es nicht konnte. Mein Handy lag auf dem Nachttisch, und ich hatte nicht nachgesehen und war mir fast sicher, dass der Akku leer war. Er hatte wahrscheinlich tagelang angerufen, nur um Nachrichten auf meiner Voicemail zu hinterlassen. Das musste beunruhigend gewesen sein.

Mephistos Antwort gefiel mir nicht und Asher anscheinend auch nicht. Seine Antwort, was auch immer sie war, ließ Mephistos Lächeln verschwinden, und die Muskeln um seinen Hals spannten sich an, weil seine Zähne so fest zusammengepresst waren.

„Du *musst* mit ihr sprechen? Glaubst du wirklich, dass sie verletzt ist und ich dir das nicht sagen würde?"

Offensichtlich, denn nachdem er einen Moment zugehört hatte, warf Mephisto einen finsteren Blick auf das Handy, bevor er es auf den Tisch legte. „Erin, anscheinend ist mein Wort nicht gut genug, und der Alpha muss mit dir sprechen. Da ich nicht möchte, dass das zu unnötiger Gewalt eskaliert, wäre es wahrscheinlich gut, wenn du seine Bedenken zerstreust."

Er tippte auf das Display, und Ashers Stimme ertönte aus dem Lautsprecher.

„Mephisto", sagte Asher gedehnt, „ich habe nur gesagt, dass ich gerne von ihr hören würde, und wenn nicht, muss ich sie vielleicht besuchen, um sicherzustellen, dass alles in Ordnung ist. Sie ist seit drei Tagen verschwunden, ihr Handy ist seit zwei Tagen nicht erreichbar, und ihre Nachbarn sind sehr besorgt ... und, nun, jemand musste Nachforschungen anstellen. Nicht mehr, nicht weniger."

Nachbarn? Nicht Nachbarn – eine Nachbarin. Miss Harp,

Präsidentin und Gründerin von Team Asher. Deine Spionin und Verräterin.

Ich musste ein Gespräch mit Miss Harp führen.

„Asher, um Erins Sicherheit musst du dir keine Sorgen machen, wenn sie bei mir ist", erklärte Mephisto, und aus seiner Stimme war jetzt jegliche vorgetäuschte Freundlichkeit verschwunden.

„Vielleicht, aber man muss sich Sorgen machen, wenn sie mit dir geht und nicht wieder auftaucht. Es stellt infrage, ob unsere Interessen wirklich dieselben sind."

Ich hatte das höfliche Geplänkel der beiden langsam wirklich satt. *Kommt einfach zur Sache und schleudert einander Flüche ins Gesicht, benutzt beleidigende Schimpfwörter und fertig! Und während ihr schon dabei seid, warum holt ihr dann nicht auch gleich eure männlichen Körperteile raus, messt sie und seht, wer dieses verbale Weitpissen tatsächlich gewinnt?*

„Darf ich an diesem Gespräch teilnehmen, oder sitze ich nur da und tue so, als ob ich nicht auf mich selbst aufpassen könnte?", zischte ich.

Ich nahm das Handy vom Tisch, stellte den Lautsprecher aus und ging auf die gegenüberliegende Seite der Küche. Mephisto behielt mich im Auge, bis ich ihm den Rücken zuwandte.

„Was ist los, Asher?"

„Sag du es mir. Du bist diejenige, die verschwunden ist. Geht's dir gut?", fragte er mit schwerer Sorge in der Stimme.

Nein, mir geht's nicht gut. Ich bin gestorben. Wie war dein Tag?
„Ja. Ich bin gesund und munter." Ich klang lebhafter, als ich mich fühlte.

Er antwortete mit einem Hmm. „Bist du verletzt?"

„Was?" Die Frage schoss heraus und gab mir Gelegenheit, bei der Geschichte meiner Kreativität freien Lauf zu lassen.

„Bist du verletzt?", wiederholte er mit Ungeduld in seiner Stimme.

„Nein, überhaupt nicht", sagte ich. Genau genommen

stimmte das. Ich wurde erstochen und hatte eine Narbe davongetragen, aber ich war nicht verletzt.

„Das stimmt nicht", sagte er.

„Ich sage, dass du das unmöglich am Telefon herausfinden kannst."

„Wenn man jemanden ausreichend studiert hat, kann man Veränderungen in der Modulation und der Klangfarbe ihrer Stimme erkennen. Du hältst etwas zurück. Sag mir, was los ist."

„Ich kann im Moment nicht reden. Ich werde morgen wieder zu Hause sein. Dann lass uns reden. Okay?", sagte ich eilig.

„Wie du willst. Wie schwer sind deine Verletzungen?", fragte er, bevor ich auflegen konnte.

„Keine Verletzungen." Bis auf die Narbe an meinem Bauch, die ich von der Stichwunde hatte.

„Dann bis morgen." Er trennte die Verbindung, und als ich mich umdrehte, sah ich Mephisto entspannt in seinem Stuhl sitzen, die Augenbrauen hochgezogen, ein amüsiertes Lächeln um seine Lippen.

„Das war interessant", sagte er.

Ich zuckte mit den Schultern. „Miss Harp, meine Nachbarin, hat aus irgendeinem Grund einen Narren an mir gefressen. Es ist seltsam, nicht interessant." Ich tat es als belanglos ab.

„Ah ja, hier geht es eindeutig um Miss Harp. Es hat nichts mit dem offensichtlichen Interesse des Alpha an dir zu tun."

Mein Leben wurde schon kompliziert genug, und ich war noch nicht bereit, diesen Umstand zu sezieren, also musste es warten. Ich musste mehr über Malific, die Jäger und die Hölle des Schleiers herausfinden.

„Malific wurde verurteilt", sagte ich.

„Ja, deine Mutter –"

„Malific."

„Malific wurde verurteilt und in den Abyssus geschickt.

Die Entscheidung wurde getroffen, als wir uns auf der Mission befanden, die von ihr freigelassenen Gefangenen zu finden. Anstatt zu warten, beschloss Oedeus, sie festzunehmen, vermutlich in einem weiteren Anfall geschwisterlicher Sentimentalität. Allein. Es war ein Fehler, ihre Gnadenlosigkeit und Bösartigkeit zu unterschätzen. Sie hat ihn getötet."

Als ich die Luft ausatmete, von der ich nicht bemerkt hatte, dass ich sie angehalten hatte, erinnerte ich mich daran, dass Ian mir von einem Gott erzählt hatte, den Malific getötet hatte. Er hatte mir nicht gesagt, dass dieser Gott ihr Bruder oder der Herr des Abyssus gewesen war.

„Sie hat ihren Bruder getötet?", krächzte ich leise und ungläubig.

„Sie hat den Herrn des Abyssus getötet. Denjenigen, dir ihr zweimal die Armee weggenommen hatte und zwischen ihr und dem stand, was sie wollte. Da sie zu seiner Sentimentalität nicht fähig war, ist sie mit ihm auf dieselbe Weise umgegangen wie mit jedem anderen. Darin unterschieden sie sich. Malific konnte die beiden separat betrachten: den Herrn des Abyssus und ihren Bruder. Er war dazu nicht in der Lage." Wut machte Mephistos Worte hart, und mit spürbarer Anstrengung beruhigte er sich, sodass sein Stirnrunzeln verschwand und sein Kiefer sich entspannte.

„Obwohl sie den Herrn des Abyssus getötet hat, blieb das Urteil bestehen. Wir hatten den Auftrag, sie zurückzuholen, und genau das hatten wir auch vor. Sie war zu einem halben Jahrhundert verurteilt worden, aber die Strafe hätte lebenslänglich sein sollen."

Die Gewalt und Wut in seinen Worten ließen mich glauben, dass er nicht wollte, dass sie eingesperrt wurde, sondern dass er ihren Tod wollte.

„Ihr habt sie nie festgenommen, stattdessen wurde sie in einen Omni-Schutzzauber gesperrt?", fragte ich.

„Ja. Wir hatten nie die Gelegenheit, sie festzunehmen, weil sie unseren wahren, göttlichen Namen herausgefunden hatte und einen Laes benutzt hat, um uns aus dem Schleier zu verbannen und uns so an der Rückkehr zu hindern. Er funktioniert ähnlich wie der Fluch der Caste. Doch anders als bei Feen verleiht unser Name anderen nicht die Macht, uns zu zwingen, sondern nur, uns mit einem Zauber zu belegen."

Er stand auf und begann, auf- und abzugehen. „Ich habe so viele magische Gegenstände gesammelt, Tausende von Zaubersprüchen ausgeführt und nichts hat funktioniert. Wenn ich den Laes finden und zerstören kann, wird der Zauber aufgehoben, und wir können nach Hause zurückkehren."

Es ist nicht so, dass er außerhalb des Schleiers litt. Er lebte in einer Villa, trug exquisit geschneiderte Anzüge, war offensichtlich nicht in Geldnot und hatte Zugang zu den begehrtesten magischen Gegenständen, die es gab.

„Du brennst darauf, zurück in die Hölle zu kommen?" Alle Witze, die ich darüber gemacht hatte, dass er Satan sei, waren passend. Der Jäger der Hölle.

„Zurück zu meiner Pflicht. Diese Seite des Schleiers hat ihre Freuden und Vorteile" – seine Lippen verzogen sich zu einem Lächeln, als er den Blick hob, um meinem zu begegnen – „aber ich gehöre hier nicht hin."

Mein Blick schweifte über seine schicke Gourmetküche. „Du scheinst es zu deinem Zuhause gemacht zu haben."

„Ich passe mich an."

„Schließt deine Anpassungsfähigkeit auch ein, wie du auf Magie reagierst? Weil du der Magie der Immortalis gegenüber unempfindlich warst, aber gegenüber der einer Hexe während des Pokerspiels nicht", fragte ich und erinnerte mich an den Zauber, der alle Anwesenden in der Zeit eingefroren hatte, während die Hexe und ihr Drachenwandler-Partner auf Raubzug gegangen waren. Ich kniff die Augen zusammen, als ich ihn ansah, und hielt seinen Blick fest. „Warum habe ich den Verdacht, dass dem nicht so war?"

Ein verschmitztes Lächeln huschte über seine Lippen, reichte bis zu seinen Augen und erinnerte mich an das erste Mal, als ich mir Magie von ihm geliehen hatte. Er hatte wie alle anderen reagiert, doch als ich aus dem Schleier zurückgekommen war, war er auf den Beinen gewesen und hatte mich neugierig beobachtet.

„Die beste Hand, die jemand in einem Spiel haben kann, ist die, die er nicht zeigt. Das lässt diejenigen, die daran beteiligt sind, darüber spekulieren, welche Karten er in der Hand hat." Sein Lächeln wurde breiter. „Du solltest einen Job erledigen, und ich war da, um mehr über Erin zu erfahren. Ich hatte den Verdacht, dass du mehr warst als nur eine gewöhnliche Todesmagierin, eine typische *Raven Cursed*. Ich musste nur herausfinden, was."

Der Blick, den ich ihm zuwarf, war eiskalt und böse. Ein Gefühl, als wäre ich ein Versuchsobjekt unter seinem Mikroskop, dass er mein Leben nur zu dem Zweck infiltrierte, um durch mich zurück in den Schleier zu kommen, erlaubte mir nicht, ihn freundlicher anzusehen.

„Ihre Magie hat keine Wirkung auf dich, aber deine Magie wirkt gegen sie, nicht wahr?", mutmaßte ich.

Wieder nickte er kaum merklich, um zuzustimmen.

Ich runzelte die Stirn. „Als wir gegen die Immortalis gekämpft haben, hättest du was tun können."

„Wir haben etwas getan. Wir haben geholfen und Victoria zurückgeholt", betonte er. „Niemand ist gestorben, dafür haben wir gesorgt."

„Also bin seit ein paar Jahren ein Spielzeug, mit dem du gespielt hast", sagte ich.

Sein gelassenes Lächeln verschwand, und seine Augen wurden dunkel und hart, als sie meine mit der gleichen Intensität festhielten. „Vielleicht bist du mit meiner Taktik der Informationsbeschaffung oder der Rolle, die ich in dieser Welt übernommen habe, nicht einverstanden, aber ich habe meine Gründe." Er kam näher an mich heran, in dieser unbestreitbar andersartigen Schnelligkeit und Anmut, die einem den Eindruck vermittelte, man hätte Momente verloren. Er strahlte sinnliches Selbstbewusstsein und kokettes Vergnügen aus. „Du, Erin Katherine Jensen, bist kein Spielzeug, aber ich denke, wir würden gern zusammen spielen." Als ich das Glas Wein zu mir gezogen hatte, saß er wieder auf dem Stuhl mir gegenüber.

„Du kannst mir Magie leihen, weil du ein Gott bist."

Er nickte. „Aber es schwächt mich. Das ist der Grund, warum deine Mutter deinen Tod will. Solange du lebst, ist sie nicht stark genug, andere Immortalis zu erschaffen. Sie ist in ihren Fähigkeiten deutlich eingeschränkt. Als jemand, der seine Stärke und Macht über andere genossen hat, muss sie es hassen, diesen Vorteil nicht zu haben. Früher hätten wir vier gebraucht, um sie gefangen zu nehmen und stark genug zu sein, sie festzuhalten. Aber wenn ich sie jetzt treffen würde, wären wir meiner Meinung nach ebenbürtig. Die Obitus-Klinge kann sowohl Immortalis als auch Götter töten. Möglicherweise hat sie dich erschaffen, um ihr bei der Flucht aus dem Omni-Zauber zu helfen. Du hättest nie lange genug leben sollen, um eine Schwäche für sie zu werden."

Sein Gesichtsausdruck war grimmig. Er warf mir einen weiteren abschätzenden Blick zu. „Im Moment bist du nicht in Gefahr. Erst, wenn sie herausfindet, dass du lebst, wird sie es wieder versuchen."

Das Glas reichte nicht aus. Ich hatte keine Lust mehr, nur daran zu nippen und so zu tun, als würde mich das Wissen, bald von einer skrupellosen Göttin gejagt zu werden, nicht beeindrucken. Ich leerte das Glas, zog die letzte Flasche zu mir, öffnete sie, füllte das Glas bis knapp unter den Rand und trank es aus. Für jemanden, der mir dabei zusah, wie ich seinen teuren Wein, der zum Genießen und nicht zum Saufen gedacht war, wie Wasser trank, wirkte Mephisto bemerkenswert ruhig. Da so viele lebensverändernde Informationen auf mich eingestürzt waren, hatte ich ein bisschen Nachsicht verdient.

„Ich gehe ins Zimmer. Wenn ich aufwache, möchte ich nach Hause." Allein nach Hause zu gehen war reizvoller, als mehr über den Schleier, Mephisto, die Jäger der Hölle und darüber zu hören, dass meine liebste Mutter meinen Tod wollte. Nein, ich hatte die Schnauze voll und wollte nicht noch mehr grausame Informationen über mein Leben herauszufinden und sehnte mich nach der Zeit, bevor ich herausgefunden hatte, dass ich der Rabe war.

Aber meine Füße waren wie Blei und hielten mich fest, weil eine Frage dringend beantwortet werden musste: „Wie habt ihr mein Leben gerettet?"

Er kam mit einem freudlosen Lächeln auf mich zu und blieb nur wenige Zentimeter von mir entfernt stehen. Er nahm meine Hand, die ohne die Flasche, und ließ seine Finger ein unsichtbares Mal auf meinem Arm nachzeichnen. Nach ein paar Sekunden wurde mir klar, dass er das Mal des Raben nachzeichnete, der auf meinem Arm erschienen war, als wir durch den Mirra gegangen waren.

„Es war ein magischer Tod. Die Stichwunde hat dich nicht getötet; es war das Tactu Mortem, das während dieses Zaubers verwendet wurde. Wir haben einen Nekrobeschwörerzauber gewirkt. Es gibt immer eine Strafe für seine Durchführung. „Das Opfer für dein Leben waren Jahre des unseren", gab er leise zu.

Und einfach so waren die Schuldgefühle wieder da. „Wie viele?"

„Fünfhundert."

Jahre.

„Danke", flüsterte ich, meine Stimme heiser, bevor sie brach.

Der grimmige Schwung seiner Lippen hatte nicht nachgelassen. „Das ist von uns vieren zusammen. Hundertfünfundzwanzig Jahre. Nur ein Tropfen Zeit."

Für ihn. Oder mich vielleicht. „Ich bin auch unsterblich, oder?"

„Das hängt von deinem Vater ab. Hexen und Magier sind nicht unsterblich, und ihre Lebensspanne ähnelt der von Menschen. Feen und Wandler leben länger als Menschen, sind aber nicht unsterblich. Götter und Vampire sind per definitionem unsterblich. Wir altern nicht aus dem Leben."

„Du hast mir trotzdem mein Leben zurückgegeben. Ich weiß das zu schätzen." Ich nahm die Hand, die immer noch das Bild des Raben auf mir zeichnete, und drückte sie dankbar.

Der Wein, das neue Wissen darüber, wer er war, meine Rolle in der Welt oder meine Begegnung mit dem Tod – oder besser gesagt, meine kurze Zeit des *Totseins* – hatten mein Verlangen nach Magie immer noch nicht geschmälert. Da Mephisto seine nicht mehr unterdrückte, wurde mir klarer, dass ich Magie brauchte. Es war keine Sehnsucht mehr; es war ein Bedürfnis. Ich musste einen Weg finden, Magie zu bekommen.

Sein Finger strich sanft über mein Haar und zeichnete dann mein Gesicht nach. „Ich würde gerne sagen, dass meine Motive selbstlos waren, aber dem war nicht so. Es ist gut für uns, wenn sie geschwächt ist, und dich am Leben zu halten ist die Antwort. Sie ist in der Lage, Hunderte von Immortalis herzustellen und Zugang zu unvorstellbarer Magie zu bekommen."

Mann, schreib dir den Sieg zu! Manchmal muss man lächeln, mit dem Kopf nicken und die Wahrheit für sich behalten.

Als hätte er meinen Gesichtsausdruck gelesen, sagte er: „Ich möchte nicht, dass deine Gefühle der Wertschätzung mit deinem Verlangen nach mir vermischt oder missinterpretiert werden." Seine Worte waren von unverhohlener Arroganz geprägt.

Ich entfernte mich von ihm und nahm die Flasche in die Hand. „Bin ich so stark wie sie?", fragte ich.

„Wir wissen nicht, wer dein Vater ist. Wenn er ein anderer Gott ist, ja. Sogar die Magie eines Halbgottes würde es dir erlauben, mit seiner Macht zu kämpfen. Du kommst aus der stärksten Blutlinie."

Großartig, jetzt musste ich den Mann finden, der beschlossen hatte, ein Kind mit einer Psychopathin zu zeugen, dessen einziger Zweck war, dieses Kind zu benutzen, die Mutter aus dem Gefängnis zu befreien.

„Ich gehe ein Nickerchen machen", verkündete ich, wohl wissend, dass ich nie einschlafen würde. Ich brauchte einfach eine Pause von all den Informationen und Zeit, mich damit abzufinden.

„Allein?" Seine dunklen Augen leuchteten von anzüglichen und teuflischen Absichten. Eine Ablenkung war genau das, was ich wollte, und die Art, wie er mich ansah, machte mir klar, dass der Jäger der Hölle mir eine heiße und hedonistische Ablenkung bieten könnte, die ich wahrscheinlich nicht vergessen würde. Mephisto näherte sich mir, und die Sekunden verstrichen, in denen er nur Zentimeter von mir entfernt stand.

Ich wollte meine schwächelnde Willenskraft unbedingt auf die Tatsache zurückführen, dass ich tot gewesen war, auf die Flaschen Wein, die ich getrunken hatte, oder auf mein verzweifeltes Bedürfnis nach Ablenkung, aber da war noch mehr. Etwas nagte an mir, als gäbe es noch so viel mehr Dinge über ihn, die ich wissen musste.

Ich drückte die Flasche an meine Brust, als wäre sie eine Schwimmhilfe, die mich davor bewahrte, in dekadenten Gedanken zu ertrinken, drehte mich um und floh die Treppe hinauf, bevor ich es mir anders überlegte.

2

Wie ich vermutet hatte, war an Schlaf nicht zu denken, also suchte ich eine Stunde später – die Reisetasche, die Cory für mich gepackt hatte, über meiner Schulter – im Haus nach Mephisto, der weder in der Küche noch im Salon oder in seinem Büro gewesen war. Nachdem ich fast zehn Minuten lang gesucht hatte, ging ich an dem Raum vorbei, in dem Benton mit gesenktem Kopf saß und ein Buch las.

Im Ernst, was ist dein Job, und kann ich mich dafür bewerben?

Als ich an der Tür vorbeikam, beschloss er zu arbeiten. „Gehen Sie am Ende des Flurs nach links, und folgen Sie dem Flur die Treppe runter zum Fitnessstudio. Er ist mit Kai da", fügte er hinzu, bevor er sich wieder seinem Buch zuwandte.

„Danke, Benton, Sie sind immer so hilfsbereit", sagte ich mit übertriebener Stimme.

„Natürlich, Miss Jenson, es ist mir immer eine Freude, Ihnen zu helfen." Sein Ton passte zu meinem und war künstlich süß.

„Viel Spaß bei Ihren Büchern und … Ihrem Tee?"

„Kaffee. Und das werde ich bis zur nächsten Unterbrechung haben." Seine Stimme, die zuckersüß zu seinem Lächeln passte, sagte mir, dass er mir nicht erlauben würde, ihn zu beschämen oder kleinlicher zu sein als er, doch anstatt mich geschlagen zu geben, nahm ich es als Herausforderung an.

„Nur zu. Ich werde einfach durch das Haus gehen und hoffen, dass ich es finde."

„Oder Sie können einfach der Wegbeschreibung folgen", antwortete er und behielt immer noch seine zuckersüße Stimme bei, während er tat, als würde er einen großen Schluck aus seiner Tasse trinken, während er mich die ganze Zeit über mit freudigen Augen beobachtete, bevor er sie zurück auf den Tisch neben sich stellte und seine Aufmerksamkeit wieder seinem Buch zuwandte.

Er war König Kleinlich des Landes Schamlos. Ein Teil von mir bewunderte das.

Der große Raum war ein scharfer Kontrast zum Rest von Mephistos Haus. Dunkelgraue Wände mit einer Auswahl an Klingen, die die eine Hälfte einer Wand einnahm, während die andere Hälfte eine Sammlung von Schwertern zierte, die von Katana bis zu Breitschwertern reichte. Mephisto hatte einen Sai in der Hand und Kai ein zweischneidiges Karambit, wie die Waffe meiner Wahl. Der Duft von Zedernholz lag in der Luft.

All die neuen Informationen, die meine Gedanken quälten, verschwanden, als ich zusah, wie sie sich stritten. Magie pulsierte durch die Luft, und Kai lenkte die frenetische Energie, die normalerweise von ihm ausging, wie eine Ladung in seine Bewegungen. Die Klingen waren silbern verschwommen, als er sie durch die Luft schlug. Das Geräusch von Stahl, das in einem schnellen, gleichmäßigen Schlag klirrte, hallte durch den Raum. Kai flog auf Mephisto zu, als hätte er seine Flügel ausgebreitet. Mephistos Bewegungen waren genauso verschwommen, der Geschwindigkeit eines Vampirs unheimlich ähnlich. Zuschlagen, parieren, zuschlagen. Ein schneller Stoß von Mephistos Waffe streifte Kais Seite. Aus der Verletzung floss Blut und tränkte sein Hemd. Da ich damit rechnete, dass sie aufhören würden, trat ich einen Schritt vor und suchte den Raum nach einem Erste-Hilfe-Kasten ab.

Aber der Kampf endete nicht.

Kai bewegte sich, als wäre er unverletzt, und die beiden machten weiter, als wäre es nicht nur Sparring, sondern ein Kampf auf Leben und Tod. Ich unterdrückte ein Keuchen, als Kai Mephisto ein kugelförmiges Bündel Magie in die Brust rammte und ihn mit einem lauten Knall zu Boden warf. Bevor er wieder aufstehen konnte, stürzte Kai auf ihn zu und bewegte das Karambit weiter in einem Wirbel aus Achten, was dazu führte, dass Mephisto wegrollte, wobei mehrere der Hiebe seine Haut berührten und Schnittwunden hinterließen.

Ich sah mit einer seltsamen Kombination aus Entsetzen und Faszination zu, angezogen von der Magie, die die Luft erfüllte, von der Kraft jedes Schlags und jeder Parade, von der Geschicklichkeit im Umgang mit Waffen. Ich war faszi-niert von der Flüssigkeit der Bewegungen und ihrem geschickten Einsatz verschiedener Kampftechniken, und ich war erstaunt über die ungezügelte Vehemenz. Dies war die Hälfte der Jäger, der Krieger, deren Aufgabe es war, die Schlimmsten der Schlimmsten aus dem Schleier zu finden und zurückzubringen.

Mephisto hatte mich zum besten Teil des Schleiers geführt. Nicht dorthin, wo die Machthungrigsten, Stärksten und Grausamsten lebten. Ich hatte nur den harmlosen Teil gesehen und fragte mich, wie die anderen Gegenden aussa-hen. Waren sie vom Krieg zerrissen und feindselig? Lebten Leute, die nicht zu den Stärksten gehörten, in ständiger Angst?

Als ich meine Aufmerksamkeit wieder auf die Männer richtete, blieb ich hin- und hergerissen. Ich hatte viele Male gekämpft, und es war doch nie so gewesen. Es war verdammt verwirrend. Es war nicht feindselig, aber gewalttätig. Es war aggressiv, hatte aber einen Unterton von Kameradschaft.

Mephisto stand auf, schoss nach vorn und hieb mit dem Sai gegen Kai, der ihn zweimal mit seiner Waffe abwehrte, aber nicht den dritten, tieferen Schlag, der seine Haut durchbohrte. Er gab ein unterdrücktes Zischen von sich, und sein Hemd erblühte wieder rot.

„Hört auf!", platzte ich heraus.

Sie machten weiter, als hätte ich nichts gesagt. Kais Lippen verzogen sich zu einem Lächeln, und er rückte mit einer Kombination aus Tritten, Stößen und Schlägen vor, brachte Mephisto in die Defensive und bemühte sich darum, genug Abstand zwischen ihnen zu schaffen.

Mephisto wyndete weg und tauchte hinter Kai wieder auf, der rechtzeitig herumwirbelte, um Mephistos magischem Blitz zu entgehen. Als er sich von Mephisto entfernte, flatterten seine Flügel in vielen Blautönen auf seinem Rücken, wobei Himmelblau die dominante Farbe war. Langsam ließ er sich wieder zu Boden sinken und sah friedlicher und entspannter aus, als ich ihn jemals gesehen hatte. Kai *musste* fliegen, was meiner Vermutung nach der Grund dafür war, dass er normalerweise ein Bündel überschüssiger Energie war.

„Wir sollten aufhören. Wir machen den Raben nervös", sagte Kai mit leiser und besorgter Stimme.

„Erin", korrigierte ich. „Tut mir leid, habe ich überreagiert, oder hätte ich zulassen sollen, dass ihr euch gegenseitig umbringt? Ich muss nur die Regeln kennen."

„Gegenseitig umbringen? Keiner von uns war in Lebensgefahr." Kai streckte mir mit einer Fingerbewegung seine Waffe entgegen. Sie war sauber, alle Beweise dafür, dass er versucht hatte, Mephisto in mundgerechte Stücke zu schneiden, waren verschwunden. „Es ist nur Stahl", sagte er.

Die Immortalis konnten nur mit einer Obitus-Klinge

getötet werden, ich vermute, dass dasselbe auch auf Götter zutraf.

Ich untersuchte die Handwerkskunst seiner Waffe. Die Klinge war viel schärfer als meine. Ich wandte mich Mephisto zu, um seine Wunden anzusehen, von denen ich sicher war, dass ich sie finden würde. Als er sein Hemd hochhob, zeigte er mir makellose Haut, eine Erinnerung an den Moment in seiner Küche, als ich ihm das Hemd vom Leib gerissen und gesehen hatte, wie sich samtige Haut über seine definierten Bauchmuskeln spannte, genauso wie seine trainierte Brust und sein Rücken. Ich riss meinen Blick von ihm los und konzentrierte mich auf Kais dunkelbraune Haut und seine engelhaften Gesichtszüge, die zu jemandem mit Flügeln passten.

Er zog seine Flügel hinter sich, dann verschwanden sie. Ich vermutete, dass ich gestarrt hatte. „Schöne Flügel", sagte ich.

Er wandte den Blick ab, ein Grinsen verzog seine Lippen. Seine Augen schlossen sich für einen Moment, sodass seine langen Wimpern seine Wangen berührten. Die Haut entlang seiner hohen Wangenknochen war sanft gerötet.

Wie sehr hatten sie sich während unserer Begegnung mit den Immortalis zurückgehalten, um ihre Identität zu verbergen? Ihre Bewegungen, ihre Beherrschung der Magie und die Andersartigkeit, die sie umgab, waren ein deutliches Zeichen.

Kai hob sein Hemd, wo Mephisto ihn wie ein Steak aufgespießt hatte, und zeigte heile, unvernarbte Haut.

Ich brauche keine visuellen Beweise mehr, ihr könnt also ruhig aufhören, vor mir blankzuziehen. Ich verstehe, ihr seid unsterblich und verdammt schwer zu töten. Oder sogar zu verletzen.

Da ich zunehmend frustriert darüber war, eine Göttin zu sein, ohne die Vorteile dieses Umstands genießen zu können, sagte ich: „Ich verletze mich andauernd."

Mephisto dachte über die Bemerkung nach. „Magie heilt

uns. Wir müssen herausfinden, wie wir deine Einschränkungen aufheben können."

Kai konnte seine Zweifel nicht so gut verbergen wie Mephisto.

„Das scheint keine leichte Aufgabe zu sein?", fragte ich.

„Ich wünschte, wir wüssten, wer dein Vater ist. Es würde die Situation erleichtern. Wenn wir die Quelle wüssten, Magier, Hexe, Gott oder Hybrid …", überlegte Mephisto, reinigte seine Waffe mit Magie und brachte sie an ihren Platz an der Wand zurück.

„Wenn es sich um Hybridmagie handelt, wird es schwieriger, die Einschränkungen aufzuheben", sagte Kai.

„Warum sollte jemand meine Magie einschränken?" Es schien so grausam zu sein. Es ließ mich in einer Welt voller Magie zurück, in der ich mich danach sehnte und sie brauchte.

Er zuckte mit den Schultern. „Ich weiß nicht."

„Vielleicht dachten sie, ich wäre wie Malific und zu gefährlich, um Magie zu haben."

„Was, wenn es kein Akt von Bosheit wäre, sondern ein Akt der Gnade? Damit du nicht gefunden wirst", bot Kai an. „Magie kann Magie derselben Art finden. Du bist Malifics Kind, es gibt also eine magische Verbindung. Sie könnte dich jedes Mal finden, wenn du sie benutzt. Die Schönheit und der Fluch unserer Magie."

Mein Blick fiel schnell auf Mephisto, und ich fixierte ihn scharf. „Als ich mir Magie von dir geliehen habe, konnte ich verfolgt werden, wann immer ich sie benutzt habe?"

„Ja." Sein Gesicht war nicht zu lesen, als wir einander ansahen, und ich errötete bei den Erinnerungen an die vielen Male, in denen ich erwogen hatte, mit seiner Magie davonzulaufen, weil ich dachte, ich würde nicht gefunden werden. Das war eines der unzähligen Dinge, die ich über Mephisto nicht wusste.

Sein Finger strich über die Stelle an meinem Arm, wo das Rabenmal war.

„Ich würde gern ein paar Zauber ausprobieren, um es zu entfernen. Können wir es versuchen?"

Ich nickte. Als ob ich Einwände dagegen erheben würde!

Clayton und Simeon waren schon in dem Raum, in dem Mephisto seine Sammlung magischer Gegenstände aufbewahrte. Clayton saß gemütlich in der Ecke und blätterte in einem Buch. Ich neigte den Kopf, um einen Blick auf den Titel zu werfen. Als ich mich näherte, blickte er auf.

„Das ist *Mystic Souls*", sagte ich. Hatte Asher es von ihnen gestohlen? Oder hatten sie es von derselben Person ‚geliehen' oder genommen, von der Asher sich bedient hatte? Oder war es das zweite Exemplar?

„Woher weißt du von diesem Buch?"

„Weil ich versucht habe, es zu benutzen, um zu verhindern, dass ich denjenigen umbringe, von dem ich mir Magie leihe."

Er stieß sich von der Wand ab, sein Gesicht erhellte sich, seine Augen leuchteten. „Du hast die zweite Ausgabe?"

„Nicht mehr. Es hat nicht funktioniert."

Er runzelte die Stirn und ließ sich mit starrem Blick in die Ecke der Wand zurückfallen. „Du bist es losgeworden, weil es nicht funktioniert hat? Es gibt nur zwei auf der Welt."

„Es war nicht meins. Ich habe es zurückgegeben."

„Wer hat es?", fragte Mephisto. Die Jäger hatten mich umzingelt. Ich bezweifelte, dass ihnen bewusst war, was für eine schlechte Idee das war. Weder der Tod noch das Wissen, dass ich eigene Magie besaß, hatten meine Sehnsucht nach ihrer gedämpft.

Ihre Magie war ungedämpft, ihre volle Intensität überwältigte den Raum – und mich.

Bitte nicht so nah.

Ich schloss meine Augen und holte mehrmals Luft, und als ich sie öffnete, waren sie zurückgewichen. Sorge und Faszination waren auf ihren Gesichtern zu erkennen.

„Wer hat es?", wiederholte Mephisto.

„Das kann ich nicht verraten."

Er presste seine Lippen zu einer schmalen Linie aufeinander.

„Habt ihr vor, *Mystic Souls* zu nutzen, um zu versuchen, die Einschränkung aufzuheben?", fragte ich in der Hoffnung, sie auf die anstehende Aufgabe hinzuweisen. Egal, wie sehr ich versuchte, meine Hoffnung angesichts unzähliger Misserfolge zu dämpfen, ich arbeitete jetzt mit den Göttern, und alles schien möglich.

Während sie sich auf den Zauber vorbereiteten, magische Gegenstände aus Schubladen holten und Clayton die Seiten des Buchs durchblätterte, verwandelte sich die Hoffnung in ein loderndes Inferno in meiner Brust. Das beruhigende Lächeln, das Clayton mir schenkte, machte alles nur noch schlimmer. Ich war glücklich, als er das Buch öffnete und ein beschriftetes, rechteckiges, granitartiges Objekt neben mich legte, obwohl ich Bedenken hatte, irgendetwas aus den *Mystic Souls* zu verwenden. Trotz einer plötzlichen Erinnerung an Madisons Tränen.

„Bereit?", fragte er.

Ich nickte etwas zu begeistert.

Als ich auf den Zauber hinabblickte, hatte ich keine Ahnung, was er vorhatte, und hätte mir eher Sorgen machen sollen, dass er einen Zauber ausführte, von dem Madison gesagt hatte, er sähe aus wie Akkadisch, auch wenn sie sich nicht sicher war.

„Welche Sprache ist das?"

„Akkadisch."

Madison würde sich freuen, dass sie recht gehabt hatte,

doch es half nicht, weil wir Akkadisch nicht sprachen und auch nicht wussten, wie wir die Sprache übersetzen sollten.

„Kannst du es übersetzen?", fragte ich, mein Optimismus nicht dadurch beeinträchtigt, dass er einen Zauberspruch benutzte, der in einer toten Sprache geschrieben war.

Seine selbstbewusste Miene, sein ruhiges Lächeln und seine beruhigenden, warmen, kastanienbraunen Augen hätten jedem ein Gefühl der Sicherheit gegeben.

„Du musst das halten." Er gab mir den Granitgegenstand, dann holte er eine seltsam aussehende Klinge mit Zeichen darauf hervor und reichte sie Simeon. Das war kein Zauberspruch, den sie einfach aus einer Laune heraus erfunden hatten.

„Pearl ist okay. Ich habe gestern nach ihr gesehen", informierte er mich.

Mein Stichwort. Das war der Moment, in dem ich so tun musste, als ob ich mir große Sorgen um das Killerkätzchen machte – den Spitzenprädator mit Reißzähnen und Klauen, die durch Fleisch schneiden konnten wie durch Butter. Okay.

„Danke. Wie geht's Victoria?" Mein Auftritt musste glaubwürdig gewesen sein, denn er schenkte mir ein Lächeln.

„Victoria geht's gut, aber wir glauben, dass Pearl eine Erkältung bekommt."

Wie sollte ich auf diese Informationen reagieren? Kätzchen hat eine Erkältung. Und?

„Oh, arme Katze", gurrte ich.

„Ja, Victoria wird sie heute zum Tierarzt bringen."

Meine Fantasie lief Amok. Ich stellte mir vor, wie Victoria um einen Lufttransport zum Tierarzt für ihr armes krankes, verwöhntes Kätzchen bat, während sie die Killerpfoten streichelte.

Bevor Simeon mir weitere Dinge über Pearl berichten konnte, forderte Clayton ihn auf, das Messer zu benutzen. Er bewegte sich so schnell, dass ich erst bemerkte, dass er mich geschnitten hatte, als ich das Blut an meinem Finger sah. Ein Tropfen fiel auf die Granitplatte.

Claytons tiefe, melodische Stimme ließ den Zauber wie eine rhythmische Strophe wirken und die tote Sprache poetisch klingen. Es war so fesselnd, dass sich meine Haut anfühlte, als wäre sie versengt, und ich keuchte vor Schmerz. Der Rabe blitzte auf meinem Arm auf, verschwand, tauchte dann aber wieder auf und verursachte weitere lähmende Schmerzen in meinem Arm. Clayton fuhr mit dem Zauber fort, und ich schnappte nach Luft, während mir Tränen in die Augen stiegen. Der besorgte Ausdruck auf Mephistos Gesicht ließ mich fragen, ob meine den blutigen Tränen ähnelten, die Madison vergossen hatte. Dann fielen klare Tropfen auf meine Arme.

Mephisto biss die Zähne zusammen, bevor er den Blick von mir abwandte. Der Stein in meiner Hand zerfiel zu Asche, und der Rabe kehrte wieder zurück. Schmerz pulsierte um ihn herum wie Nadelstiche, bis er einen roten Kreis bildete und verschwand.

„Was zum Teufel?"

Kais Blaffen lenkte unsere Aufmerksamkeit auf Clayton, der mit offenem Mund auf eine leere Seite starrte.

Mephisto eilte zu dem Buch, und sowohl er als auch Clayton stießen eine Reihe von Flüchen aus, blätterten das Buch durch und seufzten erleichtert, als sie feststellten, dass nur diese Seite verschwunden war.

Nachdem sie einander wissende Blicke zugeworfen hatten, richteten sie ihre Aufmerksamkeit wieder auf mich. Sie sagten es nicht, aber ich konnte die Sorge in ihren Gesichtern sehen.

Ich musste meinen Vater finden.

3

Die Kolonne von Clayton und Kai auf den Motorrädern und Simeon als Schlusslicht war nicht so dramatisch wie die aufwendige Lichtshow, die sie in meiner Wohnung veranstalteten. Dunkle Rauchschwaden und grelles Licht verwoben sich dort. Die Luft war schwer von Magie, stark, allmächtig und geheimnisvoll. Ich sah ehrfürchtig zu und beobachtete, wie sie sich im selben Rhythmus bewegten, magisch wirbelten, verschmolzen, sich verschlungen und verdrehten, während sie ein magisches Gitter flochten, um Hindernisse und komplizierte Schutzzauber zu schaffen, Barrieren, die verhindern sollten, dass irgendjemand mein Zuhause als Ausgang aus dem Schleier nutzte, und auch, um ein Wynden zu verhindern. Das bedeutete auch, dass ich von hier aus nicht in den Schleier gehen konnte. Es war ein notwendiger Kompromiss, damit Malific nicht einfach bei mir zu Hause auftauchte.

Ich konzentrierte mich auf die Magie, die sie ausführten, und nutzte es als Ausrede, Mephisto nicht anzusehen. Um die verstohlenen Blicke zu ignorieren, die er immer wieder in meine Richtung warf. Als sie fertig waren, war der von Magie erfüllte Raum kaum noch zu ertragen. Stickige Luft oder ein Gestank in einem Raum hätten durch das Öffnen eines Fensters beseitigt werden können, nicht jedoch die Überreste starker Magie. Ich musste warten, bis sie sich legten. Zu wissen, was diese *Anderen* waren, welche Art von Magie sie besaßen und wie mächtig sie waren, hätte abschreckend wirken sollen.

Nachdem ich jede mögliche Ablenkung genutzt hatte, um sie nicht anzusehen, blickte ich auf und nahm wahr, was und wer sie waren: Unsterbliche mit der Aufgabe, Götter und die Schlimmsten der Schlimmsten in der übernatürlichen Welt festzunehmen und zu bestrafen. Die Jäger der Hölle.

Meine Lippen verzogen sich, hielten jedoch bald inne angesichts der Absurdität, dass ich Mephisto „Satan" genannt hatte. Es war kein unzutreffender Name. In gewisser Weise waren sie das auch. Krieger aus Verpflichtung. Kopfgeldjäger aus Notwendigkeit. Aber am Ende waren sie die Wächter der Hölle.

Kai sah gelangweilt aus, hatte aber nicht das Bedürfnis, seine angestaute Energie abzubauen. Er wirkte nicht wie das rastlose Energiebündel, sondern so verhalten, wie man nur sein konnte.

„Wir sind fertig", sagte er und wies dabei auf das Offensichtliche hin. Er sah die anderen drei an.

Clayton sah mich mit mitfühlenden, sondern scheinbar vorsichtigen Augen an. Ich vermutete, dass er sich Gedanken wegen des anderen *Mystic Souls*-Buchs machte oder darüber, was gerade passiert war.

Mephistos Blick wanderte in Richtung der Wodkaflasche und des Glases, die ich auf die Theke stellte. Ich holte mehr Gläser hervor; wir könnten alle trinken.

Anstatt in die Küche zu kommen, warfen mir Simeon, Kai und Clayton ein schwaches Lächeln voller Sorge und Faszination zu. Sie warfen einen weiteren Blick in Mephistos Richtung und dann auf die Gläser auf der Theke, bevor sie gingen.

Mephisto blieb. Er nahm mir das Getränk aus der Hand, wischte mir Haarsträhnen aus dem Gesicht und strich mit seinem Finger sanft über meine Haut. „Bist du sicher, dass du das tun willst?"

„Ob ich mich so betrinken will, dass ich vergesse, dass ich vor vier Tagen gestorben bin, meine Mutter aus einem Gefängnis gelassen habe, in dem sie berechtigterweise war, und entdeckt habe, dass die Magie, die ich nicht wirklich nutzen kann, auf magische Weise eingeschränkt wurde? Eine Einschränkung, die du und die anderen Supergötter nicht aufheben könnt, was bedeutet, dass sie mir von jemandem auferlegt wurde, der stärker ist als ihr alle zusammen." Ich nahm ihm den Drink ab. „Ja, das will ich. Ich will diese Flasche austrinken und dann vielleicht noch eine andere und mir dann überlegen, was ich morgen tun werde. Ich werde einen Weg finden, diese Einschränkung aufzuheben." Ich prostete ihm zu. „Aber heute trinke ich."

Mephisto hatte weder meine Wut noch meine Frustration verdient, aber mit jedem Augenblick fiel es mir schwerer, meine Gefühle im Zaum zu halten. Er nahm mir die Flasche ab, goss etwas in eines der Gläser und trank es dann aus. Es war billiger Wodka, eine Marke, die er nie trinken würde.

Er äußerte sich nicht dazu. Stattdessen kam er noch näher. Sein Wodka-Atem streifte meine Wange. Nicht ganz ein Kuss. Nur eine sanfte Berührung meiner Haut. Dann drückte er seine Lippen auf meine, der Wodka immer noch auf seinen Lippen und seiner Zunge. Sein Mund erkundete meinen, tief und leidenschaftlich, und für einen Moment verschwand das ganze Drama der letzten Tage, während seine Finger über meinen Rücken strichen und mich näher an ihn heranzogen. Als wir uns voneinander lösten, blieben wir nah beieinander, flacher Atem entkam unseren Mündern, und Hitze ging von uns aus. Ich wollte mich nicht bewegen, um die Verbindung nicht zu unterbrechen.

„Wir werden eine Lösung finden. Ich werde deine magische Einschränkung aufheben", schwor er. Er wich zurück, seine dunklen Augen auf mich gerichtet, bis er die Tür erreichte. Dann überließ er mich meinem Tagtrinken. Oder mehr. Ich machte eine mentale Bestandsaufnahme meines Vorrats: Gras, Oxy, Pulver in meiner Schublade. Ich hatte alles versucht, um das Verlangen nach Magie zu stillen. Ich trank einen Schluck der Droge meiner Wahl. Ich wollte vergessen, nur für heute. Morgen würde ich mein Problem angehen.

———

Ich trank die Flasche nicht aus. Nicht einmal ein Glas. Ich hatte die ganze letzte Stunde am selben Glas genippt. Betrunken oder so high zu sein, dass meine Gedanken getrübt waren, würde mir das Desaster meines Problems nicht ersparen. Ich brauchte Magie. Wenn meine *liebe Mutter* tatsächlich hinter mir her war, brauchte ich Magie – und zwar eine Menge davon. Starke Magie. Eine Obitus-Klinge oder was auch immer sonst Götter töten konnte. Galle kroch mir die Kehle empor. Vielleicht musste ich meine Mutter töten. Was für eine verdammte griechische Tragödie war mein Leben geworden?

Mein unangemessenes schallendes Gelächter erfüllte den Raum.

„Kann ich mitlachen? Erzähl mir den Witz!", sagte Ashers Stimme von der anderen Seite der Tür.

Ich stöhnte.

„Das habe ich auch gehört."

Ich saß immer noch auf dem Sofa, hielt den Atem an und wandte mein Ohr zur Tür, um zu hören, ob er noch da war.

„Erin, denkst du, ich glaube, du bist verschwunden, wenn du den Atem anhältst?", fragte er mit Humor in seiner Stimme.

Ich hielt das Glas immer noch in der Hand und öffnete die Tür. Seine tiefgrauen Augen fielen auf meinen Drink und wanderten dann gemächlich über jeden Zentimeter von mir, von meinen Füßen in den flauschigen Socken über meine Leggings bis zu meinem taillierten T-Shirt mit V-Ausschnitt. „Bist du verletzt?", fragte er.

Nein, ich bin nur gestorben und musste wieder zum Leben erweckt werden. Und wie war dein Tag?

„Nein, mir geht's gut."

Seine Aufmerksamkeit fiel auf etwas hinter mir. Ich spähte über meine Schulter. Das Netzwerk aus magischen Netzen, Linien und Schutzzaubern, das noch einige Minuten sichtbar geblieben war, nachdem die Jäger gegangen waren, war jetzt verschwunden. Konnte er die Fragmente noch sehen?

Er wandte seine Aufmerksamkeit wieder auf mich und fragte: „Darf ich reinkommen?"

Ich nickte und trat zur Seite. Mit gerunzelter Stirn sah er sich immer wieder im Raum um, während er alles mit den Augen absuchte, dann ging er zum Sofa und setzte sich. „Ist Mephisto noch hier?"

„Was habe ich dir über das Riechen von Leuten und Gegenständen erzählt?"

„Das ist keine Absicht. Ich kann nichts dafür, dass ich mir dieser Dinge übermäßig bewusst bin. Wie des unregelmäßigen Pochens deines Herzens und deiner unregelmäßigen Atmung."

Er verzog das Gesicht. „Dein Herzschlag verändert sich nicht viel, wenn du den Atem anhältst. Lass das, es ist komisch, wenn dein Atem einfach aufhört."

„Die meisten Leute hören nichts davon!" Ich ließ mich neben ihn fallen. „Willst du einen Drink?"

Bevor ich widersprechen konnte, nahm er mir das Glas ab und nippte daran. Dann gab er es mir zurück.

„Ich meinte dein eigenes Glas."

Er warf mir ein teuflisches Lächeln zu und entspannte sich wieder. „Es macht mir nichts aus, etwas zu teilen.“ Er hörte auf zu lächeln. „Deinen Drink.“ Er sah sich noch einmal im Raum um und runzelte die Stirn. „Was ist los, Erin? Du gehst mit Mephisto, verschwindest tagelang und kommst zurück und riechst“ – er beugte sich vor und atmete ein – „anders.“

„Hör auf, an mir zu riechen.“

„Deine Augen sehen auch anders aus. Ich weiß aber nicht, was es ist.“

„Hör auf, mich anzusehen.“

„Wirklich? Ich soll dich nicht mehr ansehen? Wohin soll ich dann sehen?“, fragte er mit Humor in seiner Stimme.

„Hör nicht auf mich. Ich bin schrecklich. Tut mir leid.“

„Deine Worte, nicht meine.“ Er nahm mir das Glas ab und trank noch einen Schluck.

„Also … trinken wir jetzt einfach aus demselben Glas.“

Er trank einen weiteren Schluck und warf mir einen sündigen Blick zu. „Scheint so.“ Dann stellte er das Glas vor uns auf den Tisch. „Du warst drei Tage weg. Miss Harp war überzeugt, dass Mephisto dich entführt hat. Ihre Geschichte hat sich verändert und wurde mit jeder Erzählung ausführlicher. Und du bist anders. Was ist los mit dir, Erin?“ Die Sorge in seiner Stimme passte zu seinen Augen und war kaum zu ertragen. War mir die Last so anzusehen? Wirkten meine Augen leer? War ich eine Art Wiedergänger?

Bei dem Gedanken an eine Antwort schnürte sich mir die Kehle zu, und ich ließ mich seufzend auf das Sofa zurücksinken. Als ich meinen Kopf an seine Schulter legte, griff er nach meiner Hand und streichelte sie.

„Ich kann im Moment nicht darüber reden.“ Oder vielleicht jemals. Wie viel davon konnte ich ihm erzählen? Ich ging alle Informationen durch, um ihm etwas zu sagen, in der Hoffnung, dass es ihm Erleichterung verschaffen würde.

„Ich bin adoptiert“, sagte ich.

Er schwieg, dann sagte er: „Da ist noch mehr, nicht wahr?" Seine Stimme war so leise, dass ich ihn kaum hören konnte. Er musste vergessen haben, dass ich kein Wandler war.

Als ich das Gewicht seines Kinns auf meinem Kopf spürte, seufzte ich. *Du hast ja keine Ahnung.*

Das Bedürfnis, mich abzulenken, wurde immer dringender. Zu unserer Überraschung bewegte ich mich plötzlich, setzte mich auf ihn und legte meinen Kopf an seine Brust. Er erstarrte. Oder besser gesagt: ein Teil von ihm. Ein sehr prominenter Teil von ihm war wach. Sehr wach.

Ich räusperte mich und sah nach unten, und er bewegte sich ein wenig und wandte den Blick ab. Röte huschte über seine Wangen. „Du hast mich überrascht", erklärte er.

„Hmm." Ich schmiegte meinen Kopf in seine Halsbeuge. Ich hatte mich selbst überrascht. In diesem Moment verstand ich die Komplexität der Existenz eines Alphas. Als er mich umarmte, wurde mir klar, warum die Leute in seinem Rudel die Berührung des Alphas als so tröstend empfanden. Seine Hitze war, als wäre ich in eine Heizdecke gewickelt. Seine Finger, die meinen Rücken streichelten, waren so beruhigend wie heiße Schokolade an einem verschneiten Tag. Das Gefühl von Wärme einer Tasse in meinen kalten Fingern. Ich schloss die Augen und verschmolz seufzend mit ihm.

Asher strich mir tröstend mit der Hand über den Rücken. War es nur Asher, der mir dieses Gefühl gab, oder besaß jeder Alpha die angeborene Fähigkeit, zu beruhigen und solche Ruhe zu geben? Ich überlegte, wie ich das mit Sherrie, der Alpha des Löwenrudels, testen könnte.

Wie würde ich meine Theorie auf die Probe stellen? Sollte ich einfach auf sie zugehen, in ihre Arme springen und mein Gesicht an ihrem Hals vergraben und sie zwingen, mich zu kuscheln? Die Vorstellung brachte ein Lächeln auf mein Gesicht, obwohl ich wusste, dass die Situation dazu führen würde, dass sie mich mit gefletschten Zähnen und ihren Krallen an meiner Kehle zu Boden werfen würde.

„Du hast einen diabolischen Ausdruck auf deinem Gesicht. Was denkst du gerade?", fragte Asher.

Ich überlegte, ob ich es ihm sagen sollte. Er hatte mir geholfen, mich von den Ereignissen der letzten Tage abzulenken.

„Ich frage mich nur, ob Sherrie so kuschelig ist wie du, weil sie ein Alpha ist, oder ist das ein Asher-Ding?"

„Du findest mich kuschelig trotz der Krallen, Zähne, der Tatsache, dass ich ein Raubtier bin und dem Nervenkitzel der Jagd?"

„Ja", gab ich zu und seufzte an ihm. „Das ist einfach der nutzlose Teil, den ich ignoriere."

Ein Lachen hallte in seiner Brust und ließ meinen Körper vibrieren.

„Wenn du so mit mir zusammen bist, denkst du an Sherrie?" Er lachte wieder. „Erin, du bist so eine eigenartige Frau."

„Was würde sie deiner Meinung nach in dieser Situation tun?"

„Du gehörst nicht zu ihrem Rudel, und ich bezweifle, dass es sie interessiert, ob du dich unwohl fühlst oder Trost brauchst", sagte er schließlich nach mehreren Minuten des Nachdenkens. Trotz der Zeit, die er sich gelassen hatte, neigte er wie jeder Wandler dazu, extrem direkt zu sein.

„Sie mag mich nicht", sagte ich. Es störte mich nicht, aber ich wusste gern, wer meine Feinde oder potenziellen Feinde waren.

„Sie glaubt, dass du unberechenbar bist, und stellt deine Loyalität gegenüber meinem Rudel infrage."

„Sherrie denkt, ich sollte *deinem* Rudel gegenüber loyal sein? Ich bin kein Wandler."

„Das bist du nicht, aber sie geht davon aus, dass etwas

zwischen uns läuft und deine Loyalität daher mir und meinem Rudel gelten sollte."

„Was denkst du?"

Seine Hand strich sanft und aufmerksam über meine Haut. „Ich glaube", sagte er leise, „dass du dein eigenes Rudel hast und es aus Madison und Cory besteht. Dort liegt deine Loyalität. Deine Loyalität wird immer anders als meine sein und umgekehrt."

Ich war in meine Position zurückgekehrt, an ihn gedrückt, mein Gesicht an seine Halsbeuge geschmiegt, atmete seinen Geruch ein und dachte darüber nach, was er sagte. Ein Rudel würde ich uns nicht nennen. Cory war mein Freund, und Madison kam meiner Schwester am nächsten. Ich würde sie so entschlossen beschützen, wie ich wusste, dass sie mich beschützen würden.

Nach einigen Minuten ließ er mich los, seine Arme ruhten auf meiner Taille. „Erzähl' mir den Teil, den du mir sagen kannst", drängte er. „Da ist was Größeres im Gange, und es hat mit Mephisto zu tun." Er hielt abrupt inne und verzog das Gesicht, und ich vermutete, dass ich es irgendwie bestätigt hatte. Meine Herzfrequenz? „Mir ist klar, dass du sein Vertrauen wahren musst. Sag mir einfach, was ich wissen darf, und lass mich dir helfen."

Ich runzelte die Stirn.

„Bitte." Er zog mich an sich, seine Stimme war warm und flehend, seine Berührung sanft und beruhigend.

„Ich bin adoptiert. Oder besser gesagt, ich wurde einfach vor einer Haustür zurückgelassen. Ich kann nicht fassen, dass das passiert ist. Sowas sollte es nur im Kino geben", sagte ich. Seine Arme umschlossen mich fester. „Und ich habe herausgefunden, dass meine Mutter eine psychopathische Göttin im Schleier ist, die eingesperrt wurde, weil sie einen anderen Gott getötet hat. Anscheinend will sie mich auch töten."

Ich erzählte die Geschichten, die ich über sie gelesen und

gehört hatte. Die Gewalt, die sie an Wandlern verübt hatte, die sie mitten im Wandeln angegriffen hatte, während sie dem Ruf des Mondes gefolgt waren. Wie sie Hexen getötet hatte, die sich den Wandlern angeschlossen hatten. Ihr Ziel war es, den Schleier zu übernehmen und alle anderen Übernatürlichen zu zwingen, unter der Herrschaft der Götter zu leben. Abrupt hielt ich inne, erstaunt darüber, dass ich so viel preisgegeben hatte. Meine Gedanken rasten durch alles, was ich über Wandler wusste.

„Als Wandler kannst du mich nicht zum Reden zwingen, oder?"

Sein Finger berührte meine Wange. „Nein, Erin, ich bin einfach so verführerisch." Seine Lippen verzogen sich zu dem überaus selbstbewussten Asher-Lächeln.

„Also, *das* hat gerade den Bann gebrochen", bemerkte ich und verdrehte die Augen.

Zögernd drückte er seine Lippen auf meine und entlockte mir so eine Reaktion. Und ich *reagierte*. Ich küsste ihn, vergrub Finger in seinen Haaren und zog mich näher an ihn heran. Ich schmeckte ihn und den Alkohol, die Wärme seiner Zunge, die meine sinnlich streichelte. Starke Finger kneteten meine Haut. Ich wollte eine Ablenkung, und Asher lieferte sie mir.

Er küsste mich leidenschaftlicher. Nägel, die meinen Rücken kratzten, ließen mich erschauern. Mit dem verzweifelten Verlangen nach mehr glitt meine Hand über die definierten Muskeln seines Arms, die muskulösen Muskeln seiner Brust, die Definition seiner Bauchmuskeln. Bevor ich sein Hemd aufknöpfen konnte, zog er sich zurück. Keuchend drückte er einen Finger auf meine Lippen und blickte zur Tür. Seine Daumen glitten weiter sanft und rhythmisch über meinen Bauch – und meine neue Narbe.

Jemand klopfte.

„Erin", sagte Miss Harps leise Stimme. Wir schwiegen. Regungslos auf dem Sofa versuchte ich zu ignorieren, wie der Finger einer Hand träge über meine Narbe strich und mit der anderen über meinen Rücken zum Verschluss meines BHs wanderte.

„Asher!" Ihre Stimme war rau und verzweifelt. Innerhalb von Sekunden war Asher auf den Beinen und legte seine Hände unter meinen Po. Er setzte mich auf das Sofa und ging schnell zur Tür. Er nahm sich nicht einmal die Zeit, sein zerzaustes Haar oder seine Kleidung in Ordnung zu bringen, sondern öffnete.

„Was ist?", fragte er mit besorgter Stimme.

Ich hätte nie gedacht, dass ich einen Mann mit einer über siebzigjährigen Frau teilen müsste, aber so war es. Mein Leben war nie einfach. Sie bewegte ständig ihren Kopf, duckte und beugte sich hin und her, um besser hinter ihn blicken zu können. Ich konnte gerade noch sehen, wie sich ihr grauer Haarknoten hin und her bewegte, und einen kurzen Blick auf ihr Gesicht werfen.

„Geht's ihr gut? Hat *er* was getan? Da geht sie eines Abends mit ihm aus und verschwindet drei Tage. Ein andermal reist sie mit dir durchs Land und kehrt noch am selben Tag unversehrt zurück. Er ist gefährlich für sie", flüsterte sie.

Unversehrt? Bäume haben mir in den Arsch getreten, dachte ich und erinnerte mich an unseren Besuch in Dantes Wald.

„Ihr geht's gut. Er hat sie nicht entführt. Sie hat sich entschieden, bei ihm zu bleiben."

„Hat sie dir das erzählt? Warum bist du dann hier? Wer sagt so etwas? Ich habe dir gesagt, dass mit ihr nicht alles in Ordnung ist."

Ich bin auch hier.

Sie redete so laut, dass ich es hören konnte, also konnte ich mich genauso gut an der Unterhaltung beteiligen. Ich näherte mich Asher und duckte mich unter dem Arm hindurch, der die Tür blockierte.

„Ich war krank", erklärte ich ihr und hoffte, dass sie nicht so gut darin war, eine Lüge zu erkennen wie Asher.

„Drei Tage lang?"

„Ja."

Ihre Lippen verzogen sich zur Seite. Sie fixierte mich mit ihren skeptischen Topas-Augen. „Und die drei anderen Männer, die heute Morgen mit ihm aus Ihrer Wohnung gekommen sind, waren das Ärzte, die Ihre Krankheit behandeln sollten?"

Wer ist jetzt die Tratschtante, du altes Waschweib?

Sie blickte unschuldig drein, als ich sie aus zusammengekniffenen Augen ansah. Geduldig wartete sie auf eine Antwort.

„Nein, das waren sie nicht."

Sie hob fragend die Augenbrauen. „Wer sind sie dann? Ich bin sicher, Asher ist auch neugierig. Er war ziemlich besorgt." Dann sah sie Asher an und bedeutete ihm, sich zu ihr herunterzubeugen. Sie strich über seine zerzausten Wellen. „Und was zum Teufel ist mit deinen Haaren passiert? Du siehst aus, als hättest du dich geprügelt."

Ich sollte verdammt sein, wenn ich zuließ, dass sie mich verhörte. Mit einem breiten Lächeln auf dem Gesicht sagte ich: „Nun, Sie wollten was mit Asher besprechen, also überlasse ich ihn Ihnen."

Er verstand meinen Wink und fragte: „Was kann ich für Sie tun, Evelyn?"

Ich drehte mich um und sah, wie sie ein Handy aus der Tasche zog und es ihm fast an die Brust drückte.

„Ich hasse dieses Ding. Gib mir mein altes Handy zurück."

„Das hier ist besser, und wenn was passiert, kann ich Sie finden."

„Es blockiert dauernd meine Anrufe, und meistens kann ich das blöde Ding nicht entsperren. Und, nein, ich will nicht, dass es mein Gesicht erkennt. Ich will es einfach in die Hand nehmen und verwenden. Wie schwer ist das?"

Mit einem schweren Seufzer warf er mir einen Blick über seine Schulter zu. „Ich komme gleich zurück."

„Ich werde da sein." Ich schenkte ihm ein schiefes Lächeln. Mir entging nicht das höhnische Grinsen, das sie mir zuwarf, als sie sich umdrehte. Ich fragte mich, ob die ganze Telefonsache ein Trick war, um ihn aus den Fängen der Sirene zu befreien.

Als ich meinen Finger auf meine Lippen drückte, fühlten sie sich immer noch warm an. Ich schob das Glas weg, legte die Füße auf den Tisch und versuchte, die letzten fünf Tage meines Lebens nicht Revue passieren zu lassen. Es war schwer, das nicht tun.

Was soll ich tun?

Ich dachte immer noch über meine nächsten Schritte nach, als Asher anklopfte und dann die Tür öffnete.

„Dein Date ist schon vorbei?", fragte ich den erschöpften Alpha, der finster dreinblickte.

„Ihr altes Handy gehört in ein Museum. Es war ein Klapp-Handy ohne GPS. Ich habe bessere Wegwerfhandys gesehen."

„Warum musst du sie orten?"

„Ich muss sie nicht orten. Normalerweise kann ich in der Stadt jeden finden, wenn ich muss, aber Gerüche verschwinden. Es ist schwer, ihr den Ernst ihrer Situation klarzumachen, ohne sie zu erschrecken. Sie ist das Kind eines Katzenwandlers, der als Einzelgänger gelebt hat. Sie hat sich nie gewandelt und besitzt Wandlersinne. Besonders ihr Seh- und Hörvermögen sind besser als die eines Menschen."

„Ich wusste, dass sie dieses Hörgerät nicht braucht!"

Asher lachte. „Nein, sie braucht weder das Hörgerät noch den Gehstock. Sie ist vor ein paar Jahren auf dem Eis ausgerutscht und hat ihn gekauft." Er hielt inne und kaute auf seiner Unterlippe.

„Ich weiß. Sie ist eine Freundin des Rudels, und ich darf nichts verraten, was du mir erzählst."

„Das ist es nicht. Sie ist auf Beton gestürzt und hat sich nicht verletzt. Sie ist so widerstandsfähig wie Wandler – es braucht viel, um uns die Knochen zu brechen."

„Außer, wenn du dich wandelst", bemerkte ich. Obwohl erfahrene Wandler das mit außergewöhnlicher Geschwindigkeit tun, brachen Knochen dabei und richteten sich neu aus, Sehnen dehnten sich, und Muskeln rissen und bildeten sich neu, um sich ihrer Tiergestalt anzupassen. Wenn man bedachte, dass das alles in wenigen Augenblicken passierte, erschien es nicht so absurd, dass die Menschen sie nicht sofort akzeptiert hatten. Und sie schienen nicht dieselbe Energie zum Wandeln aufzubringen wie ich, wenn ich einen Verwandlungszauber nutzte, um mich in eine Katze zu verwandeln.

„Wenn einer ihrer Eltern eine Katze war, warum kümmert sich Sherrie dann nicht um sie?"

Er warf mir ein diabolisches Lächeln zu. „Ich kann nichts dagegen tun. Frauen, egal welches Alters, fühlen sich zu mir hingezogen. Es ist ein Fluch und ein Segen", sagte er gedehnt. Als er näher an mich herantrat, verzogen sich seine Lippen zu einem schiefen Lächeln.

„Es wird leichter", schoss ich zurück. Er beugte sich herunter und küsste meine Nasenspitze. Ich atmete seinen erdigen Moschusduft ein. Als wir uns voneinander lösten, war sein Gesicht ernst. „Ich verstehe mich gut mit ihr. Es würde die Situation verkomplizieren, wenn ich sie im Stich ließe, und ihr nur mehr Angst machen. Das muss man ihr nicht antun, wenn sie sich nicht wandeln kann. Sie ist eine Freundin des Rudels, das ist alles, was zählt. Sherrie wird sie auch als solche behandeln, wenn ich nicht helfen kann." Seine Miene wurde finster und hellte sich schnell wieder auf, doch in seinen zusammengekniffenen Augen waren noch Spuren davon zu erkennen.

„Und?"

Er runzelte fragend die Stirn.

„Und was macht dir Sorgen, außer, dass sie eine störrische Anomalie ist, die auf dein *angebliches* Charisma reingefallen ist?"

Er warf mir ein wölfisches Grinsen zu und sagte: „Daran ist nichts *angeblich*, und das weißt du."

Ich verdrehte die Augen. *Ugh, dieser Typ!*

Sein Lächeln verschwand schnell, und seine Stimmung wurde düster. „Ich bin hin- und hergerissen", gab er zu.

Asher war normalerweise schweigsam, wenn es um sein Rudel ging, und mit mir über sie zu reden hatte große Mühe gekostet, das wusste ich. Asher rieb sich mit den Händen über das Gesicht und seufzte. „Ich bin auch neugierig, was sie angeht. Ich habe darüber nachgedacht, Leute zu bitten, sie zu studieren." Bei den Leuten wusste ich ganz genau, dass es niemand außerhalb seines Rudels sein würde, oder wenigstens ein anderer Wandler.

„Was beschäftigt dich?", fragte ich mit sanfter und möglichst unaufdringlicher Stimme und war überrascht, dass ich so viel von ihm erfahren hatte.

„Sie zu studieren öffnet die Tür zum Wissen über ihre Existenz. Und wenn das zufällig bekannt wird, kann ich nicht kontrollieren, was andere mit dieser Information machen. Wandler, die nicht dem Ruf des Mondes folgen müssen, aber über alle geschärften Sinne und Fähigkeiten verfügen? Leute können grausam sein, wenn sie denken, dass das Resultat es wert ist."

Ich fragte mich, ob er sich selbst einbezog. Geblendet sein von guten Absichten kann für jeden die Grenze zwischen Gut und Böse, Ethisch und Unethisch, Moralisch und Unmoralisch verwischen.

Bevor ich ihn weiter befragen konnte, machte er sich auf den Weg in die Küche. „Erzähl weiter, womit du vorhin angefangen hast", sagte er. Mit meinem nachgefüllten Glas in der Hand folgte ich ihm und setzte mich in die Frühstücksecke, während er sich benahm, als wäre er zu Hause. Nachdem er sich einen Moment Zeit genommen hatte, in meinen Kühlschrank zu spähen, blickte er finster drein. Dann durchsuchte er die kleine Speisekammer daneben und dann meine Schränke.

„Du hast nichts zu essen da", verkündete er. Mir entging das Urteil in seiner Stimme nicht.

Lass stecken, dein Urteil brauche ich gerade wirklich nicht.

„Ich habe genug. Es gibt eine große Mehrfachpackung Popcorn und zwei Tüten Chips. Schau weiter hinten in den Gefrierschrank, da findest du eine Tüte Pizzataschen."

„Pizzataschen?" Seine Augen weiteten sich, und seine Lippen verzogen sich.

„Ja, Euer Hoheit, *Pizzataschen.*" Ich hatte keine Zeit, einkaufen zu gehen. *Ich war damit beschäftigt, gegen einen abtrünnigen Feenmann zu kämpfen und zu sterben.*

„Was hast du heute gegessen?"

„Eine Tüte Popcorn, Käsesticks und das." Ich hob mein Glas.

Er holte sein Handy heraus und scrollte. „Chinesisch?"

Ich zuckte mit den Schultern. „Wie du willst, ich bin nicht wählerisch." Er warf einen Blick auf meinen Kühlschrank, und ich konnte den Kommentar deutlich in den Tiefen seiner schiefergrauen Augen funkeln sehen, in dem diabolischen Grinsen, das seine Lippen umspielte. Ich starrte ihn mit zusammengekniffenen Augen an und forderte ihn heraus, es laut auszusprechen.

Er begegnete meinem Blick, und seine Lippen zuckten, während er den Drang unterdrückte, die Herausforderung anzunehmen. Ein paar Atemzüge später gelang es ihm, die Zähne zusammenzupressen und nichts zu sagen.

Nachdem Asher das Essen bestellt hatte, kehrte ich zum Sofa zurück, ließ mich darauf fallen und füllte mein Glas nach. Asher gesellte sich schweigend zu mir, aber ich konnte seinen intensiven Blick auf mir spüren. Als ich mich ihm zuwandte, trank ich noch einen großen Schluck aus dem Glas und reichte es ihm. Es war jetzt ein Gemeinschaftsglas.

„Deine Mutter ist eine Göttin, aber was ist mit deinem Vater?"

Ich nahm ihm das Glas ab und leerte es fast. „Ich weiß nicht, wer oder was er ist. Ich bin kein Todesmagier, bin nie einer gewesen, also bezweifle ich, dass er einer ist. Das hatten meine Eltern jahrelang vor mir verheimlicht. Nicht vom Raben verflucht. Ich kann keine Magie benutzen, weil jemand beschlossen hat, sie einzuschränken."

„Warum?"

Ich zuckte mit den Schultern und füllte mein Glas erneut. Es war so wenig Eis im Glas, dass ich den Wodka genauso gut pur hätte trinken können. Ich trank einen Schluck und richtete meinen Blick wieder auf Ashers missbilligende Miene. Er nahm mir das Glas ab und trank es aus. Dann nahm er die Flasche und leerte sie.

„Wenn du nicht willst, dass ich trinke, hättest du es einfach sagen können."

Er beugte sich vor, sein Finger strich sanft über meine Wange, und er flüsterte: „Ich will dieses Gespräch nüchtern mit dir führen."

„Wir hätten dieses Gespräch schon vor fünf Stunden führen sollen", neckte ich.

Er ging in die Küche, kam mit einer Flasche Wasser zurück und reichte sie mir. „Warum wurde deine Magie eingeschränkt?", fragte er.

Ich zuckte mit den Schultern. „Entweder, weil meine Mutter eine Psychopathin ist und sie nicht wollten, dass ihre Tochter dazu in der Lage ist, dasselbe zu tun wie sie, oder weil sie versucht haben, mich zu beschützen und das Risiko zu verhindern, dass ich jedes Mal gefunden werde, wenn ich meine Magie einsetze."

Er dachte lange über meine Antwort nach. „Hmm. Ich

glaube, es war dein Vater, der deine Magie eingeschränkt hat."

„Warum?"

„Du wurdest als Baby adoptiert, oder?"

Ich nickte kaum zur Bestätigung.

„Wer außer deinem Vater würde dich sonst noch beschützen wollen?"

„Mein Vater –" Ich brach abrupt ab. Warum nannte ich diese Leute Mutter und Vater, als wären sie mehr als nur diejenigen, die mich in die Welt gesetzt hatten? Eizellen-Lady und Sperma-Typ schien auch nicht zu passen. Spender Nummer eins und Spender Nummer zwei? Perfekt! „Mein Vater hatte Sex mit einer bekanntermaßen bösen Göttin mit ausgeprägtem Durst nach Gewalt, Mord und Dominanz. Ich bin mir nicht sicher, ob er der fürsorgliche und beschützende Typ ist."

„Ich würde es nicht ausschließen. Manchmal verliebt man sich in jemanden, mit dem man nie gerechnet hätte. Vielleicht hat sie ihn nur verführt, um dich zu bekommen."

Nein, sie wollte, dass jemand stirbt, um den Zauber, der sie gebunden hat, davon zu überzeugen, dass sie tot war, und sie freizulassen. Aber diesen Teil behielt ich für mich.

„Die Frage ist immer noch: Warum sollte sie dich töten wollen?", fragte er.

Konnte ich ihm das sagen? Wieder einmal durchforstete ich alle Informationen, die Mephisto mir gegeben hatte, und versuchte herauszufinden, was davon nicht Top Secret war.

Wie schafften Wandler es, das zu unterscheiden?

Die Ankunft unseres Essens gab mir mehr Zeit, die Informationen zu sortieren und das Notwendige zu „bearbeiten". Die Geheimnisse der Jäger waren bis ins kleinste Detail mit meinen verknüpft. Als ich in die Küche kam, um ihm beim Auspacken des Essens zu helfen, hatte ich alles so gut wie möglich sortiert.

Wandler hatten dabei geholfen, die Immortalis zu besiegen, und ich machte mir keine Illusionen, dass Asher nichts von ihnen wusste. Die Wandler arbeiteten vielleicht für die STF, aber jeder wusste, wo ihre wahre Loyalität lag.

„Meine Mutter hat eine Armee geschaffen, die Immortalis. Viele von ihnen wurden getötet, und meinetwegen kann sie nicht noch eine Armee aufstellen. Sie teilt ihre Magie mit mir."

„Und du bist sicher, dass sie dich kriegen kann?", fragte er zwischen zwei Bissen.

Ich nickte. Ich war mir über nichts mehr sicher und verließ mich auf Mephistos Informationen.

Seine Augen studierten mich zweifelnd. „Bist du sicher?"

Ich schüttelte den Kopf. Etwas würde mich verraten. Der lebende Lügendetektor machte es schwierig, sich in den Informationen zurechtzufinden und darum herumzutanzen.

„Wie ist sie entkommen?", fragte er und ignorierte sein Essen.

Das konnte ich ihm nicht sagen. Ich schob mir noch einen Bissen in den Mund und zuckte mit den Schultern.

„Hat es was mit der neuen Narbe auf deinem Bauch zu tun?"

„Nein."

Seine Lippen verzogen sich missbilligend.

„Mir ist es lieber, wenn du mir sagst, dass du nicht darüber reden kannst, als wenn du mich anlügst. Es gibt keine Lügen zwischen uns."

Ich erstickte fast an meinem Essen, beeilte mich, es zu kauen und trank den Rest meines Wassers aus. „Es gibt keine?", fragte ich. „Asher, ich glaube, es gibt eine ganze Wagenladung Lügen zwischen uns, der einzige Unterschied ist, dass du normalerweise derjenige bist, der sie erzählt."

Er warf mir einen selbstgefälligen, nachsichtigen Blick zu, als stünde er zu seiner Aussage.

„Wie bist du an das *Mystic Souls*-Buch gekommen?"

„Du wolltest es. Ich habe es besorgt."

„Hast du es gestohlen?" Cory war überzeugt, dass Asher das Buch gestohlen hatte, mit dem ich einen Weg finden wollte, mir Magie zu leihen, ohne den Spender zu töten.

„Du wolltest es. Ich habe es besorgt", wiederholte er, und sein Gesichtsausdruck wurde intensiver. Wenn er mir nicht die Wahrheit sagen wollte, würde er es nicht tun. Leute, die gut darin waren, Lügen aufzudecken, waren in der Regel auch gut darin, sie zu erzählen. Selbst wenn ich ihn an einen Lügendetektor anschließen würde, ging ich davon aus, dass er den Test bestehen würde.

„Der Salem-Stein. Wie bist du vor mir da hingekommen?"

„Ich bin ein wirklich guter Jäger."

Ich starrte ihn böse an.

„Keine Lügen, nur Geheimnisse zwischen uns", sagte ich.

„Semantik."

Wir beendeten unser Essen und ließen das Gespräch zu unsinnigen und oberflächlichen Themen abschweifen, was ich sehr schätzte. Ich hatte vieles, worüber ich nachdenken musste, auch darüber, dass ich Asher als Ablenkung benutzen wollte. Ich war nicht ganz davon überzeugt, dass das alles war. Als wir beschlossen, einen Film anzusehen, stand mein Anlehnen an ihn und sein Arm um mich ganz unten auf der Liste der schlechten Entscheidungen.

Asher bot an zu bleiben, aber ich musste allein sein.

Es war nicht nur Einsamkeit, die ich wollte. Ich brauchte Zeit, um mir über gewisse Dinge klarzuwerden. Mein Vater könnte derjenige gewesen sein, der mich mitgenommen und meine Magie eingeschränkt hatte. Wer oder was war er, dass er solche Magie besaß?

4

Dass Asher den Wodka ausgetrunken hatte, war wahrscheinlich das Beste, denn anstatt mit grässlichen Kopfschmerzen aufzuwachen, wachte ich motiviert auf, mit Madison über die letzten Tage zu sprechen. Asher war wahrscheinlich ohne Probleme aufgewacht – ein Vorteil des Stoffwechsels eines Wandlers.

Ich war dankbar, dass Madison sich entscheiden hatte, mir Zeit zu geben, alles zu verarbeiten, aber leider war Cory nicht derselben Meinung und hatte auch nicht die nötige Disziplin. Seitdem ich ihn darüber informiert hatte, dass ich Mephistos Haus verlassen hatte, hatte ich mindestens zehn Nachrichten und einen Anruf von ihm bekommen, während Asher und ich den Film angesehen hatten.

„Ihr habt einen Film angesehen? Dein Leben liegt in Trümmern, ist wahrscheinlich in Gefahr, und du kuschelst mit Asher!"

Ich wollte zurückbellen, *Ich bin gestorben! Kann ich nicht wenigstens einen Film genießen, bevor ich gegen meine Mutter kämpfe?* Aber da Asher so nah gewesen war, antwortete ich nur und sagte ihm, er solle mich bei Madison treffen, damit ich nicht alles zweimal erzählen müsste.

Das Gespräch mit ihnen würde einfacher sein als mit Asher, weil ich ihnen ohne Umwege die Wahrheit sagen konnte. Und vielleicht würde die Verspannung, die sich in meinen Nacken- und Brustmuskeln festgesetzt hatte, dann nachlassen.

Ich schlängelte mich durch den Verkehr, der für einen Samstag stärker war als sonst, verließ den Highway, zwei Ausfahrten von Madison entfernt, und beobachtete den schwarzen R8, der mir folgte, seit ich meine Wohnung verlassen hatte. Und der mattschwarze SUV mit einem modifizierten Kühlergrill, der das Fahrzeug feindseliger aussehen ließ, als irgendein Fahrzeug aussehen sollte. Als ich sie zum ersten Mal bemerkte, konnte ich leicht davon ausgehen, dass es sich um einen Zufall handelte, doch als sie nach meiner Kaffeepause immer noch hinter mir waren, wusste ich, dass ich verfolgt wurde.

Da ich nicht wollte, dass sie mir zu Madison folgten, bog ich auf den Parkplatz eines Einkaufszentrums ein und hielt vor einem Supermarkt. Es gab so viel Aktivität, dass ich, wenn ich wollte, auf mich aufmerksam machen konnte. Als sie auf beiden Seiten von mir parkten und so schamlos demonstrierten, dass sie mich verfolgten, wurde mir klar, dass es keine so große Leistung war, dass ich sie entdeckt hatte.

Mit meinem Doppel-Karambit in der Hand und einem Messer in der Scheide an meinem Knöchel stieg ich aus dem Auto und ging schnell zum Fenster auf der Fahrerseite des R8, klopfte an die Scheibe und bedeutete ihm mit dem Kopf, dass er aussteigen sollte.

„Wandler", stöhnte ich, als ein großer Mann mit getöntem Teint ausstieg, der mich um zwanzig Zentimeter überragte. Wenn in seinen schokoladenbraunen Augen nicht das Funkeln des Raubtierbewusstseins gewesen wäre, hätte ich Langeweile vorfinden können. Er war dünn und drahtig, und sein kurzärmliges Hemd ließ sehnige, muskulöse Arme frei, mit Tätowierungen, die sich daran emporschlängelten, als er sie vor der Brust verschränkte.

„Ja?", erkundigte er sich mit hochgezogener Augenbraue. Die schmalen Lippen deuteten auf die gleiche Langeweile hin, die ich in seinen Augen sah.

Die kleinere Frau, die aus dem SUV stieg, hatte eine räuberische Miene, die mich dazu brachte, mein Karambit fester zu umklammern. Obwohl sie kräftig gebaut war, bewegte sie sich mit der fließenden Anmut und Selbstsicherheit einer Wandlerin. Sie sah aus, als arbeitete sie bei einem Sicherheitsdienst, gekleidet in eine schwarze Bluse und eine schwarze Hose. Ich bemerkte die Beulen in ihrer Kleidung, von denen ich vermutete, dass sich darunter versteckte Waffen befanden.

„Was ist?", fragte die Wandlerin.

Mr. Gelangweilt zuckte mit den Schultern. „Ich weiß nicht."

„Ich habe euch erwischt." Ich musste aufhören, mit Cory Polizeidramen und Thriller anzuschauen.

Mr. Gelangweilt grinste. „Erwischt? Wir haben uns nicht versteckt. Wir sind dir sehr offensichtlich gefolgt. Asher wollte dich wissen lassen, dass wir da sind."

„Asher? Er hat euch dazu angestiftet?"

„Nein, wir hätten nichts Besseres zu tun, als dir zu Starbucks zu folgen", witzelte die Wandlerin.

Ich fixierte das Komiker-Duo mit strengem Blick und sagte: „Ich will nicht verfolgt werden."

Sie reagierten mit desinteressierten und abweisenden Blicken.

„Das entscheidest nicht wirklich du. Vielleicht solltest du mit Asher darüber reden", sagte die Wandlerin schließlich und beendete das unangenehme Schweigen.

Als ich meine Schultern straffte, richtete sich mein harter Blick zuerst auf sie. Ihre geringe Größe ließ mich glauben, dass sie eher den Schwanz einziehen würde. Sie tat es nicht und erwiderte meinen Blick mit einem ihrer eigenen: eisig, stählern und unbeugsam. Und ein bisschen zickig. Das hatte ich dafür verdient, ein Buch nach seinem Einband zu beurteilen. Der Blick von Mr. Groß und Gelangweilt spiegelte ihren wider, mit einer Prise Arschloch als Zugabe.

Mein knallharter Blick war durch jahrelange Übung verfeinert worden. Er brachte Ergebnisse, und ich gab ihnen die volle Intensität. „Hört. Auf. Mich. Zu. Verfolgen! Ich befehle es euch." Meine Stimme war messerscharf und arktisch. Für mehr Effekt bewegte ich meine Waffe so, dass die Sonne darauf glitzerte, wodurch sie bedrohlicher wirkte.

Ihr lautes Gelächter und ihre amüsierten, ungläubigen Blicke waren, ehrlich gesagt, beleidigend und machten mich wütend.

Wandler sind unmöglich!

Ich war der Grund, warum sie gegen Magie immun waren. Sollte ich nicht ihre Königin sein oder sowas? Oder zumindest stellvertretender Alpha?

Ihre Blicke folgten mir, als ich zu meinem Auto zurückging. Ich riss die Tür auf und nahm mein Handy vom Sitz. Dann nahm ich mir ein paar Minuten Zeit, um meine Gefühle in den Griff zu bekommen, bevor ich durch meine Kontakte scrollte und Asher anrief.

„Erin", antwortete er mit einem heiseren Schnurren. Ein Lächeln lag in seiner Stimme, und ich konnte mir das schiefe Grinsen und seine widerliche Selbstsicherheit vorstellen.

„Schick sie weg!"

„Ah, du bist unterwegs, wie ich sehe."

„Ja, ich bin unterwegs und werde von deinen Wandlern verfolgt. Schick sie weg!"

„Nein", antwortete er. Die amüsierte Befriedigung in seiner Stimme zu hören, machte mich nur noch entschlossener.

„Asher, das ist keine Debatte."

„Genau. Gestern hast du mir erzählt, dass jemand deinen

Tod will. Ich werde das nicht zulassen. Du hast recht, es gibt keine Debatte. Die Antwort ist Nein. Wenn wir hier fertig sind, würde ich jetzt gern weitermachen. Egal, wie mühelos ich es aussehen lasse, ein Unternehmen zu führen ist Arbeit."

Ich antwortete nicht sofort und ließ ihn hören, dass ich vor Wut kochte. Er musste wissen, dass das für ihn nicht so leicht enden würde.

„Auf Wiederhören, Erin." Damit wurde die Telefonverbindung getrennt. Ich konnte es nicht ertragen, aus dem Fenster zu blicken und die selbstgefälligen Gesichtsausdrücke meiner Wachhunde zu sehen.

Als ich den Motor anließ und ohne Vorwarnung losfuhr, wusste ich, dass es nicht lange dauern würde, bis sie mich einholen würden. Im Rückspiegel erhaschte ich einen flüchtigen Blick auf das Grinsen der Wandlerin, als ich in entgegengesetzter Richtung zur Auffahrt zurückfuhr und auf mein Ziel zuraste. Das hoch aufragende Gebäude am Anfang der Straße stellte alle anderen in den Schatten, bis auf seinen Zwilling am Ende der Straße, das Gebäude des Löwenrudels. Beide waren dunkelbraun mit üppigen, gepflegten Büschen, die den Weg zur Tür säumten. Ein beleuchteter Brunnen zierte den Rasen vor dem Haus, zusammen mit neu aufgestellten Statuen heulender Wölfe, die in entgegengesetzte Richtungen blickten.

Das ist ja mal überhaupt nicht furchteinflößend. Toller Versuch, euch einzufügen, Rudel.

Schiefergrau verputzte Wände wurden durch schwarz gerahmte Bilder von Wäldern ergänzt. Der Raum war mit eleganten und teuer aussehenden, modernen Möbeln eingerichtet. Große Fenster gaben einen malerischen Blick auf die üppigen Bäume frei, den klaren blauen Himmel und die umliegenden Gebäude, die neben diesem winzig und schlicht wirkten. Ich stellte mir vor, dass das ihr Ziel war: eine wenig subtile Zurschaustellung von Dominanz.

Ich rechnete damit, dass meine Verfolger mir weiter

folgen würden, während ich durch das Gebäude ging, aber offenbar waren sie damit zufrieden, neben meinem Auto auf dem Parkplatz zu warten. Trotz meiner Versuche, meine Verfolger bis zum Gebäude des Nordwest-Rudels loszuwerden, hatte mich die Fahrt beruhigt und mir Zeit zur Reflexion gelassen. Ich hatte keine Lust mehr, eine dramatische Szene zu machen, indem ich in Ashers Büro stürmte und ein paar ausgewählte und unfeine Worte von mir gab.

Ich wusste Ashers Sorge zu schätzen. Aber es fühlte sich anmaßend und kompromisslos an, zwei Dinge, die ich hasste. Ein Mann, der Hunderte ohne Widerstand oder Herausforderung befehligte, war Widerspruch nicht gewohnt, und ich war seine Art, mit Situationen umzugehen, nicht gewohnt. Er übernahm die Verantwortung, sich um sein Rudel zu kümmern, und im Gegenzug folgten sie ihm, ohne Fragen zu stellen. Wenn sie jemals seine Fähigkeit infrage stellten, kluge und strategische Entscheidungen im besten Interesse des Rudels zu treffen, wäre das eine Herausforderung gegen ihn.

Ich war kein Wandler oder Teil seines Rudels. Bedingungsloser Gehorsam war nichts für mich, und außerdem stellte ich manchmal Dinge einfach nur so infrage. *Ja, manchmal bin ich auch ein Arsch. Ich gebe es zu. Es ist doch nicht so schlimm, wenn man sich dessen bewusst ist, oder?*

Aber Asher war auch ein selbsternannter Arsch. Er trug das Etikett wie ein Ehrenzeichen und hatte Cory gesagt, dass es vorteilhaft war, einer zu sein: dass es ihm ermöglichte, zur Sache zu kommen, ohne sich mit Freundlichkeiten oder Liebenswürdigkeiten aufzuhalten.

Das hatte ich im Hinterkopf, als der Aufzug in die oberste Etage fuhr, in der sich Ashers Büro befand. Eine ganze Etage für Mr. Alpha, den großen CEO. Als ich eintrat, lächelte sein Assistent. Warme, klare, haselnussbraune Augen, die einladendsten, die ich je gesehen hatte. Ich hatte seinen Namen vergessen und musste auf sein Namensschild spähen.

Xander. Doch sein honigfarbener Teint, der strahlte, wenn er lächelte, das einzelne Grübchen in seiner linken Wange und sein entspannter Gesichtsausdruck machten es schwer, sich vorzustellen, dass er sich in einen riesigen Schakal verwandeln konnte. Unter dem Dach des *Northwest Wolf Pack*-Firmenkonglomerats war es üblich, Schakale, Dingos, Kojoten oder Füchse im Unternehmen zu finden. Die größte Gruppe waren jedoch Wölfe.

Xander saß hinter einem schicken Glastisch mit Metallbeinen und trug einen Anzug, der für die meisten Assistenten zu maßgeschneidert und zu teuer schien. Ich blickte noch einmal auf das Schild auf seinem Schreibtisch: *Assistent der Geschäftsleitung.* Dennoch sah sein Anzug so aus, als kostete er mehrere meiner Monatsmieten.

„Miss Jensen", sagte er, „Mr. Sullivan erwartet Sie."

Natürlich tat er das.

Es war gut, dass ich meinen Plan, ihn zu überraschen, aufgegeben hatte. Ich griff nach der Tür, bevor Xander das Schloss öffnen konnte.

Wirklich? Oh, Mr. Sullivan ist zu wichtig, um jedes Gesindel reinzulassen. Den Leuten muss Zutritt gewährt werden.

Mr. Sullivan wartete auf mich, völlig unbekümmert, als er sich mit einer Tasse Kaffee in der Hand in seinem großen Sessel zurücklehnte und mich beobachtete, als ich eintrat. Er streckte in einer professionell neutralen Geste seine Hand in Richtung des Stuhls vor sich aus und bot mir einen Platz an.

Ich ließ mich darauf fallen und lehnte sein Kaffeeangebot ab. „Sie haben dir nicht gesagt, dass ich schon Kaffee getrunken habe", bemerkte ich.

„Nein, das haben sie nicht. Sie sind keine Spione. Sie sind nur zum Schutz da, wenn du ihn brauchen solltest."

Ich seufzte. „Das verstehe ich, aber du musst sie trotzdem …"

„Nein." Es war derselbe kompromisslose Ton wie zuvor.

Ich stand auf und ging zum Fenster, das die Rückwand seines Büros einnahm.

„Ich weiß deine Sorge zu schätzen, wirklich", sagte ich. „Aber ich gehöre nicht zu deinem Rudel, und davon abgesehen, dass ich ein Leben habe, das ich zu leben versuche, muss ich immer noch arbeiten. Wenn mir Wandler folgen, ist das eher hinderlich."

Er stand auf und kam bis auf wenige Zentimeter an mich heran. Sein Finger glitt über mein Shirt, dort, wo die Narbe war, die ich von meiner Stichwunde davongetragen hatte. Ich biss mir auf die Unterlippe und hielt seinem scharfen, durchdringenden Blick stand, während er den Saum meines Shirts hochschob. Wir blickten beide auf die Narbe, die nach fünf Tagen besser verheilt war, als sie sein sollte.

„Jede Narbe zeigt nur, dass ich überlebt habe, was auch immer mich töten wollte", sagte ich stolz. Aber ich hatte nicht überlebt.

„Mmmhm", sagte er und überwand die wenigen Zentimeter, die noch zwischen uns lagen. Er beugte sich vor, atmete ein, und ich fragte mich, was er wohl roch. Wie roch ich jetzt? Asher hatte gesagt, dass es anders war, aber inwiefern? Wirkte es dunkel und bedrohlich? Wie der Geruch entweihter oder frisch umgegrabener Erde? Regengeruch oder Morgentau? Blumen oder Obst? Angenehm oder widerlich?

Ein Vampir hatte mir einmal gesagt, dass ich nach Erdbeeren und Riesling rieche. Ich beobachtete Ashers Reaktion, als er sich vorbeugte und erneut einatmete. Offensichtlich war mein Geruch nicht widerlich oder unangenehm, nur anders. Er ließ mein Shirt los und zog sich gerade weit genug zurück, um meine Augen noch einmal zu untersuchen.

„Etwas hat sich an dir verändert, Erin. Du hast überlebt, aber zu welchem Preis? Du warst tagelang bei Mephisto, und er ist" – er holte tief Luft – „*anders*."

Wir richteten unsere Aufmerksamkeit aus dem Fenster, als würde es zu viel verraten, wenn wir uns ansehen würden.

„Wir sind jetzt immun gegen Magie", sagte er. „Ich nehme Dinge anders wahr. Ich kann erkennen, ob eine Hexe, ein Magier oder eine Fee in der Nähe ist, nicht an ihrem Geruch, sondern am Geruch der Magie."

„Ich auch. Es ist immer ähnlich, aber sie alle haben Nuancen, nicht wahr?"

Er nickte. „In diesem Sinne glaub mir, wenn ich sage, dass etwas an dir anders ist."

Ich kehrte zum Stuhl zurück. Diese Art der Befragung würde wahrscheinlich dazu führen, dass er zu viel herausfand, und das konnte ich nicht zulassen.

„Ich schätze deine Hilfe und dein Interesse. Ich bin nicht zu stolz, um Hilfe zu bitten, wenn ich welche brauche."

„Das bist du nicht, aber du scheinst sie nur bei Mephisto zu suchen."

„Asher, ich werde nichts Gefährliches tun, ohne um Hilfe zu bitten. Ich habe es nicht eilig, ohne Unterstützung zu einem Familientreffen zu gehen."

„Habe ich dein Wort?"

Ich war sehr wählerisch, wem und aus welchem Grund ich mein Wort gab, weil ich dazu stand. „Wofür willst du mein Wort?"

„Wenn du Hilfe brauchst, bin ich der Erste, den du anrufst. Nicht Mephisto."

Ich lehnte mich an den Schreibtisch und warf ihm einen trotzigen Blick zu. „Das hört sich nicht so an, als ob du nur mir helfen willst, sondern eher, als ob du nur nicht willst, dass Mephisto es tut."

Seine Lippen verzogen sich, und er begegnete meinem anklagenden Blick. „Also gut. Wenn du Hilfe brauchst, ruf *nur* mich an!"

„Nein." Das hätte sich nicht so gut anfühlen sollen. Aber nachdem er sich so stur gestellt hatte, war es ein herrliches

Gefühl. Und ihm zuzusehen, wie er versuchte, es von sich abperlen zu lassen, machte es noch entzückender.

Er lehnte sich in seinen Sessel zurück, verschränkte die Finger hinter dem Kopf, und ein schelmischer Ausdruck huschte über sein Gesicht. „Wenn dich zwei Wandler, die dir folgen, stören, wette ich, dass dich sechs in den Wahnsinn treiben werden. Du hast ein paar anstrengende Tage vor dir."

„Asher", brachte ich mit zusammengebissenen Zähnen hervor.

„Erin." Sein Ton war unbeschwert und amüsiert. Er hob die Augenbrauen und wartete auf meine Antwort.

„Wenn ich Hilfe brauche, rufe ich denjenigen an, der mir am besten helfen kann. Mehr kann ich dir nicht anbieten."

Er antwortete nicht.

„Und ich werde dich auf dem Laufenden halten."

Nach einigem Nachdenken nickte er. „Deal. Meine Wandler werden dir nicht folgen."

Ich ging die Worte in meinem Kopf noch einmal durch.

Oh Asher, du spielst immer deine Wolfsspielchen, nicht wahr?

„*Niemand* wird mir folgen. Keine Person, die unter *Northwest Wolf Pack Inc.* oder das Rudel fällt."

Seine Zunge glitt träge über seine Unterlippe, bevor er darauf biss. Asher besaß nicht den Anstand, sich zu schämen; mehr würde ich nicht erreichen. Ein vulgäres Grinsen. Ein Betrüger in der Falle.

„Natürlich." Er stand mit einer anmutigen Bewegung auf. „Ich werde mein Versprechen halten, solange du es tust."

Ich stand auf und ging zur Tür. Ich musste zu Madison. Sie und Cory warteten auf mich. Als Asher mich rief, drehte ich mich um und fand ihn direkt neben mir. Er drückte seine Lippen leicht auf meine. Die rohe Intensität eines so sanften Kusses überraschte mich.

„Sei vorsichtig, Erin."

Das ist dermaßen überflüssig! Vorsichtig. Natürlich werde ich vorsichtig sein.

„Erin, versuch' nicht noch einmal, meinen Wölfen Befehle zu erteilen, okay?" Mit einem Falsett und einer dramatischen Imitation meiner Stimme sagte er: „Hört. Auf. Mich. Zu. Verfolgen! Ich befehle es euch."

Sein lautes Lachen folgte mir aus dem Zimmer. Zumindest hatte Xander den Anstand, seine Reaktion zu dem angespannten Lächeln zu unterdrücken, das er mir schenkte.

5

Als ich Madisons Türschwelle erreichte, schwang die Tür auf, und ich stand einer sehr besorgt dreinblickenden Madison gegenüber. Die zusammengekniffenen Augen betrachteten mich missbilligend, als könnte mir irgendwie der tadelnde Blick entgehen.

„Werde mich verspäten. Ich habe ein Problem, mit dem ich mich befassen muss", knurrte Madison und las die SMS vor, die ich ihr geschickt hatte.

Ich würde keine Hilfe von Cory bekommen, der vor Wut kochte. Sein linkes Auge zuckte.

„Tut mir leid. Ich hatte eine Asher-Situation, die ich klären musste. Es hat länger gedauert als erwartet", erklärte ich und wischte es mit einer Geste weg. Ich hätte wissen müssen, dass es nicht funktionieren würde.

„Als ob sich irgendwas mit Asher schnell erledigen ließe", sagte Cory.

Ich hätte erwartet, dass sowas von Madison kommt. Der jahrelange Umgang mit Asher, seinem Rudel und ihrem übermäßig aggressiven Anwaltsteam löste bei jedem, der für die Supernatural Task Force arbeitete, immer ein Augenrollen aus.

„Was für eine Situation?", fragte Madison.

„Anscheinend glaubt er, dass ich einen Bodyguard brauche", sagte ich mit einem trägen Schulterzucken.

„Damit hat er nicht Unrecht. Du hast den Wandler doch nicht weggeschickt, oder?", fragte Cory.

„Nicht ein Wandler, sondern zwei. Und das konnte ich nicht, weil in Ashers Welt offenbar seine Wünsche Vorrang vor meinen Rechten haben."

„Ja, du hast das Recht, ermordet zu werden. Cool!" Jetzt war er nur noch zickig.

Ich starrte ihn böse an. „Ja. Und wenn wir vom Tod sprechen, du hattest recht, ich bin tatsächlich gestorben."

Madison wurde blass und ließ sich auf das Sofa fallen, ihre Hand vor dem Mund. Ich bereute es sofort, das leichtfertig dahingesagt zu haben. Selbst, nachdem ich Tage damit verbracht hatte, mich damit auseinanderzusetzen, war der Gedanke daran immer noch beunruhigend. Ich setzte mich neben sie und legte eine Hand auf ihr Bein.

„Das hätte ich nicht sagen sollen. Tut mir leid", seufzte ich. „Ich versuche, mich mit den vielen neuen Informationen und Problemen auseinanderzusetzen, die mein Leben unwiderruflich verändert haben, und ich versuche, an dem festzuhalten, was ich habe", erklärte ich. „Es ist nicht leicht."

Cory nickte, lächelte mich entschuldigend an und drückte eine Hand auf seine Brust, seine Art, um Vergebung zu bitten. Ich nickte, aber unsere Versöhnung brachte nicht die Farbe in Madisons Gesicht zurück. Ihr Gesichtsausdruck ließ sich nicht deuten, ihr Gesicht war ausdruckslos, und ihre Augen waren leer. Ich fragte mich, ob sie unter Schock stand. Sie holte mehrmals tief Luft, schloss die Augen, lehnte sich zurück und legte einen Unterarm über ihre Augen.

„Erzähl mir alles, was passiert ist, beginnend mit dem, was vor deinem Tod geschehen ist. Ich will ganz genaue Einzelheiten darüber, wie du gestorben, und doch jetzt hier bist", befahl sie mit leiser, modulierter Stimme.

Da ich nicht wie bei Asher gewisse Dinge weglassen musste, verlief das Nacherzählen reibungsloser, mit Ausnahme ihrer Unterbrechungen: „Was meinst du mit Hölle?"

„Es ist weniger drakonisch, als es sich anhört."

„Sie sind alle Götter?"

„Das habe ich gesagt."

„Nein, nur Kai hat Flügel. Clay kontrolliert das Meer und die Elemente, Simeon kann mit Tieren kommunizieren, und Mephisto kann wynden und besitzt die stärkste Verteidigungsmagie."

„Malific hat sie ins Exil verbannt."

„Ein Zauber ähnlich dem Fluch, den die Caste gegen die Immortalis angewandt haben. Es war eine Rache."

Madison beugte sich vor, sah mich an, musterte mich, Sorge in ihren Augen. Ich wusste, dass es daran lag, dass ich keine Angst zu haben schien und die Informationen wie einen Bericht vortrug: emotionslos und kontrolliert. Es war anstrengend. Eine Fassade, die ich nur schwer aufrechterhalten konnte. Es reichte, dass ich mir Sorgen machte; ich musste alles tun, ihre zu lindern.

„Du scheinst damit gut zurechtzukommen", bemerkte sie.

Überhaupt nicht, mein Leben ist eine Shitshow. Der Zirkus der Verdammten.

„Ja, zu gut, Erin", fügte Cory leise hinzu, sein Ton voller Misstrauen.

„Ich bin sachlich und habe nichts genommen", versicherte ich ihm. „Wenn ich mich stresse, stresst ihr beide euch", gab ich schließlich unter ihrem prüfenden Blick zu. „Sie hat ihren eigenen Bruder getötet, und wir sind ziemlich sicher, dass sie mich nur als Werkzeug zur Welt gebracht hat, um sich aus der Gefangenschaft zu befreien. Und jetzt bin ich die Einzige, die ihrer Fähigkeit, ihre volle Macht wiederherzustellen und mehr Immortalis zu erschaffen, im Wege steht." Malific war ein Übel, von dem ich mir nicht sicher war, ob ich bereit war, mich damit auseinanderzusetzen.

Wir verfielen in angespanntes Schweigen, und ich beobachtete, wie Cory herumzappelte. Wenn wir bei mir zu Hause wären, hätte er sich damit beschäftigt, den Raum aufzuräumen, Decken auf meinem Sofa zusammenzulegen und Dinge auf meinen Tischen und Konsolen auszurichten. Aber da wir bei einem Typ-A zu Hause waren, gab es nichts, was er in Ordnung bringen konnte oder eines ungebetenen Vorschlags bedurfte, um die Effizienz des Hauses zu verbessern.

„Glaubst du, dass Mephisto einen Weg finden kann, deine Einschränkung aufzuheben?", fragte Cory schließlich, sein Blick wanderte durch den Raum, während er ab und zu seine Hände rang und ich überlegte, den Inhalt meiner Handtasche auf den Boden zu werfen, nur um ihm etwas zum Aufräumen zu geben.

„Er glaubt es." Ich war nicht so zuversichtlich. Magie war launisch. In all der Zeit, die Mephisto hier war, war es ihm nicht gelungen, einen Weg zurück in den Schleier zu finden. Ich erklärte, was passiert war, als sie versucht hatten, die Einschränkung aufzuheben. Weder Madison noch Cory schienen überrascht, dass die anderen das zweite Exemplar von *Mystic Souls* hatten oder dass sie eine tote Sprache sprechen konnten. Ich vermutete, dass sie desensibilisiert waren. Schließlich saßen sie neben jemandem, der durch einen Zauber wieder zum Leben erweckt worden war. Nicht viele Dinge waren schockierender.

„Deine magische Einschränkung ähnelt einem Fluch der Caste. Nur sie konnten ihre Flüche aufheben. Wenn es genügend Caste gäbe, könnten sie den Fluch auf den Todesmagiern aufheben. Nur die Person, die einen Zauber angewendet hat, kann ihn entfernen." Madison sah niedergeschlagen aus. Das war nicht das, was ich hören wollte, weil ich nach dem Entfernungsversuch darüber nachgedacht hatte.

„Wahrscheinlich. Alle denken, dass mein Vater es getan hat, und wir haben keine Ahnung, wer oder was er ist." Ich stützte das Gesicht auf meine Hand und seufzte. „Ich muss meinen Vater finden."

Dann fühlte ich mich genauso unruhig wie Cory, stand auf und verlagerte mein Gewicht von den Ballen zur Ferse und zurück, unfähig, die mutige, ruhige und gefasste Fassade aufrechtzuerhalten, die ich zuvor zu zeigen versucht hatte.

„Ich glaube nicht, dass es so einfach wird", gab ich zu.

Cory begann auf- und abzugehen. „Man kann Blut verwenden, um Angehörige derselben Blutlinie aufzuspüren", zitierte er halbherzig.

„Cory, du weißt, dass die Erfolgsquote bei weniger als einem Prozent liegt", sagte Madison. Das wussten wir alle.

„Weniger als ein Prozent ist besser als nichts", sagte ich und klang optimistischer, als ich mich fühlte.

Madison zuckte mit den Schultern. „Es kann nicht schaden."

Es war Zeitverschwendung, und das wussten wir, aber der Drang, etwas zu tun, war größer als die Vernunft. Ich wollte nicht das Gefühl haben, nur herumzusitzen und darauf zu warten, von meiner Mutter angegriffen zu werden oder darauf, dass jemandem auf wundersame Weise ein Hinweis in den Schoß fiel. Ich musste proaktiv sein.

Cory hatte nicht den Funken Vorfreude, den er normalerweise hatte, wenn er einen Ortungszauber ausführte. Aus Verzweiflung etwas zu versuchen, dessen Erfolgsquote unter einem Prozent lag, reichte aus, um die Begeisterung aller zu dämpfen. Sein Finger tanzte über das Leuchten der goldenen Karte, die vor ihm entstand, aber nicht einmal eine Spur roter Farbe deutete auf jemanden hin. Selbst wenn der Treffer schwach war, zeigte sie zumindest eine blasse

Färbung, die nur für eine Sekunde sichtbar war, manchmal gerade lange genug, um den groben Bereich zu erkennen.

Zumindest waren wir vom Ergebnis nicht deprimiert, denn es war zu erwarten gewesen. Wir verbrachten eine Stunde damit, die größte Show abzuziehen und so zu tun, als wäre es kein Untergang. Ich machte eine Skizze des Raben, der auf meinem Arm zu sehen war, und der Zeichen, die ich an den Jägern gesehen hatte, als wir durch das Mirra-Feuer bei Elizabeth gegangen waren. Sie wollten die Informationen für Recherchezwecke nutzen, aber es war nur Beschäftigungstherapie. Wir mussten etwas tun, bis es nichts mehr zu tun gab.

Beichten war gut für die Seele, oder zumindest gut für den Schlaf, denn als ich nach Hause kam, schlief ich schnell ein und wachte erst auf, als mein Handy um drei Uhr morgens klingelte. Als ich die Nummer betrachtete, stöhnte ich. Sie waren keine Geschöpfe der Nacht, obwohl sie sie zu bevorzugen schienen, weshalb Landon, der amtierende Vampirmeister der Stadt, mich anrief.

„Erin", sagte Landon, und seine seidige Stimme liebkoste mich.

„Schalt ein paar Stufen runter. Ich habe nicht vor, jemals dein Mitternachtssnack zu sein oder mit dir zu schlafen", informierte ich ihn mit vom Schlaf heiserer Stimme.

„Das sagst du jedes Mal."

„Und trotzdem versuchst du die Sache mit der verführerischen Stimme weiter. Jedes. Mal." Zwingen war gegen das Gesetz. Da Vampire nur Menschen zwingen konnten, wurde das Gesetz strikt durchgesetzt. Aber Vampire hatten etwas so Verlockendes und Verführerisches an sich, dass sie keinen Zwang brauchten. Die Menschen hatten sich eingeredet, dass die Anziehungskraft genauso wie die Unsterblichkeit der Vampire eine weitere Facette ihrer Magie war. Wenn Menschen den Verführungskünsten der Vampire zum Opfer fielen, setzten sie diese Verführungskünste mit der Zwangsmagie der Vampire gleich. Sie konnten einfach nicht anders.

Egal. Wenn man was Heißes und Unheimliches mit einem Vampir will – sollte man dazu stehen. Die Leute verurteilten einen wegen vieler Dinge, aber der Wunsch einen Vampir zu wollen, gehörte nicht dazu.

Ich hatte meinen Teil pikanter Nächte mit Vampiren. Ihr Biss war so verführerisch wie ihre Stimmen und so bezaubernd wie jeder Zauberspruch. Der rohe, ungezügelte Hedonismus ließ mich mein magisches Verlangen immer vergessen. Für den Moment bot er eine falsche Erfüllung an.

„Soll ich dich bitten, damit aufzuhören, ein streitlustiger, bissiger Hitzkopf zu sein?", fragte Landon mit einem Lachen in der Stimme.

„Ich bin nur zwei von den drei Dingen", erwiderte ich, setzte mich auf und rieb mir die Augen. Ich wollte nicht zu weit aufwachen; ich hatte vor, sofort wieder einzuschlafen, aber ich musste aufmerksam genug sein, um mit Landon zu sprechen.

„Was kann ich für dich tun?"

„Ich bin in einer Stunde bei deiner Wohnung. Ich habe einen Job für dich."

Nein! Oh nein! Absolut nicht! Dafür hatte ich ein Büro. Zu viele Leute wussten, wo ich wohnte, dass die Miete meines kleinen, runtergekommenen Büros fast unnötig war. Aber der Mietvertrag hatte noch acht Monate Laufzeit, und ich wollte ihn nutzen.

„Ich treffe dich morgen um zehn im Büro."

„Um zehn", schnaubte er. Ich wusste, dass er dem Handy einen verächtlichen Blick zuwarf, der für mich bestimmt war. Landon war dramatisch und angetrieben vom selben

Treibstoff, der auch Victoria antrieb: Genusssucht, Privilegien und einem übersteigerten Selbstwertgefühl. Ich hielt es für eine gesellschaftliche Verpflichtung, diesem bei jeder sich bietenden Gelegenheit einen Dämpfer zu verpassen. Nein, die Welt dreht sich nicht um dich. Wenn ich es für wichtig gehalten hätte, hätte ich mich mit ihm getroffen.

„Ich gehe heute Nacht aus. Ich werde kaum rechtzeitig aufstehen, um dich zu treffen."

„Dann wirst du eine schwere Entscheidung treffen müssen. Zu Hause bleiben und dich um zehn mit mir treffen, oder ausgehen und den Termin mit mir verschlafen. Wenn du das tust, ist mein Beratungshonorar trotzdem fällig."

„Ich verdreifache das Honorar, wenn du mich heute Nacht triffst." Es war so verlockend, doch manchmal musste ich die Regeln machen. Prinzipien hatten ihren Preis oder gingen wie in diesem Fall mit einem Verlust von Einnahmen einher.

„Ist zwölf besser?"

Er seufzte schwer und klang trotzig. „Besser, aber immer noch nicht das, was ich will."

Ich bin sicher, das hat deine Gefühle verletzt. Du konntest die gewünschten Ergebnisse nicht kaufen.

„Ich würde gern heute Nacht damit anfangen", drängte er.

„Wird jemand sterben?"

„Irgendwann."

Seine Stimme war hart und voller unterdrückter Wut, die sich gegen wen auch immer richtete. Vampire bevorzugten es, selbst Bestrafungen vorzunehmen, die oft gewalttätig und makaber waren und mittelalterliche Elemente benutzten. Aus diesem Grund behielt die STF sie genau im Auge. Die Vampire liebten es, nicht im Schatten leben zu müssen. Die meisten Übernatürlichen taten das, also gab es einen unausgesprochenen und wackeligen Waffenstillstand zwischen uns allen. Die Menschen hatten die zahlenmäßige Überlegenheit und den Zugang zu Waffen und Militär, hatten aber auch menschliche Schwächen. Übernatürliche besaßen Magie und waren belastbarer, aber nicht so zahlreich vertreten.

Wenn es einen Krieg zwischen den beiden gäbe, wäre jeder Sieg ein Pyrrhussieg. Wir alle genossen den Waffenstillstand und profitierten davon, und theoretisch kontrollierten wir uns selbst, oder vielmehr die STF tat es, und es waren dieses scharfe Auge und die Androhung von Konsequenzen, die dafür sorgten, dass die Vampire mitspielten. Oder zumindest dafür sorgten, dass niemand es jemals herausfand, wenn sie es nicht taten. Früher hatten sie gern Menschen als warnendes Beispiel dafür benutzt, was passierte, wenn man sich mit ihnen anlegte. Die Geschichten lebten in Tagebüchern und Geschichtsbüchern weiter, jedoch nicht in aktuellen Ereignissen. Zumindest nicht auf eine Weise, die sich auf sie zurückführen ließe.

„Morgen um zwölf, und ich schaffe keine Vampirsituation aus der Welt, Landon", sagte ich bestimmt. „Sind wir uns einig?"

„Triff dich heute Abend mit mir, und ich kann dir versichern, dass das nicht nötig sein wird."

Bei Gelegenheiten wie dieser hatte ich das Gefühl, dass meine Geschäftswelt wie eine dieser Tellerbalanciernummern war und ich versuchte, alle Teller am Rotieren zu halten. Wenn Landon tatsächlich darüber nachdachte, sich um eine Situation zu kümmern, dann könnte sich die Supernatural Task Force, je nachdem, worum es ging, mit einer Situation konfrontiert sehen, die Madison indirekt und möglicherweise direkt betreffen würde. Wenn ich den Vampiren keine Grenzen setzte, würde Landon während dieses Jobs die meiste Zeit damit verbringen, diese Grenzen zu ignorieren, als wären sie nicht da.

„Zwölf Uhr. Wenn jemand stirbt, werde ich nicht für dich arbeiten, sondern für die STF, damit sie deinen Arsch vor Gericht stellen. Ist das klar?"

„Natürlich, Erin." Anklänge dunkler Freude waren in

seinen Worten zu hören. „Gute Nacht, wir sehen uns morgen."

Nein, du wirst mich heute Nacht sehen, dachte ich und stand auf. Zumindest war es zu meinen Bedingungen, und an ein wenig Unberechenbarkeit war überhaupt nichts auszusetzen. Vor allem nicht im Umgang mit Vampiren.

Ich duschte schnell, zog mich an und band meine Haare zu einem straffen Pferdeschwanz zusammen, wobei ich sorgfältiger als sonst war. Dadurch wirkten meine scharfen Gesichtszüge strenger, was im Umgang mit Vampiren keine schlechte Sache war. Genauso wenig wie die Farbe und das Outfit anzuziehen, das mir am wenigsten gefiel. Schwarze Lederhose, dunkelviolettes Tanktop und Lederjacke. Ich hoffte, dass ich es am Ende des Tages bereuen würde, Leder getragen zu haben. Denn das würde bedeuten, dass niemand versucht hatte, mich hinter irgendeinem Fahrzeug her zu schleifen. Abgesehen von meiner jüngsten Stichwunde waren die Schleifverletzungen die schlimmsten. Es war nur einmal passiert, und ich erinnerte mich noch allzu lebhaft daran, wie der Boden meine Haut aufgerissen hatte. Scharfe, stechende Nadeln die ganze Zeit.

Obwohl ich es hasste, meine Lederjacke und -hose zu tragen, gab mir das Gelegenheit, meine Lieblingsstiefel zu tragen. Weiches, geschmeidiges Leder mit zwei Schlitzen, in die Faustmesser passten. Die Stahlkappen in den Zehen sorgten dafür, dass jemand, den ich trat, es definitiv spürte.

Mich anzuziehen, um einen Kunden zu treffen, war eine größere Mühe, als ihn tatsächlich zu treffen. Insbesondere Vampire. Sie waren eine heikle Gruppe und ein wenig zu voreingenommen für Leute, die Blut tranken, um zu überleben.

Mein gebräunter Teint strahlte gesund, dazu ein bisschen Mascara und ein paar Pinselstriche Rouge, und ich sah nicht aus, als wäre ich gerade aus dem Bett gekrochen. Ich sah auch nicht annähernd so genervt aus, wie ich mich wegen

Landons Anruf fühlte. Ich hätte ihn gern in abgetragenen Leggings, einem alten, ausgeleierten T-Shirt, Schlupfschuhen, einem unordentlichen Dutt, ohne Make-up und mürrischer Miene getroffen, aber er würde mich nicht annähernd so ernst nehmen, selbst wenn ich einen Flammenwerfer auf den Rücken geschnallt hätte. Ich habe es einmal versucht, aber statt eines Flammenwerfers hatte ich ein Breitschwert. Und er konnte seine Aufmerksamkeit nicht lange genug von meiner Kleidung losreißen, um meine Waffe zu bemerken.

Eine Waffe, mit der man ihm den Kopf abschlagen konnte, war weniger anstößig als ungepflegte Kleidung.

Ich ging mit einer Tasche voller Waffen und Gadgets zu meinem Auto und hoffte, dass ich sie nicht gegen Landon einsetzen musste, um das von ihm geplante Massaker zu verhindern. Die Dunkelheit war beunruhigend und erinnerte mich daran, wie Ian sich herabgeschwungen und mich in die Höhe gerissen hatte. Wie ich erstochen worden war. Das Gefühl der Hilflosigkeit. Ich sah mich schnell noch einmal um, drückte meine Waffentasche an mich und umklammerte das Karambit fester.

Als ich in meinem Auto saß, atmete ich erleichtert auf. Ich musste mir keine Sorgen mehr um Ian machen. Es war meine Mutter, der ich irgendwann begegnen würde. Niemand hatte gesagt, dass sie Flügel hatte. Aber konnte sie wynden? Ein Teil von mir bereute es, Ashers Wachhunde weggeschickt zu haben. Ich nahm mein Handy, holte tief Luft und rief Landon an.

„Ich bin in zwanzig Minuten bei dir zu Hause."

„Zwanzig Minuten? Oh mein Gott, die Zeit ist schneller vergangen, als ich dachte, wenn es schon zwölf ist", neckte er.

„Ich schütze dich vor dir selbst."

„Ich kann mir keinen besseren Schutz vorstellen", sagte er. Als ich mein Ohr näher an das Handy drückte, hörte ich ein leises Wimmern, Zischen und ein tiefes Stöhnen. Ich hatte keine Ahnung, was er tat, aber ich wollte auflegen.

„Ist das okay?"

„Natürlich. Ich bin beim Abendessen, aber bis du hier ankommst, sollte ich fertig sein."

Du solltest besser fertig sein, wenn ich ankomme. Weil es nicht so klang, als würde er nur von einer Person trinken. Und warum hatte er sein Handy dabei?

6

Die scharfen Linien und klaren geometrischen Formen von Landons strahlend weißem Haus verkörperten die Exzentrizität eines Vampirs, der unbezahlbare und seltene magische Gegenstände, Artefakte und Kunstwerke als Nippes und Dekoration verwendete.

Landons Zuhause widersprach allen vorgefassten Vorstellungen über einen jahrhundertealten Vampir, der eine Mischung aus gefährlicher Verführung, schamloser Selektivität und beunruhigenden außerweltlichen Anachronismen war, was ihn insgesamt zu einem unberechenbaren und äußerst schwierigen Kunden machte.

Ich war es gewohnt, ihn in frisch gebügelten, maßgeschneiderten Hemden und seinen bevorzugten italienischen Anzügen mit auffällig gemusterten Krawatten zu sehen und Haaren, die akribisch gepflegt und perfekt frisiert waren. Jetzt trug er kein Jackett, und sein Hemd war drei Knöpfe weit geöffnet, sodass ich einen Blick auf seine Brust werfen konnte. Zerzaustes Haar und rot gefärbte Lippen ließen mich ihn fast nicht wiedererkennen.

„Erin", flüsterte er mit gehauchter Stimme und entblößte seine rotgefärbten Reißzähne. Es war seltsam tröstend. Er hatte gegessen, was bedeutete, dass er nicht den ganzen Besuch über meinen Hals begehren würde.

„Bist du mit dem Abendessen fertig?" Ich sah an ihm vorbei zu seinem Gast, einer Frau, die zu glauben schien, dass es akzeptabel war, ihr Kleid in der Hand zu tragen, anstatt es wieder anzuziehen, um durch sein Haus in Richtung Küche zu schlendern.

Er trat zur Seite und winkte mich in sein Wohnzimmer. Er folgte mir nicht, sondern verschwand in einem anderen Raum und kehrte mit ordentlich gekämmtem Haar und zugeknöpftem Hemd zurück. Landons Lippen waren immer noch blutrot, seine Lider schwer und seine Augen euphorisch. Ich war mir nicht sicher, ob es an der Nahrungsaufnahme oder am Sex lag. Vampire neigten dazu, beides gleichzeitig zu tun, daher war es wahrscheinlich ein Pawlowscher Reflex, bei dem beides die gleiche Reaktion hervorrief.

Träge und entspannt ließ er sich in einem hochlehnigen Sessel nieder, der einem Thron ähnelte. Der war neu.

Erin, verdreh nicht die Augen.

Ich verdrehte sie so sehr, dass ich dachte, ich würde Kopfschmerzen bekommen.

Gib wenigstens keinen Kommentar ab.

„Schöner Sessel!"

Teufel nochmal!

Er ließ seine Hände über die kunstvollen Schnitzereien im Holz gleiten, ließ sich wieder in das weich aussehende Leder sinken und sagte: „Das ist er, nicht wahr? Ich dachte erst, dass er protzig ist, aber er hat einen eleganten Stil, der durchaus passt."

„Auf jeden Fall, er passt sehr gut." Er sah tatsächlich so aus, als *sollte* ein selbstgefälliger Vampir darin sitzen.

Er kniff seine Augen zusammen und ließ den Blick über mich schweifen, musterte meine Kleidung, blieb an meinem Hals hängen und wanderte dann langsam an meinen Lippen vorbei, bis sein Blick meinem begegnete.

„Warum verbringen wir nicht mehr Zeit zusammen?“, erkundigte er sich ernsthaft.

„Weil du Pokerspiele veranstaltest, bei denen um unbezahlbare Objekte und antike Artefakte gespielt wird. Du trinkst Brandy, der mein Beratungshonorar für einige Jobs kostet“, betonte ich. „Ich trinke billigen Tequila, Wodka und Wein.“

„Das ist eine Entscheidung, keine Notwendigkeit.“ Er warf mir ein selbstgefälliges Grinsen zu. Er neigte den Kopf zur Seite und musterte mich einige Augenblicke lang. „Aber du hattest kein Problem mit Grayson. Wir verkehren in denselben Kreisen, haben ähnliche Interessen und gemeinsame Vorlieben. Wie unterscheiden wir uns?“

Adrenalinreicher Job, Alkohol – eine ganze Menge davon – der Versuch, magische Gelüste, unerbittliches Flirten und Lust zu unterdrücken. So bin ich bei Grayson gelandet. Aber unsere gemeinsame Geschichte hat mich nicht davon abgehalten, ihn festzunehmen und der Supernatural Task Force zu übergeben, als er einen gefährlichen magischen Gegenstand gestohlen und Madisons Job und Ruf gefährdet hatte. Aber anstatt irgendetwas davon zu sagen, wechselte ich nur das Thema.

„Was ist der Job, Landon?“

„Ich glaube, ich werde den Lunar Marked-Zirkel töten“, sagte er, viel beiläufiger, als irgendjemand einen vorsätzlichen Massenmord zugeben sollte. Landon betrachtete mich mit geschürzten Lippen und zusammengekniffenen Augen. Ich vermutete, dass er versuchte, meine Einstellung dazu einzuschätzen. Mein Ruf hatte mich definitiv in die Grauzone gebracht. Ich wurde als moralisch zwiespältig und unberechenbar wahrgenommen. Kunden wollten gerne herausfinden, wo meine vage definierten Grenzen lagen. Wie weit konnten sie gehen, bevor ich entweder den Job ablehnte oder klare Grenzen zog?

„Hmm", überlegte ich. „Und du möchtest, dass ich die STF anrufe und dich verhaften lasse, sobald du es tust?"

„Nein, ich möchte, dass du mir hilfst – dabei und damit davonzukommen. Ich möchte nicht, dass einer meiner Vampire wegen eines flüchtigen Moments der Wut leidet."

Landons ruhiger, beherrschter Ton war der Grund, warum ich Vampire so gefährlich fand. Ich war mir sicher, dass er ziemlich wütend war, tödlich wütend. Und jemand würde es erst in dem Moment erfahren, in dem er ihm das Genick brach oder die Kehle herausriss. Manchmal war es, als hätte man es mit einem launischen Kleinkind zu tun. Die Tatsache, dass sie ruhiger waren oder zumindest so taten, zeigte, dass ihr Verhalten kontrollierbar war, sie jedoch nicht dazu bereit waren, es sei denn, es hätte Konsequenzen.

„Nein, das werde ich nicht tun."

Mit einer dramatischen Bewegung seines Handgelenks verwarf er die Idee. „Also gut. Ich werde von ihnen erpresst, und ich möchte, dass du dafür sorgst, dass sie es nicht mehr tun."

„Wie soll ich das machen?", erkundigte ich mich und brauchte eine Klarstellung und eine Erklärung dafür, dass er etwas auslagerte, was mir ziemlich einfach vorkam.

„Ich muss sie natürlich bezahlen. Aber ich würde gerne über den Preis verhandeln, und sie wollen sich nicht mit mir oder einem anderen Vampir treffen. Ich brauche einen Vermittler."

„Hast du ihnen von deinen ritterlichen Plänen erzählt, sie abzuschlachten? Ich wette, das hast du. Leute treffen sich nicht gern mit jemandem, nachdem er ihnen gesagt hat, dass er vorhat, sie zu ermorden. Das liegt an dieser dummen Sache mit dem Selbsterhaltungstrieb. Verdammt sei dieser dumme Kampf-oder-Flucht-Reflex." Als Reaktion auf seinen Blick warf ich ihm ein mildes Lächeln zu. „Sich beliebt machen ist in solchen Fällen hilfreich. Schmeichelei auch. Du solltest es mal damit versuchen."

Ich versuchte, die Anspannung im Raum zu lindern. Das Klügste, was der Lunar-Marked-Zirkel tat, war, einen Vermittler zu verlangen. Der Zirkel war neu; ich musste nicht viel über diese Leute. Da die meisten Zirkel nicht groß waren, gab es viele, und es war nicht ungewöhnlich, dass eine Hexe einen verließ, um einen eigenen zu gründen. Es kam selten zu Streitigkeiten, doch alte Beziehungen abzubrechen bedeutete in der Regel, dass sie mit sehr begrenzten Mitteln ganz von vorn anfangen mussten.

Anscheinend hatte der neue Zirkel beschlossen, sich durch Erpressung von Vampiren zu finanzieren. Es war ein kühner Plan, wenn auch nicht der sicherste. Seltsamerweise freute ich mich darauf, diesen dreisten neuen Zirkel kennenzulernen.

Ein schattenhafter Hauch huschte über Landons Gesicht und verdunkelte seine Augen, zusammen mit einem sehr subtilen Ausdruck mörderischer Absicht. Er schob das Kinn vor und sagte: „Ich habe meinen Unmut über die Umstände und die Anstrengungen zum Ausdruck gebracht, die ich zu unternehmen bereit bin, um die Situation zu bereinigen."

Das hast du. Arschloch.

„Sie haben *Amber Crocus* und wollen, dass ich dafür bezahle."

„Wie sind sie da rangekommen?"

„Ich möchte, dass du das auch herausfindest. Soweit ich weiß, gibt es das nicht einmal an Orten wie Dante's Forest. Der Anbau ist schwierig, und sie haben es geschafft, einen ganzen Garten damit zu kultivieren. Du kannst dir vorstellen, wie besorgniserregend es für mich ist, zu wissen, dass es einen Garten voller Pflanzen gibt, die mich töten können."

Landon hatte schon immer ein Gespür für das Dramatische. Es war nicht so, dass es reichte, die Pflanze über die Haut eines Vampirs zu streichen, um ihn zu töten. Sie musste konsumiert oder gespritzt werden. Doch wenn es geschah, passierte dasselbe, wie wenn einem Vampir ein Pflock ins

Herz getrieben wird, nur dass sie Letzteres überleben konnten, wenn der Pfahl entfernt wurde und er Blut zu trinken bekam. Meine Recherche hatte ergeben, dass das bei *Amber Crocus* nicht funktionierte.

„Das ist der Betrag, den sie verlangen", sagte er und reichte mir ein Blatt Papier.

Verdammt, das sind viele Nullen!

Ich verstand seine Frustration, sogar seine Wut. Es war nicht wirklich genug, um mich in mörderische Rage zu versetzen, aber ich glaubte, ich hätte sie für die lächerliche Beleidigung mit dem Handschuh geohrfeigt und ihren Verstand infrage gestellt.

Da ich sehen konnte, dass er eher über die Unverfrorenheit und weniger über den Mangel an Geld verärgert aussah, fragte ich mich, wie viel Geld die Vampire wirklich besaßen. Die Leute sagten, der Grund für ihren Reichtum sei ihr langes Leben. Das habe ich nie für eine sinnvolle Erklärung gehalten. Einige stammten aus Familien mit Geld, das gut investiert worden war, und die Vampire hatten wie die Wandler mehrere Unternehmen, arbeiteten aber selten unter Menschen. Ich vermutete, dass ein großer Teil ihres Vermögens aus einer Zeit stammte, als sie Menschen ungestraft zwingen konnten. Wie oft hatten sie jemanden zu Insiderhandel gezwungen, dazu, ihnen Genehmigungen zu erteilen, ihnen florierende Unternehmen zu verkaufen oder ihnen sein Erbe zu hinterlassen?

„Bist du bereit, das zu bezahlen?", fragte ich.

„Nein, ich will nichts davon bezahlen. Ich möchte, dass sie es noch einmal überdenken." Er warf mir einen *Sag mir, wie ich sie loswerden kann, ohne dass es auf mich zurückzuführen ist*-Blick zu.

„Ich bin sicher, dass die Verhandlungen erst am Anfang stehen. Biete ihnen die Hälfte an", schlug ich vor. Der Lunar Marked-Zirkel war nicht sehr groß, und wenn sie das Geld gleichmäßig aufteilten, konnten sie immer noch sehr lange davon leben.

„Du bist großzügiger als ich. Ich bin bereit, ihnen fünfundzwanzig Prozent von dem zu geben, was sie verlangen, und alle Zirkelmitglieder leisten einen Todesschwur, dass sie nie wieder *Amber Crocus* anbauen oder irgendjemandem zeigen werden, wie man es anbaut, und dass sie mich informieren werden über jeden, der *Amber Crocus* hat oder versucht, welches anzubauen. Ich möchte nicht, dass das die Tür für andere öffnet."

„Das ist verständlich."

Cory würde es nicht gefallen, aber er würde den Schwur leisten. Niemand leistete sie gern. Magische Schwüre erforderten viel Magie, technisch gesehen keine dunkle Magie, aber so nah dran, dass es falsch war, sie weiß oder natürlich zu nennen. Undurchsichtig? Das Formulieren des Zaubers dauerte am längsten, denn sobald er gewirkt war, war er bindend, und es war ziemlich schwierig, ihn zu lösen. Wann immer Todesstrafe involviert ist, kommt es auf die genaue Formulierung an.

„Ich bezweifle, dass sie zustimmen werden. Sie sind Hexen, sie verstehen das Ausmaß eines solchen Schwurs."

Ein Todesschwur war einer der wenigen Zaubersprüche, die über das Leben der wirkenden Hexe hinaus Bestand hatten. Das war auch gut so, denn sonst würde jeder, der den Schwur loswerden wollte, die wirkende Hexe einfach umbringen.

„Zu weniger bin ich nicht bereit", sagte Landon entschieden.

Die verärgerten Falten hatten sich geglättet, und er war wieder ein Paradebeispiel kultivierter Schönheit, Genusses und protzigen Reichtums. Unnahbarkeit und Ruhe, die daher stammten, dass er alle Zeit der Welt hatte, etwas zu tun. Keine Eile aufgrund begrenzter Zeit oder Ressourcen.

„Nenn' mir deine Parameter", sagte ich.

„Ich habe sie dir genannt", sagte er fast fröhlich. „Vielleicht solltest du die Verhandlungen damit beginnen, sie zu bitten, ihrem Leben einen Wert beizumessen."

„Ich werde sie nicht bedrohen."

„Es soll keine Bedrohung sein. Diese Angelegenheit wird geklärt, hoffentlich ohne Blut an meinen Händen. Das ist eindeutig eine Tatsachenfeststellung und keine Drohung."

Es war seltsam, aber ich hätte es vorgezogen, wenn er mehr Emotionen gezeigt und seine Wut lautstark zum Ausdruck gebracht hätte. Wildes Getöse, eine Flut von Wut, melodramatisches Ausspucken von Drohungen und anschauliche Beschreibungen der Schmerzen und der Verwüstung, die er anrichten wollte, wurzelten in Emotionen, und sobald sich derjenige beruhigt hatte, überlegte er sich die Dinge noch einmal und wählte einen rationalen Weg.

Wenn jemand so ruhig und sachlich war wie Landon, machte ich mir Sorgen. Sein Denken wurzelte nicht in Wut, sondern in kalkulierter Planung.

Als ich mir die Zahl auf dem Papier noch einmal ansah, zwang ich mich, einen neutralen Gesichtsausdruck beizubehalten, und behielt mein Stirnrunzeln und Stöhnen für mich.

Hatte der Zirkel irgendwelche Unternehmen?

Ihre Erpressung stank nach Verzweiflung und dem Wunsch, Träume zu erfüllen. Aber vielleicht war es anders; vielleicht war es ein gut durchdachter Plan. Wenn man jemanden erpressen wollte und es einem nichts ausmachte, gefährlich zu leben, waren Vampire die besten Opfer.

„Du musst mir Verhandlungsspielraum geben."

Wut huschte über sein Gesicht und seine Augen. „Sie hatten nicht einmal die Integrität und den Anstand, zu mir zu kommen. Ich wurde darauf aufmerksam gemacht und habe selbst Kontakt zu ihnen aufgenommen."

Das wurde immer schlimmer. „Wie hast du davon erfahren?"

Ich wusste, dass er mich hörte, aber er antwortete nicht, also wiederholte ich meine Frage.

„Er kommt", informierte er mich, und ich wusste, wer auch immer es war, er war im Haus, und Landon hatte ihn gehört. Übernatürliche Wesen ohne übernatürliches Gehör machten mein Leben leichter. Für mich könnte derjenige irgendwo auf dem Anwesen gewesen sein oder gerade sein Auto geparkt haben.

Oder er betrat den Raum, wie er es jetzt tat.

Makellose, warme, tiefumbrabraune Haut; attraktive, kantige Züge; volle, geschwungene Lippen und Wimpern, die mich neidisch machten. Ich könnte diesen Look mit vielleicht zehn Schichten Mascara und einer Wimpernverlängerung erreichen.

„Dallas", grüßte ich, und sein vages Lächeln wurde breiter.

„Du erinnerst dich an mich?" Seine asphaltschwarzen Augen funkelten. Machte er Witze? Niemand, der ihn traf, würde ihn jemals vergessen. Erstens war sein Name nichts, was man so schnell vergessen würde, und zweitens war sein Aussehen unvergesslich.

Dallas ging weiter in den Raum hinein und erinnerte mich an meine Bitte an ihn in der Nacht, als ich ihm das erste Mal begegnet war, nämlich, den Vampircharme abzustellen. Für manche war dieser Charme so flüssig und natürlich wie Wasser. Bei anderen merkte man, dass er durch jahrelange Übung verfeinert worden war, und dann gab es Vampire wie Dallas, von denen ich vermutete, dass sie charmant, charismatisch und verführerisch gewesen waren, bevor sie Vampire geworden waren, und ihre Fähigkeiten dadurch nur gestärkt worden waren. Ein aufrichtiges, süßes Lächeln blieb und erhellte seine nachtschwarzen Augen.

„Ihr kennt euch?", fragte Landon mit einem kühlen Unterton in seiner Stimme. Landon interessierte sich nicht für mich; er fand mich wahrscheinlich nicht einmal attraktiv.

Ich hatte die Leute gesehen, die ihm Gesellschaft leisteten und sein Interesse geweckt hatten, und ich konnte ihnen nicht das Wasser reichen. Jetzt war ich zu einer Eroberung geworden, und schlimmer ging es nicht. Zuerst Grayson und jetzt nahm er an, ich hätte was mit Dallas gehabt. Ich musste das im Keim ersticken.

„Ich habe ihn in einem Club getroffen." Ich warf Dallas ein Lächeln zu. „Er hat jemanden gefunden, der weitaus interessanter war als ich." Ich zwinkerte Dallas zu.

Ein schelmisches Lächeln umspielte seine Lippen. Er hatte die Aufmerksamkeit einer *Grup* auf sich gezogen, die zunächst ein Auge auf mich geworfen hatte. Das waren die Schlimmsten. Die Aussicht auf eine gefährliche Nacht lockte sie, und es war Dallas, der ihr das ermöglichen konnte. *Grups* fühlten sich mehr als alle anderen zu Vampiren hingezogen, vermutlich aus demselben Grund wie ich. Sie waren aufregend und berauschend. Ein Vampir, der von jemandem trank, konnte den- oder diejenige an den Rand des Todes bringen und gleich wieder zurückholen. Sex mit einem Vampir war genauso berauschend und tollkühn, als würde man ihm erlauben, Blut zu trinken, und wenn man ihnen keine Grenzen setzte, würden sie auch keine vorschlagen. Wenn es das war, was man wollte, wurde man nicht enttäuscht.

„Wenn ich mich nicht irre, hast du dich mehr für meinen Freund Kieran interessiert als für mich."

Das stimmte nicht. Ich interessierte mich für die Magie seines Freundes und für die dritte Person in seinem Trio, dessen chaotisches, rhythmusloses Tanzen mich amüsiert hatte. Als ich darüber nachdachte, brachte es immer noch ein Lächeln auf meine Lippen.

Landons Augenbraue war nach wie vor hochgezogen, seine Aufmerksamkeit wanderte von Dallas zu mir. Alles, was nicht in seinem Besitz war, sah für ihn immer attraktiv aus. Die Kirschen in Nachbars Garten schmecken immer ein bisschen süßer.

Er wurde schnell zu dem Wesen, das ich am wenigsten mochte.

„Dallas, wie hast du herausgefunden, dass die Lunar Marked *Amber Crocus* in ihrem Besitz haben?", fragte ich.

„Eine Freundin von mir hat es entdeckt, sie ist eine Hexe, eine Einzelgängerin. Sie hat mir ein Stück gezeigt." Er griff in seine Tasche und holte eine kleine Plastiktüte mit Zweigen und Blättern heraus.

Landons Miene war angespannt. Meine auch. Sie besaßen nicht nur die gefährliche Pflanze, die Vampire töten konnte, sie gingen auch noch extrem nachlässig damit um. Wie viele andere Leute hatten Proben davon?

„Sie hat es einfach so gefunden?"

Er schüttelte den Kopf. „Sie haben sie gefunden. Haben sie als Beraterin angeheuert. Sie ist Gärtnerin und kennt sich mit Kräutern und mystischen Pflanzen aus." Er zuckte mit den Schultern. „Ihre Pflanzen fingen an zu sterben, und sie haben Hilfe gebraucht."

„Sie gehen sehr nachlässig mit einer so gefährlichen Pflanze um." Landons Stimme war angespannt.

„Sie haben sie durchsucht, bevor sie ging."

Ich fragte mich, warum diese Hexe eine Einzelgängerin war. Es gab nicht viele. Bei den meisten handelte es sich um Hexen, die dunkle Magie praktizierten und aus ihrem Zirkel geworfen worden waren. Die wenigen, die freiwillig Einzelgänger waren, waren ein Rätsel. Hexen und Magier waren unpolitisch und hatten nicht viele Regeln. Die Regeln, die sie hatten, waren: Spiel nicht mit Dämonen, halte dich von den dunklen Künsten fern, teile mit dem Zirkel oder dem Konsortium und sei kein Arsch. Ich war mir nicht sicher, was jemanden davon abhalten könnte, Teil eines Zirkels oder Konsortiums zu sein.

„Ich hatte keine Ahnung, was es war, aber sie hat mitge-hört, als sie von Vampiren gesprochen haben, und hielt es für klug, mich darauf aufmerksam zu machen." Er untersuchte es noch einmal. „Ich wusste nicht, was es war."

Der Mangel an Wissen war ihm peinlich. Er senkte seinen Blick von meinem zu Boden und warf von Zeit zu Zeit einen verstohlenen Blick in Landons Richtung.

„Du bist noch jung, und es war schon seit Jahren nicht mehr im Umlauf. Ich wünschte für dich, dass du und die anderen in deinem Alter nie erfahren würdet, wie es ist, von einem Nekromanten kontrolliert zu werden oder zu sehen, wie jemand an *Amber Crocus* stirbt", sagte Landon. Sein Wunsch und sein Engagement, dies zu verhindern, klangen so ernst, dass ich ihn von meiner Abneigungsliste strich.

„Wir sind Vampire. Wo es keine Götter gibt, sind wir eine angenehme Alternative. Jemand, der in irgendeiner Form Macht über uns hat, kann nicht akzeptiert oder toleriert werden."

Na bitte. Und schon bist du wieder auf der Liste, wo du hingehörst.

Dallas schien weder Landons Überzeugung noch seine unverhohlene Hybris zu teilen.

Landons Gesicht wurde starr, und er richtete seine Aufmerksamkeit auf mich. „Dass wir uns in die Gesellschaft eingefügt haben, geschah nicht aus Notwendigkeit, sondern aus Wohlwollen." Sein dunkler Blick richtete sich auf mich.

Seine Hybris hatte so schwindelerregende Höhen erreicht, dass die Reise mit ihm mich ein wenig benommen machte.

Er kontrollierte die Stadt, weil der ursprüngliche Meister der Stadt zurückgezogen lebte und nicht länger Teil der Zivilisation sein wollte. Ich hatte keine Ahnung, wo er war oder was zu seiner Entscheidung geführt hatte. Vampire wurden müde; einer der Nachteile der Unsterblichkeit bestand darin, dass immer intensivere Belohnungen nötig wurden, damit sich die Langeweile des Lebens lohnte. Aber ich fragte mich, ob es nur die Banalität des Lebens war, derer der ehemalige Meister überdrüssig geworden war, oder ob es die übertriebene, unnachgiebige, ungeheuerliche Arroganz ihrer Persönlichkeit war. Ein solches Ego zu haben musste so sein, als würde Atlas die Welt tragen.

Anstatt ihn über die Gefahren eines Krieges mit Menschen zu korrigieren, reiste ich aus Landonville, der Stadt der Selbstverherrlichung und Hybris, zurück und fragte: „Mit wem muss ich sprechen?"

Ich musste sicherstellen, dass der Zirkel die Pflanzen nicht mit anderen teilte. Ich musste auch mit ihnen über die Tatsache reden, dass sie zu erwarten schienen, dass die Vampire der Pensionsplan des Zirkels waren – am besten, bevor Landon beschloss, die Situation selbst in seine gnadenlosen Hände zu nehmen.

7

„Fuuuuuck", murmelte ich leise, als River direkt neben meinem Auto parkte. Dr. Sumner würde denken, ich sei absichtlich zu spät gekommen, um unsere Therapiezeit zu verkürzen. Vielleicht wäre heute der Tag gewesen, an dem er mich entließ. Es war diese Hoffnung, die es erträglich machte, nach meinem Besuch bei Landon nicht zurück in mein Bett kriechen zu können.

Die Hexen waren kontaktiert worden, und ich wartete darauf, von ihnen zu hören. Ich musste mich nicht nur mit Erpresser-Hexen auseinandersetzen, die gefährlich nahe daran waren, vom Meister der Vampire ausgelöscht zu werden, ich überlegte auch, ob ich es Madison erzählen sollte oder nicht.

„Miss Jensen", krächzte er und sprach meinen Namen wie immer wie ein Schimpfwort aus. Er zwang sich zu einem Lächeln, aber es sah aus wie eine Grimasse. „Können wir uns unterhalten?"

Da er aus seinem Auto gestiegen war und mir jetzt den Weg zu meiner Autotür versperrte, blieb mir nicht viel anderes übrig, als ihm zuzuhören oder einen Weg zu finden, ihn zu umgehen. Etwas, das er mir nicht leicht machen würde.

„Worüber?", seufzte ich gereizt. Ab wann sollte ich sein Verhalten als Belästigung durch die Polizei betrachten? Er würde nicht ruhen, bis er mich in der Enklave verurteilt sah.

Er steckte eine Hand in die Tasche und fuhr sich mit der anderen durch sein graumeliertes Haar. Er versuchte, lässig zu wirken, doch in seinen Augen und dem grausamen Zucken seiner Lippen lag böswillige Absicht. River hatte ein umwerfendes, liebenswertes Lächeln, aber es gelang ihm nicht, es für mich herbeizuzaubern.

„Sieht so aus, als hätten wir vor einiger Zeit einen seltsamen Vorfall gehabt. Die Wandler haben Leute ohne Grund angegriffen – zuerst Sie, dann haben sie sich im Park unberechenbar und seltsam verhalten, und alles etwa zur gleichen Zeit, als die Leute von der Sichtung eines geflügelten Mannes berichteten."

„Hmmm, und Sie denken, ich habe damit zu tun?", antwortete ich mit derselben aufgesetzten Distanz, die er mir entgegenbrachte.

„Es kommt mir ein wenig seltsam vor, dass diese Dinge gerade dann passieren, wenn Sie Magie erlangt zu haben scheinen. Das ist der Grund, warum Sie bei diesen magischen Kämpfen waren, oder?"

„Die Leute gehen dorthin, um zuzusehen."

„Sind Sie dorthin gegangen, um zuzusehen?" Er stieß sich vom Auto ab, nur wenige Zentimeter von mir entfernt und sah mich scharf an, als wollte er mich davon überzeugen, dass er bemerken würde, wenn ich log.

„Haben Sie weitere Berichte über unberechenbares Verhalten von Wandlern bekommen?", fragte ich und ignorierte seine Frage.

„Nein. Es gibt auch keine Berichte über den geflügelten Mann mehr. Ich schätze, das ist Zufall."

Ich zuckte mit den Schultern. „Möglich. Vielleicht sollten

Sie es weiter untersuchen", schlug ich kühl vor. *Oder einfach verschwinden.*

„Der geflügelte Mann verschwindet, und Sie haben genug Magie, um an magischen Kämpfen teilzunehmen." Seine Lippen verzogen sich finster. „Ich glaube nicht, dass das Zufall ist. Warum erzählen Sie mir nicht noch einmal, wie Ihre Magie funktioniert?"

Ich hatte genug davon, seine Spiele zu spielen. „Vielleicht sollten Sie es recherchieren, oder Sie könnten übernatürliche Probleme der STF überlassen."

„Die STF ist kompromittiert, und die Ursache dafür sind Miss Calloway und Sie. Meistens haben Sie mit den Problemen zu tun, und Miss Calloway findet einen Weg, die Verbindung verschwinden zu lassen und den Fall abzuschließen und mit einer hübschen kleinen Schleife zu verpacken." Der drohende Unterton in seiner Stimme zerriss den winzigen Rest der Geduld, die ich noch hatte.

„Wenn Sie keinen Haftbefehl gegen mich haben und mich nur befragen wollen, muss ich ablehnen." Ich schob ihn mit der Hüfte von der Tür weg und stieg in mein Auto.

Mit langsamen, bedächtigen Schritten ging er zurück zu seinem Wagen. Er warf einen Blick über die Schulter in meine Richtung. „Es wäre schrecklich, wenn Miss Calloway nicht mehr in ihrer Position wäre. Es würde niemanden geben, der hinter ihnen aufräumt. Für Sie würde es wirklich kompliziert werden", trällerte er.

Mein Gesicht war eine friedliche Maske, obwohl ich innerlich kochte. „Vielleicht, aber vielleicht wurden meine Energien fehlgeleitet. Manchmal kann ich ein echtes Miststück sein, besonders wenn ich sie nur auf eine Person richte. Es wäre wirklich schade, wenn Sie diese Person wären." Die Unbeschwertheit meines Tons entsprach seiner und vermittelte genau wie er eine unverhohlene Drohung.

Er blieb abrupt stehen, die Farbe wich aus seinem Gesicht, als er seine Augen zusammenkniff und mich ansah.

Manchmal half mein Ruf mir.

Es kostete mich viel Mühe, die Gedanken an River aus meinem Kopf zu verdrängen. Er war nur noch eine lästige Erinnerung, als ich zwanzig Minuten zu spät Dr. Sumners Praxis betrat.

Wirklich?, dachte ich, als ich mir Dr. Sumner ansah. Sein mäßig aufdringliches rundliches Brillengestell in verschiedenen Braun-, Gold- und Brauntönen war durch ein großes mitternachtsblaues rechteckiges Gestell ersetzt worden, das selbst einen Hipster dazu bringen würde, ihn spöttisch zu belächeln. Da war auch ein dunkler Haarschatten, der zweifellos bald ein Vollbart sein sollte.

Seine Tweedjacke war durch ein weißes Hemd mit pastellfarbenen Nadelstreifen ergänzt. Wenigstens verzichtete Dr. Klischee diesmal auf die Flicken an den Ellenbogen.

Ich ließ mich auf den Sessel fallen, kramte in meiner Tasche und holte meinen Flachmann und zwei Schnapsgläser heraus.

Er hob die Augenbrauen.

Ich füllte beide Gläser mit Tequila, leerte meines und füllte es erneut. Er sah zu, Belustigung glitzerte in seinen Augen.

Mit geneigtem Kopf fragte ich mit einem schiefen Grinsen: „Wer hat Ihnen wehgetan?"

„Ich bin mir nicht sicher, was Sie meinen."

„Die Brille, der Bart und dieses" – ich deutete mit der Hand auf sein Outfit – „Ensemble. Offensichtlich ein Fernhaltemittel. Warum? Was ist falsch daran, ein heißer Doc zu sein?"

Ich grinste, als seine Wangen rot wurden. Mein Lächeln verschwand jedoch, als er den Notizblock vom Tisch nahm, ihn auf seinen Schoß legte und anfing, etwas aufzuschreiben.

„Haben Sie ‚Hot Doc‘ oder ‚Hot Doctor‘ aufgeschrieben?“, neckte ich.

„Okay.“ Seine Stimme blieb neutral, als er erneut auf die Schnapsgläser blickte und die Stirn runzelte. „Was besprechen wir heute?“

„Alles, was ich sage, fällt unter die ärztliche Schweigepflicht, oder?“

„Kommt darauf an.“

„Ich möchte, dass es so ist.“

Er nickte geistesabwesend. „Wenn Sie nicht vorhaben, sich selbst oder jemand anderen zu verletzen, ist es mein Ziel, Ihnen zu helfen.“

Als ich zögerte, seufzte er und beugte sich vor, bis ich seinen Blick erwiderte.

„Ich habe nicht vor, mir selbst wehzutun“, sagte ich als Zugeständnis, während ich überlegte, was ich ihm sagen sollte.

„Jemand anderem?“, spekulierte er und behielt mich wachsam im Auge.

Ich antwortete mit einem tiefen Seufzer der Verzweiflung. Meine Anspannung und seine Spekulationen füllten den Raum.

Sein Gesicht wurde ernst, seine Augen waren warm, einladend und mitfühlend. „Erin, offensichtlich wollen Sie darüber reden. Aus unseren bisherigen Erfahrungen weiß ich, dass Sie kein Problem damit haben, Ihren Termin zu stornieren oder zu verschieben, aber Sie haben es nicht getan. Sie wollen reden. Ich bin hier, um Ihnen zuzuhören und Ihnen zu helfen.“

Ich öffnete den Mund, um etwas zu sagen, doch bevor ich dazu in der Lage war, fügte er hinzu: „Die ganze Geschichte … nicht die gekürzte Version.“ Als Antwort auf mein Stirnrunzeln sagte er: „Nichts, was Sie sagen, wird dieses Büro verlassen. Okay? Ich gebe Ihnen mein Wort.“

Ich nickte, nahm das Schnapsglas und trank es aus.

„Erin, vielleicht sollten Sie die Flasche und die Gläser wegräumen."

„Sie werden eins wollen, sobald ich anfange zu reden."

Neugierig weiteten sich seine Augen, bevor er sich aufrichtete und sein Interesse spürbar war. Er lehnte sich im Stuhl zurück.

Ich legte mich zurück auf das Sofa.

„Vielleicht muss ich meine Mutter töten", schleuderte ich viel lässiger heraus, als irgendjemand über Mord sprechen sollte.

Er holte scharf und abgehackt Luft.

„Keine Sorge, nicht die, die mich großgezogen hat. Die Wahnsinnige, die wahrscheinlich dasselbe mit mir machen will."

„Hmmm." Er schrieb etwas auf seinen Block. „Warum glauben Sie das?" Ein Anflug von Angst und Faszination schwang hörbar in seiner Stimme mit.

„Ich habe Grund zur Annahme, dass sie nicht mehr in Haft ist. Erinnern Sie sich an den Mann, der mich während der Therapiesitzung angegriffen hat?"

Er nickte und warf einen Blick auf die Veränderungen in seinem Büro, die danach nötig gewesen waren. Der Feuerlöscher, mit dem ich den Immortalis entwaffnet hatte, hatte jetzt einen Zwilling, der näher an Dr. Sumners Sessel angebracht war, und seine Aktentasche war teilweise offen und enthielt höchstwahrscheinlich eine versteckte Waffe und einen Obsidian, mit dem man ein Feuer starten konnte – das als Ablenkung dienen würde, falls nötig –, die er nach dem Angriff erworben hatte.

„Er gehört zu ihren Schergen, und sie wird sie zurückhaben wollen, und ich vermute, dass sie mehr haben will, und das kann sie nicht, weil ich dem Tod ein Schnippchen geschlagen habe, und allein die Tatsache, dass ich am Leben bin, macht sie schwächer."

Er blinzelte einmal, und ich erzählte ihm alles, als würde

ich mit Cory und Madison reden, doch es war anders. Es gab eine klare Trennung; er würde deswegen nicht den Schlaf verlieren, und es war eine Erleichterung. Die Gefühle brachen heraus, als wäre ein Damm gebrochen, und ich zeigte Angst, wurde traurig, frustriert, setzte mich zu oft auf, weil das Liegen das Gewicht unerträglich machte. Mehrmals trank ich einen Kurzen, und als ich spürte, wie die Last nachließ, lehnte ich mich auf dem Sofa zurück. Als ich mit dem Abladen fertig war, saß ich aufrecht.

Er nahm das Glas, das ich ihm eingeschenkt hatte, nippte daran, verzog das Gesicht und stellte es auf den Tisch.

„Aber der Zutritt zum Schleier ist diesen Leuten verwehrt, oder?", fragte er.

Ich zuckte mit den Schultern. „Soweit ich weiß, ja. Aber vielleicht findet sie einen Weg, sie dorthin zu bringen oder sie hier zu lassen und eine neue Armee im Schleier zu erschaffen. Oder sie kommt hierher und beschließt zu bleiben und Chaos und Zerstörung zu verbreiten, wie sie es im Schleier getan hat. Ich habe keine Ahnung."

Er nahm seine überdimensionierte Brille ohne Sehstärke ab und massierte seinen Nasenrücken. Nachdem er lange Zeit geschwiegen hatte, fragte er schließlich mit sanfter Stimme: „Wollen Sie sie treffen?" Die Aufrichtigkeit in seiner Stimme ließ mich innehalten, um über seine Frage nachzudenken. Ich wollte ihm eine ehrliche Antwort geben.

Ich schloss die Augen und dachte darüber nach. „Ja", flüsterte ich. „Es gibt einen Teil von mir, der neugierig ist. Ich weiß nicht, wer ich bin, und das ist scheiße", gab ich zu. „Jahrelang habe ich mit meiner Magie gerungen, dachte, dass so viele Dinge mit mir falsch waren, habe in diesem Zustand ständiger Schuld und Scham gelebt, nur um dann herauszufinden, dass einiges davon nicht meine Schuld war. Aber ..." Die Schwere in meiner Brust war zurückgekehrt, und meine Muskeln waren so angespannt, dass ich mich steif fühlte. Es folgte langes Schweigen, das ich nicht beenden konnte.

„Weiter", drängte er sanft.

„Wie kann ich nicht so sein? Ich bin die Tochter einer Göttin, die ihren eigenen Bruder ermordet hat. Eine Person, vielleicht mein Vater, hat meine Magie eingeschränkt, und ich weiß nicht warum. Lag es daran, dass er mich als Bedrohung gesehen hat, bevor ich überhaupt die Chance hatte, mich zu beweisen? Warum sollte mir jemand das antun?" Tränen stiegen mir in die Augen, und ich kämpfte sehr darum, sie nicht fallen zu lassen. „Der einzige Grund, warum ich existiere, ist, dass ich ein Werkzeug bin, das geopfert werden muss, damit sie freikommt. Vielleicht ist es wehmütig und naiv, aber ich würde sie gern treffen, damit sie mir sagen kann, dass das alles nicht wahr ist. Dass es eine alternative Geschichte gibt, die weniger düster ist als die, die ich kenne."

Ein Taschentuch streifte meine Hand, und ich nahm es Dr. Sumner ab und wischte schnell die Tränen weg. Mit vor Scham gerötetem Gesicht suchte ich an der Wand nach der Uhr, die ich als Ablenkung nutzen musste. Offensichtlich war unsere Zeit abgelaufen. Die Uhr war jedoch verschwunden, und ich warf einen vorwurfsvollen Blick in Dr. Sumners Richtung.

Seine Lippen verzogen sich zu einem schiefen Lächeln. „Sie hat die Leute abgelenkt", erklärte er.

„Leute oder mich?"

„Sie fallen unter den Begriff ,Leute', nicht wahr?"

Ich begrüßte die Stille, die darauf folgte. Während ich einfach dasaß, sah ich zu, wie Sumner an seinem Tequila nippte. Er vertrug ihn besser, als ich erwartet hatte.

Es gab nichts Normales an meinem Leben und an meinen Therapiesitzungen schon gar nicht.

Ich vermutete, dass mein Leben ihn von seiner Faszination für die übernatürliche Welt geheilt hatte. Ich konnte es in seinen Augen sehen. Es gab immer noch Faszination oder unbefriedigte Neugier, aber auch Angst und Sorge. Wieder einmal hatte ich ihn mit einer anderen Facette der Welt bekanntgemacht, und ich war mir nicht sicher, ob sie ihm gefiel. Mit einem Wimpernschlag war der Ausdruck verschwunden.

Er versuchte ein sympathisches Lächeln, aber es war freudlos und grimmig, obligatorisch.

„Ich habe es nicht gesehen, aber es wurde ein Zauber gewirkt, um sie zu befreien."

Obwohl die unangenehme Stille anhielt, verspürte ich nicht den Wunsch, die Sitzung zu verlassen oder zu beenden. Diesmal fühlte es sich anders an. Sicher. Ich musste keine Gleichgültigkeit vortäuschen oder mutiger sein, als ich mich fühlte, aus Angst, andere zu beunruhigen. Ich musste auch nicht so tun, als ob die Situation nicht so schlimm wäre, wie sie tatsächlich war.

„Warum haben Sie Madison nicht gesagt, dass Sie bei dem Vorfall Zeit verloren haben?"

Als ich auf mein Schnapsglas starrte, entschied ich mich für die Flasche Wasser, die daneben stand und trank einen großen Schluck. „Weil sie dann dafür gesorgt hätte, dass ich im Stygian bleibe."

Er blinzelte heftig, doch sein Gesicht blieb ausdruckslos.

„Madison liegt mir sehr am Herzen", sagte ich, „aber ihr Pflichtbewusstsein hätte es ihr nicht erlaubt, mich rauszulassen, wenn sie gewusst hätte, dass ich Erinnerungslücken habe." Ich zuckte mit den Schultern. „Ich war mir nicht hundertprozentig sicher, dass es passiert ist. Ich wollte seine Magie, und er war nur ein Typ, den ich ein paarmal zum Kaffee und Trinken getroffen hatte. Und als er mir das Angebot gemacht hat, habe ich nicht lange überlegt. Es gab Zaubersprüche, die ich üben wollte, defensive magische Fähigkeiten, die ich verbessern wollte, und ..." Ich verstummte.

„Und Sie wollten Magie spüren?"

Ich nickte, griff nach meiner Tasche und holte mein

Handy heraus. „Wir reden seit anderthalb Stunden. Die Zeit ist um." Ich fühlte mich ausgelaugt und exponiert und wollte gehen. Denn ich war kurz davor zuzugeben, dass ich abgehauen wäre, als ich den Kerl tot vorgefunden hatte, wenn mich nicht jemand zuvor mit ihm gesehen hätte. Ich hatte zuerst Madison angerufen und sie gebeten, zu tun, wovon ich wusste, dass sie es tun würde: meinen Saustall aufzuräumen. Scham mischte sich mit meinen Schuldgefühlen, und der große Raum wurde zu einem viel zu engen Schrank.

„Nächste Woche. Gleicher Tag, gleiche Zeit", schlug ich vor, stand auf und ging zur Tür.

Als er meinen Namen rief, wollte ich mich nicht umdrehen. Ich konnte das Mitgefühl in seiner Stimme hören. Die Sanftheit, mit der er meinen Namen aussprach, machte alles, was ich über die Situation wusste, nur schlimmer.

„Nächste Woche, okay? Ich habe nichts mehr zu sagen."

„Das glaube ich", sagte er. „Sie werden sich besser fühlen, wenn Sie alles rauslassen. Man kann Dämonen nicht bekämpfen, wenn man so tut, als existieren sie nicht."

Da ist er ja, Dr. Klischee. Ich habe dich vermisst, Kumpel.

„Ich tue nicht so, als wären sie nicht da. Ich entscheide mich nur, mich nicht mit ihnen auseinanderzusetzen. Nicht heute."

Ich gab ihm keine weitere Gelegenheit, weise Worte loszuwerden oder mir weitere seiner Tautologien entgegenzuschleudern.

Vor dem Büro sah ich auf meinem Handy nach, ob ich irgendwelche SMS oder Voicemails von der Vertreterin des Lunar Marked-Zirkels hatte. Als ich über die Konsequenzen einer erneuten Kontaktaufnahme nachdachte, kam ich zu dem Schluss, dass Landon dadurch verzweifelt aussehen würde, was die Verhandlungen nur beeinträchtigen würde.

Aber wenn sie sich nicht bald bei mir meldeten, würde er unruhig werden und glauben, dass sein ursprünglicher Plan, sie zu suchen und zu vernichten, unvermeidlich war. Zumindest wäre das die Ausrede, die er benutzen würde.

Ein paar Meter von meinem Auto entfernt bemerkte ich überrascht, dass Dr. Sumner mir nicht nach draußen gefolgt war. Noch erstaunter war ich über die leere Straße. Nicht ein Mensch kam aus dem Restaurant drei Gebäude weiter, dem Café auf der anderen Straßenseite, dem Tanzstudio an der Ecke gegenüber von Sumners Praxis oder einem der zahlreichen Bürogebäude auf der Straße.

Vertraute geheimnisvolle Magie fegte durch die Luft, Rosmarin mit einem Hauch von Tannin. Das charakteristische Summen der Energie von Zwangsmagie wurde bestätigt, als eine Frau mit einem Kaffee in der Hand in meine Richtung kam und dann abrupt stehenblieb. Sie runzelte die Stirn, verzog das Gesicht, drehte sich schnell um und huschte in die entgegengesetzte Richtung davon.

Ich ließ meine Tasche fallen, zückte einen Dolch mit der einen Hand und das Karambit mit der anderen und suchte die von Magie wabernde Straße ab, um nach ihnen zu suchen. Mit rasendem Herzen hoffte ich, dass nur ein Immortalis hier war, vielleicht zwei. Damit könnte ich fertig werden.

Zwangsmagie erforderte viel Energie und Konzentration, was sich zu meinem Vorteil auswirken sollte. Sie würden dadurch geschwächt sein. So sollte es funktionieren, aber sie waren die Schöpfung einer Erzgottheit aus dem Schleier, immun gegen Magie und unsterblich. Dass ich sie töten könnte war nichts, worüber sie sich Sorgen machen mussten. Ich konnte ihnen nur Schmerzen zufügen, was ich unbedingt tun wollte.

Angesichts der überwältigenden, unangenehmen Veränderung des Luftdrucks in meiner Nähe wirbelte ich herum und sah, wie sich ein Immortalis näherte. Die Anspannung der Zwangsmagie ließ ihn die Stirn runzeln, und sein Gesicht war angespannt. Er war fast zwei Meter groß und kam zielstrebig auf mich zu. Es war nicht nur seine Größe, die einschüchternd wirkte, sondern auch seine entschlossene Präsenz und sein breiter Körperbau. Seine Muskeln spielten bei jedem Schritt. Er sah aus, als wäre er Teil einer unbezwingbaren Armee.

Das Schwert in der Scheide auf seinem Rücken blieb dort, aber ich wusste immer noch nicht, ob es ein Attentat oder eine Entführung sein sollte. Wollte Mom mich kennenlernen, bevor sie mich tötete?

Als er näher kam, stürmte ich auf ihn zu. Seine Aufmerksamkeit konzentrierte sich auf mein Karambit, das sich in schnellen Achterbewegungen bewegte und ihn in die Defensive zwang. Seine Verletzungen heilten vielleicht schnell, aber Klingen auf der Haut tun weh. Er musste sich heilen und ausweichen und musste die Entscheidung treffen, weitere Verletzungen zu riskieren und sein Schwert zu benutzen.

Er bewegte sich schneller, als ich es von seiner imposanten Gestalt erwartet hätte, aber die Karambit-Klinge schnitt trotzdem in seinen rechten Arm. Sein Gesicht wurde rot, und er zischte. Seine Augen versprachen schmerzhafte Vergeltung.

Der Puls der Magie hinter mir veränderte sich. Der Zwangszauber war verschwunden. Wir würden bald ein Publikum haben, was er sicher nicht wollte. Er wich zurück und versuchte, Abstand zwischen uns zu schaffen, den ich mich ihm zu geben weigerte. Das Karambit lenkte ihn ab, während er zusah, wie die glitzernde Klinge von links nach rechts schwang und ihn daran hinderte, seine routinemäßigen magischen Bewegungen auszuführen oder nach seinem Schwert zu greifen.

Er riskierte einen Schlag meines Karambits, um es zu versuchen. Ich stieß ihm meinen Dolch in die Hand, und er heulte vor Schmerz auf. Wenn das als Entführungsmission begonnen hatte, hatte sie sich gerade geändert.

„Ich werde derjenige sein, der dich tötet", versprach er.

„Heute nicht." Der Dolch schoss auf seine Brust zu, und er wich schnell zurück, aber nicht, bevor ich ihm einen Tritt in den Schritt versetzte. Ich kämpfe nicht, um hübsch auszusehen; ich kämpfe ums Überleben. Jemandem in den Schritt zu treten, ist eine nützliche Taktik.

Er ging nicht zu Boden, sondern holte nur scharf Luft. Dann stürzte er auf mich zu, seine Arme blutbefleckt und rot, ohne Spuren der Schnitte, die er erlitten hatte. Er akzeptierte den Schmerz meiner Klingen und versetzte mir einen Schlag in die Seite. Das Knacken meiner Rippen presste mir den Atem aus dem Leib. Ich stolperte zurück und ließ mein Karambit fallen, damit ich mir die Rippen halten konnte. Mit abgehackten Atemzügen versöhnte ich mich mit dem Schmerz und hielt den Dolch vor mich ausgestreckt, bereit, mich zu verteidigen.

Er lächelte boshaft, und ich erhaschte einen Blick auf den Schrecken, den eine Armee von Leuten wie er verbreiten konnte. Als Reaktion auf das Summen von Magie hinter mir und den widerlichen Geruch wirbelte ich herum. Die Zwangsmagie kehrte zurück, die Magie des Neuankömmlings traf mich in die Brust und warf mich auf den Rücken. Sonst ging nichts kaputt, aber der Schmerz ließ mich husten. Mein nächster Atemzug trieb mir Tränen in die Augen und verschleierte meine Sicht. Verschwommen konnte ich zwei Gestalten sehen, die sich näherten.

Steh auf, Erin!

Meine Gedanken rasten. Was sollte ich tun? Ich sah verschwommen das Karambit in einiger Entfernung. Ich hatte immer noch den Dolch in meiner Hand und jedes Mal, wenn ich Luft holte, schrien meine gebrochenen Rippen.

Steh auf, Erin. Jetzt!

Ich versuchte, meine Beine unter mich zu ziehen, den

Schmerz zu ignorieren und ihn als Futter zu nutzen, um meinen Willen zu stärken. Mit dem Dolch in der Hand zwang ich mich dazu, aufzustehen.

Eine frische, erdige Aura breitete sich aus. Sie war erfrischend, allesdurchdringend und überwältigend, wie eine Wiese mit einem Hauch von Immergrün. Die Magie um mich herum veränderte sich. Ihre erstickende Kraft ließ sich nicht ignorieren.

Ich blinzelte mit den Augen, um die Tränen der Schmerzen zu vertreiben, und sah mich nach der Quelle um, konnte aber nichts anderes als die Immortalis entdecken, die sich offensichtlich angespannt zurückzogen. Leise unverständliche Worte wurden von der sanften Brise des Windes getragen und hüllten mich wie eine beruhigende Decke ein. Ich ließ den Dolch fallen, hielt mir die Ohren zu und weigerte mich, der Verlockung ihrer Macht nachzugeben.

Ich reagierte zu spät.

<hr>

Als ich aufwachte, stand eine Menschenmenge um mich herum und fragte, ob es mir gut ging. Jemand erklärte, dass sie dabei waren, einen Krankenwagen zu rufen.

„Mir geht's gut", brachte ich hervor und versuchte aufzustehen, doch die Lethargie zwang mich sofort wieder zu Boden. Ich hatte das Gefühl, dass viel Zeit vergangen war, aber ich wusste nicht, wie viel. Zeit zu verlieren wurde allzu vertraut. Ich holte tief Luft und hielt sie an, um zu verhindern, dass ich in Panik geriet. Was erwartete mich diesmal? Wieder eine Leiche? Einen neuen Toten? Gestohlene Magie?

Verdammt!

Ich sah mich um und ignorierte die Frau mit dem runden Gesicht und dem entschlossenen Gesichtsausdruck, die neben mir kniete und meinen Puls fühlte.

„Mir geht's gut." Meine Stimme klang stärker als ich

erwartet hatte. „Ich habe nur nichts gegessen. Ich bin wirklich okay.“

Sie schien nicht überzeugt zu sein, doch als ich aufstand, ließ sie mich.

Mit einem Ausdruck im Gesicht, der tapferer war, als ich mich fühlte, sammelte ich meine Tasche und all die Dinge ein, die herausgefallen waren. Diskret sah ich mich nach meinem fehlenden Karambit und Dolch um und war mir der sechs Personen um mich herum sehr bewusst.

Nachdem ich den besorgten Umstehenden versprochen hatte, dass ich mir zuerst was zu essen besorgen und, wenn es mir nicht besser ginge, zum Arzt gehen würde, verabschiedeten sich zwei Leute. Doch die entschlossene Frau blieb. Mit starrem, strengem Blick schien sie mich nicht aus den Augen zu lassen.

„Lassen Sie mich Ihnen helfen.“ Als sie näher kam, fragte sie mich, ob das schonmal passiert sei, ob ich hypoglykämisch sei, und stellte ausführliche medizinische Fragen, die ich zu beantworten versuchte, ohne genervt zu reagieren.

„Dr. Cambridge.“ Sumners Stimme klang selbstbewusst. „Ich kenne sie, macht es Ihnen was aus, wenn ich übernehme?“ Seine Anwesenheit beruhigte die verbliebenen Zuschauer so weit, dass sie gingen, und nachdem er ihr zugenickt hatte, ging auch Dr. Cambridge. Oder vielleicht hatte seine verrückte Brille einfach alle abgeschreckt.

Es fühlte sich seltsam an, dass er neben mir stand und mein Gesicht hielt. Er hielt es weiter, während ich versuchte, mich zurückzuziehen. „Was ist passiert?“, fragte er leise.

„Ich weiß nicht.“ Meine Stimme brach, und ich hasste es, wie verletzlich ich mich fühlte. „Magie. Ich weiß nicht, welche Art.“ Als ich zurückzuckte, ließ er es zu und erlaubte mir etwas Abstand. Ich rieb mir mit den Händen über das Gesicht und sah mich um. Als ich bemerkte, wie leicht es mir fiel, mich zu bewegen, erinnerte ich mich daran, dass meine Rippen gebrochen waren. Es hätte wehtun sollen, zu atmen, mich zu bewegen. Aber dem war nicht so. Ich zog mein Shirt hoch und stellte fest, dass meine Haut unversehrt war.

„Sie waren gebrochen", flüsterte ich.

„Was war gebrochen, Erin?"

Ich schüttelte den Kopf. „Nichts." Wie konnte ich ihm sagen, dass ich wieder Zeit verloren habe? Wie hatte das wieder passieren können? „Nichts", wiederholte ich.

„Erin?"

Ich schüttelte den Kopf. „Nichts. Gehen Sie einfach zurück in Ihr Büro. Ich muss nur was essen."

„Erin!", flehte er.

„Gehen Sie bitte. Mir geht's gut. Das verspreche ich."

Er akzeptierte meine Behauptung mit demselben Mangel an Begeisterung, mit der ich sie aufgestellt hatte. Er glaubte mir nicht, weil ich nicht glaubwürdig klang.

„Erin, ich bin für Sie da, wenn Sie mich brauchen."

„Ich weiß." Ich sah mich noch einmal um und verspürte einen Anflug von Verzweiflung, den ich nicht verdrängen konnte.

„Es ist wieder passiert, nicht wahr?", fragte er mit derselben ruhigen Stimme wie zuvor.

„Ja", hauchte ich aus. „Die Magie war anders."

Seufzend entspannte ich mich gegen das Auto und wischte mir noch einmal mit den Händen über das Gesicht, bevor ich ihm erzählte, was passiert war. Als ich fertig war, war der Stoizismus, den er oft an den Tag gelegt hatte, nicht mehr da. Sorge, Frustration und sogar Angst standen ihm ins Gesicht geschrieben.

„War es Ihre Mutter?", fragte er.

„Wenn es Malific gewesen wäre, glaube ich nicht, dass ich noch am Leben wäre." Oder vielleicht doch. Ich hasste es, das Spiel, das hier gespielt wurde, nicht zu kennen. Sie wollte mich nicht sofort tot sehen. Der wehmütige, naive Teil von mir dachte, sie wollte meinen Tod vielleicht überhaupt nicht.

Doch die Bedrohung durch die Immortalis machte diese Hoffnung zunichte.

Dr. Sumner starrte mich schweigend an. „Sie sind nicht okay, oder?"

„Nein, aber ich muss es sein." Ich entfernte mich von ihm, bückte mich und war erleichtert, als ich meine Waffen unter meinem Auto fand, gut versteckt hinter einem Reifen. Ich bewegte mich, als stünde ich nicht unter Sumners prüfendem Blick, hob sie auf und steckte sie in eine Plastiktüte. Die Immortalis hatten mich gefunden, und jetzt konnte ich ihr Blut an meinem Dolch verwenden, um sie zu finden – oder zumindest einen von ihnen.

Sumner konnte seine Sorge über die Distanziertheit, mit der ich die Situation anging, nicht verbergen und runzelte die Stirn.

„Wir sehen uns nächste Woche."

Ausgehend von seinem Gesichtsausdruck vermutete ich, dass er es gesagt hatte, um mich zu verabschieden. Mein Leben hatte sich in etwas verwandelt, das nicht mehr mit dem vergleichbar war, für das er es gehalten hatte. Magie und Monster. Es musste verdammt viel von einem Menschen verlangt sein, das zu begreifen.

„Sie haben es nicht getan. Das erste Mal. Das waren nicht Sie." Seine Lippen verzogen sich zu einem schwachen Lächeln. Er öffnete den Mund, um noch etwas zu sagen, entschied sich aber dagegen. Als ich schwieg, nickte er mir lediglich mitfühlend zu und verschwand wieder im Gebäude.

8

Mein Plan war es, mit Mephisto über den Angriff zu sprechen und einen Weg zu finden, an eine Obitus-Klinge zu kommen, da meine Waffen gegen Immortalis nutzlos waren. Wenn ich ihnen das nächste Mal begegnete, wollte ich nicht in einem Zustand sein, in dem sie mich noch einmal angreifen konnten.

Ich hatte darüber nachgedacht, ob ich Madison und Cory von dem Angriff erzählen sollte, und überlegt, ob es sie nur unnötig beunruhigen würde, als eine Vertreterin des Lunar Marked-Zirkels schließlich auf meine Bitte um ein Treffen antwortete und mir nur eine halbe Stunde Zeit gab, nach Hause zu fahren und mich umzuziehen.

Die SMS, die sie mir geschickt hatten, bewies, dass sie keine kriminellen Genies waren. Die meisten Leute, mit denen ich zu tun hatte, zogen es vor, Vereinbarungen mündlich anstatt per SMS zu treffen. SMS hinterließen Beweise. Aber vielleicht waren sie doch nicht dumm; ihre Nachrichten hatten vielleicht Hinweise auf die Erpressung hinterlassen, aber wenn ihnen etwas zustoßen würde, würden diese Nachrichten die Vampire belasten.

Wenn das erklärte Ziel der Hexen war, ein Bild zu malen,

das auf zwielichtige Geschäfte hindeutete, dann waren sie erfolgreich. Das kleine, heruntergekommene gelbe Ranchhaus mit der ungepflegten Wiese und den armseligen Büschen, die das Haus flankierten, sah nicht wie der Abwicklungsort eines siebenstelligen Deals aus, sondern eher nach finsteren Machenschaften, die wahrscheinlich in einer Schießerei oder einer Belagerung enden würden. Ich folgte dem Sichtschutzzaun, der das Haus umgab, und prallte gegen einen Schutzzauber. Da ich nicht an die Pflanzen herankam, ging ich zurück zur Haustür.

Bevor ich klopfen konnte, schwang sie auf und gab den Blick auf einen leeren Raum frei. Der Dielenboden war vernarbt und ein schwarzer Kreis war ins Holz gebrannt. Es sah so aus, als hätte jemand versucht, ihn wegzuschrubben. An einer Seite des Raumes stand ein altes Sofa, flankiert von zwei großen Sesseln. Der Couchtisch war verfärbt und der Geruch von Tannin, Eisenkraut, Ingwer und Eiche und anderer nicht erkennbarer Pflanzen lag in der Luft.

„Ihr übt hier?", fragte ich denjenigen, der die Tür auf magische Weise geöffnet hatte. Es war eine dramatische, unnötige und offensichtliche Machtdemonstration gewesen, die ich zwischenzeitlich gewohnt war.

Supi, du kannst eine Tür mit Magie öffnen, willst du einen goldenen Stern dafür?

„Ja, wir üben hier."

Ich stöhnte. Ich hatte diese Stimme erst vor einer Woche gehört. Wendy. Der sogenannte „Maestro of Magic". Meine zaubererumhangtragende, zauberstabschwingende Gegnerin im Dome. Als sie sich zeigte, trug sie ihr Kostüm nicht, was gut war. Obwohl ich wusste, wozu sie fähig war, war es schwierig, sie ernst zu nehmen, wenn sie es trug.

Wenn sie jetzt nur die zierliche Frau loswerden würde, die neben ihr stand und einen Zaubererumhang trug, könnten wir das hinter uns bringen, ohne dass ich dauernd versuchen musste, mein Lachen zu unterdrücken.

Die zierliche Frau begegnete meinem spöttischen Blick mit ihren dunkelbraunen, mandelförmigen Augen. Ihr langes, glattes, kohlschwarzes Haar war zu einem strengen, hohen Pferdeschwanz zurückgebunden, mit einem etwas zu langen Pony, der ihr in das runde Gesicht fiel. Ihre Lippen waren zusammengepresst, und ihre khakifarbene Haut war von undefinierbaren Gefühlen gerötet. Was auch immer sie fühlte, da war eine Menge davon, und alles war gegen mich gerichtet.

„Wir wissen, was du bist, lass Landon wissen, dass es die größte Beleidigung ist, dich hierherzuschicken", sagte Wendy. Und damit traten sie zurück, weit weg vom Kreis. Wendys Mund bewegte sich, und am Rand des Kreises erschienen orangefarbene und goldene Zeichen, die mich zwangen, zu bleiben, wo ich war.

„Was war sein Plan, dass du meine Magie nimmst und uns zum Sterben zurücklässt? Oder dass du die anderen zwingst, es zu übergeben, damit ich meine Magie zurückbekomme?", knirschte Wendy mit zusammengebissenen Zähnen.

„Weder noch. Ich bin hier, um euch ein Angebot zu machen. Ich will nicht, dass ihr sterbt, und ich habe auch nicht vor, Gewalt anzuwenden, um euch zur Kooperation zu zwingen."

Ihre Magie war stark. Als ich Wendy zum ersten Mal getroffen hatte, hatte ich meine eigene; Triebe waren befriedigt worden. Jetzt hatte ich keine Magie mehr, und als ihre Magie um mich herum wehte, atmete ich ein und versuchte, die Kraft aufzubringen, meinem Verlangen nach ihrer Magie nicht nachzugeben. Es half, magisch an den Kreis gebunden zu sein.

Nach mehreren beruhigenden Atemzügen riss ich mich zusammen und konzentrierte mich auf die Tatsache, dass ich nicht diejenige war, um die sie sich Sorgen machen mussten.

Mit zusammengekniffenen Augen musterte Wendy mich.

„Also gut", schnaubte sie schließlich. Als sie mit einer

Beschwörung und einer Bewegung ihres Fingers einen Schritt zurücktrat, erschien ein kleines Papier und schwebte vor mir.

Wendy war eine starke Magierin und außergewöhnliche Zauberin mit einem lächerlichen Geschmack in Sachen Kleidung. „Dahin kann er das Geld schicken", sagte sie.

„Er zahlt nicht mehr als die Hälfte."

„Wenn wir die Hälfte gewollt hätten, hätten wir sie verlangt. Das steht nicht zur Debatte. Entweder er zahlt, was wir verlangen, oder wir bringen es auf den Markt. Ich bin mir ziemlich sicher, dass wir diesen Betrag schnell zusammenbekommen würden."

Die Leute würden *Amber Crocus* aus dem gleichen Grund kaufen, aus dem sie Silber kauften und, wenn sie es sich leisten konnten, Iridium-Fesseln. Einfach, um sich sicher zu fühlen. *Amber Crocus* konnte einen Vampir töten. Für Menschen, denen es an vampirischer Kraft und Geschwindigkeit mangelte, musste es beruhigend sein zu wissen, dass sie einen Vampir außer Gefecht setzen konnten.

„Er zahlt die Hälfte, und ihr müsst einem Todesschwur auf euere Verschwiegenheit zustimmen und es unterlassen, es jemals wieder anzubauen oder anderen zu zeigen, wie man es macht."

„Nein." Ihr Ton war entschieden mit einer Spur von Beleidigung.

„Wenn er den vollen Betrag zahlen würde, würdet ihr dann dem Schwur zustimmen?"

„Nein. Er kann uns nichts anbieten, was uns davon überzeugen könnte, dem zuzustimmen."

„Vielleicht solltest du das Angebot deinem Zirkel zur Diskussion vorlegen", schlug ich vor.

„Ich bin die Stimme meines Zirkels."

Entweder bestand der Zirkel aus Superfans, die ihr blind folgten, oder sie war diejenige, die herausgefunden hatte, wie man *Amber Crocus* anbaut. Zirkel arbeiteten als Einheiten und waren wie Kommunen – in der Regel trafen sie Entscheidungen als Gruppe durch Abstimmung. Magier und Hexen hatten von allen die demokratischste Führung. Es war ungewöhnlich, dass eine Person für eine Gruppe sprach.

„Er wird dem nicht zustimmen, es sei denn, ihr tut es. Wenn ich du wäre –"

„Du bist nicht ich. Ich weiß, du würdest alles sagen, um sicherzustellen, dass es zu seinen Gunsten läuft. Schließlich arbeitest du für ihn."

Ich zuckte mit den Schultern. „Es stimmt, er bezahlt mich dafür, dass ich mich damit befasse, aber ich habe hier nichts zu verlieren. Kein Pferd in diesem Rennen. Du kannst weiter auf Stur schalten, keine Kompromisse eingehen und Landon so mit dem Problem umgehen lassen, wie er es am angemessensten findet." Die Warnung in meiner Stimme war nicht zu überhören. „Ich werde so oder so mein Honorar bekommen, egal, ob die Sache damit endet, dass ihr sein Geld bekommt und ihm den Schur leistest, oder ob der Zirkel nicht mehr existiert."

„Drohst du mir in seinem Namen? Es ist ziemlich arrogant von ihm und mutig von dir, das zu tun." Ihre Finger begannen sich zu bewegen, eine Ahnung dessen, was wie ziemlich gemeine Magie aussah.

Ich richtete meinen Blick auf die Zeichen im Kreis und versuchte, sie zu verstehen. Ohne Magie konnte ich nicht viel gegen das tun, was Wendy vorhatte. Und ohne die Fähigkeit, den Kreis zu verlassen, konnte ich sie nicht erreichen. Ich zog die Waffe aus meinem Holster und das kleine Messer aus der Scheide an meiner Taille und ließ meinen Blick von Wendy zu der anderen Hexe und zurück wandern.

„Anders als du glaubst, ist es in meinem besten Interesse, die Sache einvernehmlich zu regeln. Ich möchte, dass die Vampire das Gefühl haben, respektiert zu werden, und ihr, dass es eine faire Vereinbarung ist, und dass ihr kein Interesse mehr daran habt, es nochmal zu versuchen."

Sie runzelte die Stirn, aber sie war immer noch trotzig. Ich wollte sie dazu bringen, alles, was sie über Vampire gehört hatte, noch einmal Revue passieren zu lassen. Damit sie erkannte, dass es in den meisten Geschichten nicht um die Vorfahren der Vampire ging, sondern um die Vampire, die wir tagtäglich sehen. Dass jahrhundertelanges Leben ihnen nicht erlaubte, zu sagen, sie durften nicht an den Taten ihrer Vorfahren gemessen werden. Ich wollte sie warnen, Landon nicht zu unterschätzen. Mit seinen seltsamen Manierismen, seiner eleganten Kleidung und seinem ansprechend harmlosen Aussehen vergaßen oder übersahen die Menschen seine Vergangenheit leicht. Er war genauso dramatisch, was seine Gewaltanwendung anging wie seine Launen.

„Ich habe eine Pistole und bin verdammt gut damit. Du wirst versuchen, den Kugeln körperlich oder magisch auszuweichen, während ich sie abfeuere. Du kannst gut mit Magie umgehen. Ich bin besser mit einer Waffe. Egal, wie begabt man ist, es ist wirklich schwer, einen Zauber mit einer Kugel im Körper auszuführen."

Ich richtete meine Aufmerksamkeit auf die Hexe im Umhang mit dem runden Gesicht.

„Ich verstehe es. Ihr wollt Geld sehen. Was ihr nicht wollt, ist, dass sich die Vampire beleidigt fühlen. Mich zu verletzen und ihr Angebot abzulehnen, wird sich nicht zu euren Gunsten auswirken. Sie werden es als Rechtfertigung für Vergeltungsmaßnahmen nutzen. Landon sucht nur nach einem Grund. All die schrecklichen Dinge, die ihr über Vampire gelesen habt, sind nicht Berichte über ihre Vorfahren, sondern über sie. Über genau die Vampire, die unter uns leben."

Ich hielt inne, um das auf sie wirken zu lassen.

Wendy versuchte, hart, ungerührt und gleichgültig zu wirken. Der finstere Blick der anderen Hexe hatte einem besorgten Ausdruck auf ihrem Gesicht Platz gemacht.

„Ich bin nicht hier, um jemanden zu schikanieren. Ich habe keine Lust, jemanden von euch verletzt zu sehen. Während ihr es nur aus eurer Perspektive betrachtet, sehe ich das Gesamtbild und bin in der Lage, objektiv zu sein." Ich wollte hinzufügen, dass ich die Einzige war, die zwischen ihnen und einem Gemetzel stand.

„Stacey." Wendy nickte zur anderen Seite des Raumes. Sie wichen zurück, doch anstatt in ein anderes Zimmer zu gehen, gingen sie nach draußen.

Nach einigen Minuten kam Wendy wieder herein und sagte: „Wir werden keinen Todesschwur leisten, aber wir werden einem *evanesco*-Zauber zustimmen. Er ist genauso bindend wie der Schwur, doch wenn wir ihn brechen, verlieren wir unsere Magie, nicht unser Leben."

Verlust der Magie. Eine magische Einschränkung. Jeder Zauber kann rückgängig gemacht werden. Einige sind schwieriger rückgängig zu machen als andere, aber sie konnten immer rückgängig gemacht werden. Schwüre waren die Ausnahme, weshalb sie nicht leichtfertig abgelegt wurden.

„Ich werde ihn fragen, aber ich bin mir nicht sicher, ob er zustimmen wird."

„Und der ursprüngliche Preis bleibt. Wir feilschen nicht."

Ich nickte, dachte noch einmal über die Zahl nach und zuckte innerlich zusammen.

Mit einer schnellen Fingerbewegung, nebensächlich wie ein Nachgedanke, verschwanden die Zeichen.

„Er wird wollen, dass eine externe Hexe ihn ausführt, also werde ich den Zauber brauchen."

„Sobald das Geld auf dem Konto ist, gebe ich ihn ihm. Sag ihm einfach, dass er in der Gebühr enthalten ist."

Ich musste herausfinden, wie ich mich mit den zaubererumhangtragenden Hexen anfreunden konnte. Wenn ich es schaffte, mein Augenrollen angesichts ihrer Umhänge zu unterdrücken, könnten sie zu wertvollen Ressourcen werden.

Bevor ich ging, bat ich darum, als Bestätigung das *Amber Crocus* zu sehen. Sie führten mich durch das Haus zur Küche, die den Garten überblickte. Wer nicht wollte, dass irgendjemand etwas über *AC* erfuhr, hatte hervorragende Arbeit geleistet und alle Bilder davon verschwinden zu lassen. Es war das erste Mal, dass ich die Pflanze tatsächlich sah und nicht nur eine Beschreibung las. Als Wendy die Tür öffnete, blickte ich hinaus in einen Garten mit gesunden, lebendigen, grünen, farnähnlichen Pflanzen mit auffälligen weiß-goldenen Spitzen, die aus dunkler, nährstoffreicher, feucht aussehender Erde wuchsen. Sie bekamen eindeutig bessere Pflege und mehr Aufmerksamkeit als das Haus.

Die dunkelhaarige Frau, die Landons Tür öffnete, blickte lange genug von ihrem Handy auf, um mich mit einem gelangweilten Lächeln zu begrüßen.

„Erin?"

Ich nickte. Sie war zu salopp und desinteressiert, um seine Assistentin zu sein.

„Komm rein. Onkel Landon wartet."

Onkel? Die einzige familiäre Ähnlichkeit waren die dunklen Augen, doch ihre wahren heller braun als sein Onyx. Mit ihrem strahlenden apricotfarbenen Teint war diese Frau definitiv ein Mensch. Gezeugte Vampire verwendeten nie Familientitel wie Mutter, Vater, Onkel und Tante. Sie war absolut und hundertprozentig Team Mensch; das teuer aussehende, schwarz-weiß-ombriert gefärbte Haar, die stark umrandeten Augen und die dick getuschten Wimpern verliehen ihr eine Geschöpf-der-Nacht-Aura, aber sie war trotzdem ein Mensch.

„Onkel Landy, deine Assistentin ist hier."

Ich hätte sie korrigieren sollen, aber sie war so sehr mit ihrem Handy beschäftigt, dass ich bezweifelte, dass es sie interessierte. Ich hatte das eindeutige Gefühl, dass Leute für sie in zwei Kategorien einzuordnen waren: Vampir-Elite und Hilfskräfte. Sie hatte mich als Hilfskraft eingestuft.

„Danke, Robyn-Liebes", sagte er. Onkelhafte Liebe erblühte auf seinem Gesicht. Etwas, das in ihrer Familienbeziehung wurzeln musste, denn so bezaubernd war sie nicht.

Während ihre Finger über die Tasten ihres Handys flogen, sah sie nicht auf, als sie sich quer in den großen Sessel in der Ecke seines Büros fläzte und es sich gemütlich machte. Als sie die Veränderung in der Atmosphäre spürte, wandte sie ihren Blick schließlich von ihrem Handy ab und sah uns an. Die Familienähnlichkeit endete definitiv bei den dunklen Iriden. Ein rundes Gesicht, große, ausdrucksstarke Augen, volle Lippen und eine spitze Nase verliehen ihr ein puppenhaftes Aussehen, das in starkem Kontrast zu Landons scharfgeschnittenen Zügen, seinem schmalen Gesicht, seinen dunklen und intensiven, listigen Augen und seinen geschmeidigen Lippen stand, die zu oft seine Reißzähne zeigten.

„Was?", fragte sie.

„Wir brauchen ein paar Minuten", informierte er sie und schenkte ihr ein reumütiges Lächeln, von dem ich sicher war, dass es verschwinden würde, sobald sie den Raum verlassen hatte.

„Natürlich." Mit flüssiger Anmut sprang sie auf. Als sie den Raum verließ, hatte ich den Eindruck, dass sie eine Tänzerin war. Das könnte der Grund für seinen Gesichtsausdruck gewesen sein. Im Gegensatz zum ursprünglichen Meister der Stadt blieb Landon aufgrund seiner Familiengeschichte mit der menschlichen Welt verbunden. Er war anspruchsvoll, ich würde sogar sagen ein Snob, wenn es um die Gesellschaft ging, mit der er sich umgab, und zog es vor, nur mit der Elite der Stadt zu interagieren, aber er liebte die

Künste, investierte in Tanz- und Theatergruppen und spendete für den Kunstunterricht in den Schulen der Stadt und finanzierte Kunstausstellungen.

„Onkel?", fragte ich.

Er trank einen Schluck aus dem Weinglas, das er in der Hand hielt. Ich fragte mich, ob es Rotwein war oder der Cocktail aus Blut und Wein, den Vampire mochten. „Ja", sagte er. „Ich habe drei Neffen und noch eine weitere Nichte. Natürlich gibt es vor diesem Titel eine Menge ‚Groß'. Meine anderen Nichten und Neffen sind jedoch weit weniger beeindruckend als Robyn", gab er zu.

Etwas sagte mir, dass er ihnen das auf jeden Fall sagen würde. Sie könnten renommierte Wissenschaftler, CEOs von Fortune-500-Unternehmen oder Wahlbeamte sein, aber was Landon anging, zählte das alles nicht, wenn sie nicht Kunst mit ihrem Körper machten, die Welt mit ihrer Malerei verschönerten, Ehrfurcht gebietende Skulpturen erschufen oder Prosa schrieben, die einen zum Nachdenken anregte. Gewalt und Schönheit – die Dichotomie seiner Existenz entging mir nicht. Ich wandte meinen Blick von ihm ab, als mir klar wurde, dass ich ihn anstarrte.

„Sie ist die Primaballerina ihres Tanzensembles. Du solltest irgendwann mit mir kommen, um sie anzusehen. Sie ist faszinierend."

Und was auch immer die anderen taten, es würde niemals so beeindruckend sein wie ihr Auftritt auf der Bühne. Mit einer einzigen geschmeidigen Bewegung saß er hinter seinem Schreibtisch, das Glas immer noch in der Hand, und trank einen weiteren Schluck daraus. „Möchtest du ein Glas?"

Da ich nicht davon überzeugt war, dass es nicht ihr besonderer Wein war, lehnte ich ab.

„Wie war es bei den Hexen?", fragte er, nachdem er einen weiteren genussvollen Schluck getrunken hatte. Der wehmütige Blick, den er dem Glas zuwarf, bestätigte, dass es die richtige Entscheidung gewesen war, sein Angebot abzulehnen.

„Sie werden weder den Preis senken, noch werden sie einem Todesschwur zustimmen. Sie haben *evanesco* angeboten. Wenn sie dagegen verstoßen, verlieren sie ihre Magie. Sie können den Zauber so anpassen, dass er auf sie und alle zukünftigen Mitglieder des Zirkels ausgedehnt wird und bei deinem Tod endet.“

Er dachte darüber nach. „Ich lehne das Gegenangebot ab. Zauber können gebrochen werden. Wenn sie ihr Wort brechen, möchte ich, dass sie sterben.“

Bevor ich einen Vorschlag machen konnte, fügte er hinzu: „Sie erpressen mich um zwei Millionen Dollar. Die Bedingungen sind nicht verhandelbar. Ein Verstoß muss schlimme Konsequenzen geben. Ich werde das in ein paar Jahren nicht noch einmal durchmachen.“ Er schob sein Kinn vor.

Ich wusste, was er nicht gesagt hatte. Landon ging mit dieser Erpressung so geduldig und ruhig um, wie er wollte. Es würde keine Zugeständnisse mehr geben. Ihn weiter zu drängen, würde seine brutale Option erstrebenswerter erscheinen lassen.

Ich verließ das Büro und das Haus, bis ich weit genug entfernt war, und rief die gierigen Erpresser mit dem Zaubererumhang an.

Fünfzehn Minuten lang versuchten, sie weiterzuverhandeln.

„Verstehst du, wie viel Geld du bekommst?“, sagte ich. „Das ist sein weniger gewalttätiges Angebot. Mach weiter wie bisher, und du und dein Zirkel werdet mit leeren Händen und möglicherweise einem Kopfgeld auf eure Köpfe oder als lebenslange Feinde der Vampire dastehen. Denk daran, Vampire sind unsterblich. Ihr werdet es nicht nur mit ihnen zu tun haben, sondern auch mit jedem, den sie zwingen können. Deine süße kleine Nachbarin, die dir zuwinkt und ihr kleines Kätzchen liebt, könnte genau diejenige sein, die dir ein Messer in den Rücken rammt." Ich wünschte, was ich gesagt hatte, wäre dramatisch und übertrieben, doch jeder, der jemals eine der Geschichten über Vampire gelesen hatte, wusste, dass ich es nicht war.

„Menschen zu zwingen ist illegal", erinnerte mich Wendy gereizt.

„Machst du Witze? Du verlangst zwei Millionen Dollar! Glaubst du, dass Landon sich für ein Gesetz interessieren wird, wenn er das Gefühl hat, erpresst oder in irgendeiner Weise beleidigt zu werden? In diesem Moment agiert er innerhalb der Grenzen des Gesetzes. Wie lange wird er das deiner Meinung nach tun? Ich halte es nicht für unvernünftig, seiner Bedingung zuzustimmen. Aber du kannst ablehnen und das Risiko auf dem Schwarzmarkt eingehen."

„Ich habe schon einen Käufer. Mephisto. Wir werden es nicht einfach an irgendwelche Leute auf der Straße verkaufen. Da du für beide gearbeitet hast, glaube ich, dass du diejenige bist, die sich in einer kompromittierenden Position befindet. Es liegt also in deinem Interesse, etwas auszuarbeiten. Landon wird denken, dass du für beide Seiten arbeitest. Mephisto bietet weniger an, aber ohne Schwüre."

Durch Wendys Gier und Sturheit löste sich mein Wunsch, sie zu beschützen, schnell in Wohlgefallen auf.

Aus Sorge, Landon könnte meine Wut bemerken, oder ich könnte etwas sagen, das ich bereuen würde, rief ich ihn an und sagte ihm, dass ich die Angelegenheit persönlich klären müsse. Um etwas Zeit zu schinden, ging ich zu Mephisto.

9

Das Tor schwang auf, bevor ich den Eingang erreichte. Es war mir gelungen, den Ärger in meiner Stimme zu unterdrücken, als ich ihn angerufen und um ein Gespräch gebeten hatte. Auf der Fahrt hatte ich mich nicht beruhigt, und ich brodelte immer noch, als ich zur Haustür ging. Wie hatte er vom *Amber Crocus* erfahren? Waren die Hexen an ihn herangetreten oder hatte er sie kontaktiert? Wusste er, dass ich involviert war, und es war ihm egal?

Benton vernachlässigte jegliche Türpflichten und konzentrierte sich einzig und allein auf die Rolle des Getränketrinkers und Buchlesers. Als ich das unverschlossene Haus betrat, kam ich an seinem Lieblingszimmer vorbei und tat genau das.

„Er ist in seinem Büro", sagte er und blickte von seinem Buch auf.

Ganz toll gemacht. Sie, Sir, verdienen eine Gehaltserhöhung.

„Stehen Sie nicht auf, ich kenne den Weg", keifte ich. Ich hatte ein gutes Gefühl bei meiner Bemerkung und dachte, ich hätte in dem Kleinlichkeitsturnier, das wir irgendwie seit einer Weile spielten, gepunktet.

Bis er antwortete: „Kein Problem, Miss Jenson. Das hatte

ich nicht vor." Dann unterstrich er es, indem er übertrieben aus seiner Tasse schlürfte. Ich wollte meinen Sieg mit Stolz genießen, doch er hatte ihn mir einfach so entrissen. Wem versuchte ich was vorzumachen? Benton war der Meister der Sticheleien und des Zynismus und der Große Pooh-bah der Kleinlichkeit. Ich war ein Anfänger und spielte in einer anderen Liga.

Ich blieb stehen und drehte mich um, um einen Blick auf den kranken Ausdruck der Zufriedenheit auf seinem Gesicht zu erhaschen.

Er hatte Glück, dass ich einen Gott zum Anschreien hatte, ich hatte daher keine Zeit, mich auf ein Kleinlichkeitsduell einzulassen, aber er stand definitiv auf meiner To-do-Liste: Einen Gott anschreien, Landon davon abhalten, den Lunar Marked-Zirkel zu töten. Den Zirkel davon überzeugen, nicht mehr stur zu sein, überlegen, was ich mit meiner Mutter und den Immortalis machen sollte, herausfinden, wer mich wieder einmal in den Schlaf gezaubert hat, und mein Kleinlichkeitsturnier mit Benton ausfechten.

Mephisto kam mir aus der Richtung des Raumes, in dem er seine magischen Gegenstände aufbewahrte, im Flur entgegen. Wahrscheinlich auf der Suche nach einem Platz für das *Amber Crocus*.

Er neigte den Kopf und betrachtete mich. „Du bist aufgewühlt", bemerkte er. „Was ist passiert?"

„Soll das ein Witz sein?", fragte ich lauter als beabsichtigt. Es war meine laute Stimme, die Simeon dazu brachte, aus Mephistos Büro zu kommen und mich anzusehen. Ich drehte mich um, als ich hörte, wie er den Flur betrat. Seine Aufmerksamkeit wanderte von mir zu Mephisto, wo sie blieb. Ohne einen Wortwechsel verschwand Simeon wieder im Büro, kam mit einer kleinen Tüte in der Hand zurück und ging zur Vordertür.

Mephisto war still, sein Gesicht war unergründlich, als er mich in sein Büro führte, die Tür hinter sich schloss und sofort zum Fenster ging. Er hob sein Gesicht, als wollte er es von der untergehenden Sonne wärmen lassen.

„Was soll ein Witz sein?", fragte er schließlich.

„Der Lunar Marked-Zirkel hat *Amber Crocus*, und ich wurde gerade darüber informiert, dass du ein Angebot abgegeben hast."

„Ja, daran ist nichts Unwahres." Er ging vom Fenster zur Vorderseite, lehnte sich dagegen und schlug ein Bein über das andere. Er verschränkte die Arme vor der Brust und fragte: „Welcher Teil davon schien ein Witz zu sein?"

„Ich arbeite für die Vampire und versuche, den Hexen das *Amber Crocus* abzukaufen."

„Hmm, das war mir nicht bewusst. Das muss eine unglaublich unangenehme und komplizierte Situation für dich sein", sagte er.

„Du weißt, wie Vampire sein können. Ich versuche zu verhindern, dass die Situation zu einer dieser Geschichten wird, die einen beim Lesen schaudern lassen. Im Moment sind sie so kurz davor", sagte ich und hielt Daumen und Zeigefinger in einem winzigen Abstand.

Mephisto seufzte, ein Ausdruck von Tadel und Ärger huschte über sein Gesicht und verschwand schnell. „Bei aller Liebe von Landon zu den Künsten, bei aller Wertschätzung des Lebens und bei aller Hingabe an seine Banalitäten scheint er immer noch zu gern in grausamer Gewalt zu schwelgen. Immer bereit, seine Talente unter Beweis zu stellen."

„Ja, und wenn du das *Amber Crocus* kaufst, gibst du ihm die Ausrede, diese Talente gegen den Zirkel einzusetzen. Und möglicherweise gegen dich."

Ein kalter, dunkler Ausdruck huschte über sein Gesicht, ein Ausdruck, den wahrscheinlich jemand sieht, wenn die Jäger auf ihn herabstürzen, um der Gerechtigkeit Genüge zu tun.

„Ich habe keine Angst vor Landon oder seiner Vergeltung", sagte er distanziert, aber ein Anflug von Bosheit lag auf seinem Gesicht. Man hält nicht die Schlimmsten der Schlimmen aus dem Schleier auf, stellt sich gegen andere Götter und ist dabei nicht geschickt in der Gewalt, vielleicht hat man sogar eine Vorliebe dafür. Ich war mir sicher, dass die Berufung, Jäger zu werden, nichts für schwache Nerven oder Pazifisten war.

„Was ist mit den Hexen?" Ich war frustriert.

„Sie haben sich an mich gewandt. Sie scheinen selbstbewusst zu sein. Ich denke, dass sie sich stark genug fühlen, um sich schützen zu können."

„Manchmal ist Dummheit der fehlgeleitete Cousin von Selbstvertrauen. Sie werden von ihrer Gier geblendet. Wendy ist geschickt und vielleicht in der Lage, sich selbst zu schützen, aber ich denke, sie ist überheblich, und das wird zum Tod dieses Zirkels führen."

„Ist es Corys Zirkel?"

Ich schüttelte den Kopf.

„Warum interessiert es dich dann?"

Ich musste bei seiner Frage den Mund schließen. „Weil es das Richtige ist."

Seine Bewegung auf mich zu war so schnell, dass ich die Momente vermisste, in denen er sich bewegt hatte, als wäre er ein Mensch. Als er seine Magie so weit gedämpft hatte, dass sie mich weniger abgelenkt hatte. Jetzt war ich darin eingehüllt und fragte mich, wie tödlich sein Schlag war.

Er musterte mich und strich mit einem Finger träge über meinen Kiefer. Zu wissen, dass er einen Teil seines Lebens gegeben hatte, um mich vom Tod zurückzuholen, hatte nichts an meinem Verlangen nach seiner Magie geändert. Auch die Erkenntnis, dass er dem Teufel näher stand, als ich scherzhaft gedacht hatte, tat der Anziehungskraft, die ich geleugnet hatte, keinen Abbruch.

„Sag es mir", drängte er, sein Gesicht war nur wenige Zentimeter von meinem entfernt. Sein Parfum, das meine

Sinne erfüllte, sein warmer Atem auf meinen Lippen waren Ablenkungen, die immer schwerer zu ignorieren waren. „Wie viel muss ich dir geben?" Der Vorwurf in seinem Blick war wie ein Schlag in die Brust. Es war eine unfaire Frage.

Ich schloss für einen Moment die Augen und versuchte, tief durchzuatmen, um einen klaren Kopf zu bekommen. Ich scheiterte. Ich entfernte mich von ihm und seiner Berührung und sammelte meine Gedanken. „Ich versuche, meinen Job zu machen und zu verhindern, dass ein Haufen dummer Hexen getötet wird und ein Schlamassel entsteht, in das letztendlich die STF und Madison verwickelt werden. Ganz gleich, ob du es verstehst oder dich darum scherst, es wird weitreichende Auswirkungen haben. Das brauche ich im Moment einfach nicht in meinem Leben. Bitte. Zieh dein Angebot zurück."

Er runzelte die Stirn. „Ich habe auch einen Job. Ich bin ein Sammler, das weißt du. Tatsächlich hat meine Sammlung dein Leben gerettet. Das musst du irgendwie schätzen. Zieh dich aus dieser Sache zurück und lass uns auf die angemessene Art und Weise damit umgehen. So kann dir in dieser Angelegenheit niemand die Schuld geben."

„Aber ich werde nicht schuldlos sein. Du auch nicht. Es ist grausam, es passieren zu lassen, wenn wir es verhindern können."

Mephisto betrachtete mich lange, sein Gesicht war eine unleserliche Maske. „Pragmatismus und Grausamkeit sind nicht dasselbe", sagte er leise, seine Augen waren voller Verständnis.

„Aber sie bewegen sich viel zu oft im gleichen Kreis", sagte ich.

Ich zog mich zurück, bis ich an der Wand lehnte, und blieb unter der Last seines dunklen, forschenden Blicks, während die Magie mit turbulenter Kraft durch den Raum fegte.

„Hör auf!", verlangte ich mit leiser, rauer Stimme. Für

jemanden, der behauptete, ich sei seine Schwäche, besaß er Bärenkräfte, wenn er wollte, aber ich konnte mich des Gefühls nicht erwehren, dass ich sie ausnutzte. War es falsch, das zu tun?

Es war eine egoistische Bitte, aber es ging darum, Leben zu retten. „Wirst du das für mich tun?", flehte ich leise. „Bitte."

Er benetzte seine Lippen, sein Blick verfolgte jede meiner Bewegungen, während die Sekunden schnell zu Minuten angespannter Stille wurden, und wieder einmal hatte ich das Gefühl, dass alles, was so viel Überlegung erforderte, zu meinen Gunsten ausgehen sollte.

„Nein", erklärte er mit leiser, rauer und kompromissloser Stimme.

Landon würde ein genauso attraktives Angebot machen müssen, aber ich hatte keine Ahnung, was es sein könnte, das genauso viel wert war wie ein Verkauf ohne Einschränkungen.

Mephisto wandte seinen Blick von mir ab und schlenderte schließlich zurück zum Fenster. Ich war davon überzeugt, dass er den größten Teil seines Lebens unter der Erde verbringen musste, denn draußen war einfach nicht *so* interessant.

„Bist du fertig?" Obwohl er fragte, zeigte die Endgültigkeit seines Tons, dass wir es waren.

„Was kann man außer der Obitus-Klinge noch gegen Immortalis verwenden?"

„Ich weiß nur von der Klinge", sagte Mephisto.

Jetzt hatte ich seine ganze Aufmerksamkeit, und er war zusammen mit einem Hauch von Magie direkt vor mir.

Beweg dich normal. Nicht dein Normal. Das andere Normal. Vor-der-Beichte-normal.

Es musste befreiend sein, er selbst sein zu können. Sich göttlich zu bewegen, seiner Magie zu frönen und der zu sein, der er hinter dem Schleier war, aber manchmal war es antörnend. Neben den anderen Jägern war ich wahrschein-lich die einzige Person, in deren Gegenwart er so sein konnte. Dann wurde mir klar, dass Benton nicht nur der Türöffner, der Getränketrinker und der faulste Angestellte aller Zeiten war, sondern auch der Hüter des Geheimnisses der Jäger.

„Du bist wieder angegriffen worden?", fragte er, bevor ich mich nach Benton erkundigen konnte.

Ich nickte und erzählte ihm alles, was passiert war. Seine Hände berührten meine Rippen, als ich ihm erzählte, dass sie gebrochen waren. „Sie sind wieder verheilt." Er bewegte seine Hände nicht.

„Warum war das nicht das Erste, was du mir erzählt hast? Landon und seine Probleme sind deine geringste Sorge."

„Ich hatte nicht damit gerechnet, angegriffen zu werden. Du kannst nicht erwarten, dass ich nur darauf warte, dass Malific mich tötet, also habe ich einen Job angenommen."

„Nein, aber es sollte mehr getan werden." Er untersuchte meinen Arm, als würde er sich dadurch an einen Zauber erinnern. Stirnrunzelnd sagte er: „Sie ist hier."

„Woher weißt du das?"

„Sie hätten nicht ohne Grund angegriffen. Du hast gesagt, du hattest den Eindruck, als wollten sie dich entführen."

„Anfangs schienen sie damit zufrieden zu sein, mich anzugreifen. Er hat gedroht, mich zu töten, nachdem ich ihm das Knie in den Schritt gerammt hatte. Das hat mir mehr Drohungen eingebracht."

Mephisto kämpfte gegen das Lächeln, das an seinen Lippen zupfte, bevor er mir einen missbilligenden Blick zuwarf. „Du bist gut trainiert und ziemlich geschickt", sagte er.

„Und? Es gibt keine Regeln, wenn man versucht, sein Leben zu retten. Ich kämpfe um den Sieg. Training ist in Ordnung, aber ich habe noch nie einen Mann schneller erle-digt, als wenn ich ihm das Knie in den Schritt ramme. All meine raffinierten Techniken, Würfe, Schläge und Paraden sind nicht mit einem Tritt in die Kronjuwelen vergleichbar."

Er lachte und starrte immer noch auf das Mal des Raben auf meinem Arm. „Hast du deine Waffen?"

Ich nickte und ging mit ihm aus dem Büro zu meinem Auto. *Oh, toll, jetzt habe ich einen Gott als Bodyguard.*

Ich holte die Waffen, und wir kehrten in sein Büro zurück, wo er sie untersuchte. Er stellte mir weitere Fragen über die Magie.

„Waren die Immortalis weg, oder wurden sie getötet?", erkundigte er sich. Sein Duft reizte meine Nase, und die Turbulenzen seines Unbehagens erinnerten mich an den Immortalis-Angriff.

„Ich weiß es nicht", gab ich zu. „Aber wenn sie immun gegen Magie sind und nur eine Obitus-Klinge sie töten kann, sind sie vielleicht gegangen."

Mephisto schien nicht überzeugt zu sein. Meine Augen versuchten, ihn zu verfolgen, während er sich hin und her bewegte. Wenn ich ihn so sah, war ich wirklich dankbar, dass keine Götter unter uns lebten, selbst wenn ich eine oder zumindest eine Halbgöttin war. Ich war ein magischer Blindgänger, bis meine Einschränkungen aufgehoben wurden.

„Du musst vorsichtiger mit deinem Leben sein, Erin."

Irritation wuchs in mir. Ich war in der Praxis meines Therapeuten gewesen. Ich hatte meine Waffen bei mir gehabt und mich gewehrt. „Fahr zur Hölle!" Falsche Wortwahl. „Gib mir nicht die Schuld, dass ich angegriffen wurde! Ich habe um nichts davon gebeten", schrie ich ihn an. „Vor einem Monat war mein Leben bei Weitem nicht so beschissen wie jetzt. Das Einzige, worüber ich mir Sorgen machen musste, war, mich von Magie fernzuhalten und zu versuchen, niemanden zu töten. Jetzt ist mein Leben in Gefahr, jemand wendet Magie gegen mich an, und ich kann es nicht verhindern. Ich bin magielos und in einer Situation, in der ich sie wirklich brauche. Und meine Mutter will meinen Tod. Und du glaubst, ich bin nicht vorsichtig? Wie kann ich *nicht* vorsichtig sein?"

Er hatte meine Wut nicht verdient. Ich war eine emotionale Zeitbombe, und er hatte mich mit seinen Worten ungewollt zur Explosion gebracht. Er presste seine Lippen zusammen und hielt den Abstand zwischen uns. Sein Gesicht war ausdruckslos, sein Schweigen beunruhigend. Ich brauchte Mephisto als Verbündeten, und ich war nicht sehr gut darin, ihn mir als solchen zu sichern.

Als die Stille zu viel für mich wurde, seufzte ich schwer und ging rückwärts zur Tür. „Ich versuche, vorsichtig zu sein." Die unangenehme Stille blieb, und er hielt mich nicht davon ab zu gehen. Das störte mich am meisten, als ich in Gedanken durchging, was zwischen uns passiert war. Ein Teil von dem, was wir hatten, war verwelkt, vielleicht sogar gestorben.

Es nagte so sehr an mir, dass ich nicht zurückging, um meinen Dolch zu holen, den Mephisto gerade begutachtet hatte. Ich könnte es als Vorwand benutzen, zurückzukommen. Ich war mir nicht sicher, wozu ich zurückkehren würde.

10

Ich könnte nicht sicherer sein, als hinter den sicheren Mauern der Supernatural Task Force, die aus gut ausgebildeten Wandlern, talentierten Hexen, begnadeten Magiern und erfahrenen Feen bestand. Und eine davon saß mir gegenüber und stocherte in ihrem Roti- Hähnchen herum, das ich ihr zum Mittagessen mitgebracht hatte. Es war eine Menge nötig, um sie von ihrem Lieblingsessen abzulenken, und ich fühlte mich schlecht, als ich ihr die unbearbeitete Version dessen erzählt hatte, was mit den Immortalis passiert war. Sie nahm es ruhig auf, sogar den Angriff, und nickte, während sie mit ihrem Essen spielte.

„Wird Sumner dich aus der Therapie entlassen?", fragte sie und hielt eine Gabel voll Essen in der Hand. Wenn es sie störte, dass ich ihr das verheimlicht hatte, dann war sie gut darin, es zu verbergen.

„Ich denke schon. Ich gehe zu ihm wegen etwas, das nie passiert ist."

Sie runzelte die Stirn, äußerte sich aber nicht dazu. „Die Blackouts –"

„Ich hatte keine Blackouts. Jemand hat Magie gegen mich angewandt, einen Schlafzauber, ohne Zutaten zu brauchen."

Wenn ich nicht verzaubert worden wäre, wäre dieser Mann nicht gestorben. Ich hätte den Ruck gespürt, der mich dazu aufgefordert hatte, die Magie zurückzugeben.

„Ein anderer Gott?", fragte sie. Ich hatte das Gefühl, dass sie dasselbe empfand wie ich, dass unsere Welt ohne ihre Existenz besser wäre. Sie fuhr sich mit den Fingern durchs Haar, in dem die Locken, die sie abgeschnitten hatte, und eine Spur ihrer natürlichen, tiefen sienaroten Farbe zum Vorschein kamen. Zerzaust blickte sie aus dem Fenster ihres Büros auf den kleinen Park, in dem sie gerne zu Mittag aß.

„Erin, ich habe keine Ahnung, was ich tun soll." Ihr Ton war verzweifelt und niedergeschlagen. „Es ist, als würden wir darauf warten, dass jemand versucht, dich zu töten."

In gewisser Weise taten wir das. Wir saßen herum und warteten darauf, in der Verteidigung zu spielen, wenn es soweit war. Es war frustrierend. Proaktive Maßnahmen waren gescheitert.

„Wir haben versucht, sie zu finden. Wir haben nicht viele Möglichkeiten. Aber sie kann keine Immortalis mehr produzieren", betonte ich mit einem Maß an Selbstvertrauen und Optimismus, von dem ich hoffte, dass es ihren angespannten Gesichtsausdruck lockern würde.

Sie schenkte mir ein schwaches, schiefes Lächeln und sagte: „Ja."

Wir versuchten, das Gespräch etwas unbeschwerter zu machen, doch ihre Fragen kamen immer wieder darauf zurück, dass ich die Magie beschreiben sollte. „Und es war nicht wie bei Mephisto und den anderen, keine … Jägermagie?" Sie hielt bei der Bezeichnung inne, ihre Stimme klang angespannt. Stellte sie sich vor, dass sie skrupellose, allmächtige Söldner waren, wie ich es manchmal tat? Bilder von ihnen im Kampf gegen die Immortalis tauchten wieder auf und erinnerten mich daran, dass jede Geschichte immer drei Seiten hatte: seine Seite, deren Seite und die Wahrheit, die oft irgendwo in der Mitte lag. Ich konnte nicht anders, als mich daran zu erinnern, wie die Wandler aus dem Schleier Mephisto betrachteten. Da steckte mehr dahinter.

Ich schüttelte den Kopf. „Sie war anders. Vielleicht ähnelt sie eher Hexenmagie." Da war ich mir nicht sicher. Die Magie hatte sich zu anders angefühlt und mich überwältigt. Ich war von diesem Zauber auf eine Weise eingelullt worden, wie ich es bei keiner anderen Magie erlebt hatte. Sie hatte mich so schnell überwältigt, dass ich mich hilflos gefühlt hatte.

Madison gab es auf, in ihrem Essen herumzustochern, und packte es weg. „Glaubst du, man kann ihnen vertrauen?", fragte sie schließlich nachdenklich.

Mephisto wollte Oedeus' Tod rächen. Darum wusste ich, dass man ihm vertrauen konnte, wenn es um mich und den Umgang mit Malific ging, aber sein Angebot für das *Amber Crocus* und seine Gleichgültigkeit gegenüber den Komplikationen, die es mit sich bringen könnte, wenn er es kaufte, beunruhigten mich immer noch. Aber das erwähnte ich Madison gegenüber nicht.

„Ja", sagte ich nur. Etwas in meiner Antwort ließ sie die Augen zusammenkneifen, und ihre Lippen verzogen sich.

„Dann ist es unser Ziel, deine magischen Einschränkungen aufzuheben. Wenn Malific dich angreift, kannst du ihr zumindest zeigen, was für eine dumme Idee das war."

Ich lächelte über ihr übermäßig ehrgeiziges und begeistertes Vertrauen in mich. Ja, das Einzige, was mich davon abhielt, eine Erzgottheit zu besiegen, war Magie, von der ich nicht ganz wusste, wie ich sie einsetzen sollte.

Aber es ermutigte mich. Jetzt musste ich nur noch die Situation mit Landon und dem Zirkel in Ordnung bringen, dann hätte ich eine Sache weniger, um die ich mich kümmern musste.

———

Als ich mir den eingehenden Anruf ansah, dachte ich, dass das Schicksal sich einen Spaß daraus machte, mich zu verarschen oder darauf zu wetten, wer mein Leben am ehesten zur Hölle machen könnte.

„Landon."

„Erin", schnurrte er. „Es scheint, als hättest du dich entschieden, auf beiden Seiten des Zauns zu spielen. Ich dulde keine Illoyalität." Seine Stimme war so ruhig, dass sie mir mehr Gänsehaut über den Rücken jagte, als wenn eine brüllende Stimme durch den Raum hallte.

„Ich weiß nicht, wovon du redest", sagte ich.

„Oh, das weißt du. Offenbar hat Mephisto ein Angebot abgegeben. Ich bin mir deiner Geschichte mit ihm durchaus bewusst. Er hat ganz klar zum Ausdruck gebracht, dass er auch erwartet, zu bekommen, was er will, und du hast maßgeblich dazu beigetragen, dass es passiert."

Ich war ein Wiederbeschaffungsspezialist und hatte ihm geholfen, gewisse Dinge zu finden. Eine bessere Kopfgeldjägerin. Aber es waren nur Jobs.

„Das Gleiche gilt für meine Beziehung zu dir. Ich habe mehr als einmal für dich gearbeitet und Dinge für dich beschafft."

„Wahr. Die Frage ist nur, für wen arbeitest du jetzt, für mich oder Mephisto?"

Meine Gedanken gingen jedes mögliche Szenario und die wahrscheinlichsten Ergebnisse durch. Wenn ich Landon erzählte, dass die Hexen sich an Mephisto gewandt hätten, würde er beleidigt reagieren und die Sache selbst in die Hand nehmen wollen?

„Landon, du hast mich damit beauftragt, zu verhandeln, und das tue ich. Du bekommst dein *Amber Crocus*, okay?"

„Das wollte ich hören." Die Drohung war aus seiner Stimme verschwunden, und er beendete schnell das Gespräch.

Mein Job für Landon würde nicht Vorrang haben. Magie

hatte mir Zeit gestohlen, meine magische Einschränkung machte mich verwundbar, und es drohte eine Konfrontation mit meiner Mutter. Das musste Priorität haben. Denn wenn die Geschichten wahr waren, würde eine Begegnung mit meiner Mutter ohne Magie oder die Fähigkeit, mich zu wehren, dasselbe Ergebnis haben: Die Landon-Situation würde nicht geklärt werden, weil ich tot wäre. Am Leben zu bleiben musste mein erstes Ziel sein.

Ich musste mit Cory reden.

Corys finstere Miene und seine beißenden Seitenblicke zu ignorieren, wurde immer schwieriger, je weiter ich über die unbefestigte Straße und tiefer in eine Baumgruppe hinein navigierte. Während es mir gelang, diese Anzeichen von Verärgerung zu übersehen, stieß er gelegentlich ein genervtes Schnauben aus.

„Wie ist die Stimmung?", fragte ich mit einem Seufzer.

„Es ist keine Stimmung. Ich erinnere mich an einen Vortrag über den Umgang mit Hexen, die sich mit dunkler Magie beschäftigten. Hmmm, mal sehen, ob ich mich erinnern kann, wer mir diesen Vortrag gehalten hat. Der Name fällt mir gerade nicht ein." Es folgte eine lange und sehr unnötige Pause. „Oh, ich erinnere mich jetzt: Das warst du. Und ich muss dir recht geben."

Ich hatte Cory dafür gerügt, dass er Harrison um Hilfe gebeten hatte, als wir versucht hatten, Ian aufzuhalten.

„Ich habe nur ein paar Fragen", sagte ich. „Die Magie, die ich gespürt habe, war so anders. Was, wenn ..."

„Glaubst du, es war ein Dämon?"

„Ich weiß es nicht, aber da keiner von uns wirklich mehr weiß als das, was wir in Büchern gelesen haben, und

Harrison mit dunkler Magie spielt, kann ich nicht ausschließen, dass er einen Dämon beschworen hat."

„Du weißt, was er ist, wie er vorgeht, und wenn du nach dunkler Magie fragst, wird er gerne antworten."

Ich wurde still. Verzweifelte Situationen erforderten verzweifelte Maßnahmen.

„Du wirst doch zulassen, dass er in deinem Namen einen Dämon beschwört, oder?", fragte Cory vorwurfsvoll.

Ich presste meine Lippen aufeinander, aus Angst, dass es mir herausrutschen könnte. Cory und ich hatten nicht allzu viele Geheimnisse voreinander, und als ich in seine Richtung blickte, konnte ich den Ausdruck des Verrats erkennen, die Frustration und das Glitzern in seinen Augen spüren, als er darüber nachdachte, wie er die Kontrolle über das Auto übernehmen könnte.

„Ich werde vorsichtig sein", versprach ich.

„Vorsicht ist zum Fenster rausgeflattert und hat uns den Mittelfinger gezeigt, als wir beschlossen haben, uns mit Harrison auseinanderzusetzen."

„Du hast dich mit ihm auseinandergesetzt", erinnerte ich ihn.

„Nur, um ihm Fragen zu stellen", sagte er leise. „Erin, ich habe das Gefühl, dass du bereit bist, mehr zu tun, als ihm nur Fragen zu stellen." Sein Finger spielte mit einer meiner Haarsträhnen. Es war eine Erinnerung an die vielen Male, die wir nebeneinander gelegen hatten. Ich dachte, allein die Nähe zur Magie würde den Drang lindern und mich davon abhalten, dem Verlangen nachzugeben. Doch dem war nicht so. Aber Cory blieb, solange ich dachte, ich brauche ihn.

„Ich bin verzweifelt", gab ich zu. „Du hast keine Ahnung, wie es sich anfühlt, zu wissen, dass jemand deinen Tod will."

„Vielleicht weiß ich es. Weißt du, mit wie vielen Frauen ich ausgegangen bin, bevor mir klar geworden ist, dass ich nicht auf sie stehe?"

Mein Atem stockte. Endlich hatte er es ausgesprochen.

Laut. Er war mit Alex zusammen, und das war das erste Mal, dass ich ihn offiziell einen anderen Mann daten sah. Aber das war das erste Mal, dass er zugab, dass er nicht auf Frauen stand.

„Sieh mich an, ich bin eine totale Illusion. Ich bin charmant. Mein Körper sieht aus, als wäre er aus Marmor gemeißelt. Mein Humor ist unwiderstehlich. Und ich tanze mühelos auf der Grenze zwischen dem heißen Jungen von nebenan und dem sexy Typen im Fitnessstudio, den du ficken willst …"

„Wag es nicht, ‚bescheiden' zu vergessen. Bescheidenheit ist der Punkt, in dem du wirklich glänzt. Das ist dein Ding. Du bist vielleicht der Bescheidenste. Der Bescheidenste der Bescheidenen. Deine Bescheidenheit weckt in mir den Wunsch, ein besserer Mensch zu werden."

„Gut, das ist mein Ziel. Ich möchte, dass die Leute mich sehen und sich bessern wollen", antwortete er und warf mir ein neckendes Lächeln zu. „Ich habe eine Reihe gebrochener Herzen zurückgelassen. Sie wollen vielleicht nicht, dass ich tot bin, aber ich bin sicher, dass sie mich hassen."

„Warte. Glaubst du, das ist gleichbedeutend damit, dass eine soziopathische Göttin meinen Tod will?", fragte ich mit offenem Mund angesichts der Absurdität des Vergleichs.

Er versetzte mir einen leichten Knuff ans Kinn und sagte: „Lass uns das abschließen, Sweetie. Okay, es ist nicht *ganz* dasselbe." Dann schwand der Humor aus seinem Gesicht, und er sah gekränkt aus. „Ich möchte einfach nicht, dass du deine Entscheidungen mit deinen Emotionen triffst. Wir wissen beide, dass Entscheidungen, die nur auf dieser Grundlage getroffen werden, nicht immer die klügsten sind."

Seufzend wünschte ich, ich hätte andere Möglichkeiten. Es war nicht meine erste Wahl, mich an jemanden zu wenden, der mit dunkler und dämonischer Magie spielte.

„Ich werde meine Entscheidungen nicht von meinen

Emotionen bestimmen lassen", versprach ich. Das war ein Versprechen, das ich halten konnte.

Als ich vor dem Wohnmobil anhielt, kam mir der Mann mit dem lockigen, kinnlangen, rotblonden Haar, den sanftmütigen, bernsteinfarbenen Augen, den schmalen Lippen und der dicken Nase nicht wie jemand vor, der mit Dämonen gemeinsame Sache machte.

Aber er kam mit einem Selbstvertrauen auf uns zu, das mich misstrauisch machte. Auch Cory musste das Unheimliche gespürt haben, denn er spannte sich an. Wir kniffen die Augen zusammen, als wir die dunkle Hexe ansahen.

„Was kann ich für euch tun?"

Dass er sich so schnell näherte, ließ mir nicht viel Gelegenheit, mich umzusehen. Mehr als ein flüchtiger Blick gelang mir nicht. Das Gras war gesund und grün, eine Menge großer Bäume standen um uns herum, ein Grillplatz war nur wenige Meter entfernt, und in der Ferne war ein großer Kreis zu erkennen, in dem das Gras braun gefärbt war. Ich ging davon aus, dass es an der Verwendung von Tannin, Salz und allen anderen Zutaten lag, die man brauchte, um einen Dämon zu beschwören oder dunkle Magie zu wirken. Am Rande des Kreises waren halb vergrabene Steine, auf die Sigillen gemalt waren.

Harrison bemerkte, was ich sah. „Es ist gut, ein Backup zu haben, um zu verhindern, dass sie entkommen", sagte er. „Sie sind freiwillig körperlich, das hält sie stark. Aber wenn sie einen Weg da raus sehen, wie eine schwache Grenze, benutzen sie sie. Diese Steine sind eine magische Verteidigungslinie, die schnell angerufen werden kann."

Ich wusste nicht genau, was nötig war, um einen Dämon zu beschwören. Wenn ich jemals einen bräuchte, müsste ich zu meinen zwielichtigeren Quellen gehen, um einen zu beschaffen. Die Informationen wurden geheim gehalten – oder besser gesagt, sehr gut versteckt. Wenn man sich entschied, einen Dämon zu beschwören, musste man sich die nötigen Informationen erarbeiten. Die meisten wollten nicht das Risiko eingehen, geächtet zu werden, indem sie zugaben, dass sie Dämonenbeschwörungsmagie praktizierten.

„Du beschwörst also Dämonen?", fragte ich. In meiner Stimme lag ein Anflug von Vorwurf und Urteil, der mir nicht gefiel. Ich hoffte, dass er es nicht bemerkt hatte. Ich war die Letzte, die das Recht hatte, den ersten Stein zu werfen.

Sein freundliches Lächeln wurde zu einem betrübten Grinsen. „Sei nicht schüchtern. Dass ich mich mit dunkler Magie und der Beschwörung von Dämonen beschäftige, ist genau der Grund, warum ihr hier seid. Was kann ich in diesem Sinne für euch tun?"

Mächtige ätzende Magie lag in der Luft und erinnerte mich an die Gelegenheit, als ich den Immortalis Magie entzogen hatte. Magie, die sich beißend und giftig anfühlte und mich dazu brachte, mich von ihm abzuwenden und einen Hauch sauberer, nach Holz duftender Luft einzuatmen.

Gute Frage. Was konnte er für mich tun?

„Mir wurde eine magische Einschränkung auferlegt, die von einem Rabenmal repräsentiert wird, und ich möchte wissen, ob du einen Weg kennst, die Einschränkung aufzuheben."

„Wo ist es?"

Ich streckte meinen rechten Arm aus.

„Da ist kein Rabe."

„Es ist da. Magisches Feuer und bestimmte Zauber machen ihn sichtbar. Ein Feuer-Mirra hat ihn zum ersten Mal erscheinen lassen."

„Und die Zauber?"

„Ich erinnere mich nicht."

Er warf mir einen Blick zu, als wüsste er, dass ich log, aber das war mir egal. Ich wollte ihm nicht sagen, dass ich Zugang zu beiden *Mystic Souls*-Büchern gehabt hatte.

„Wir haben mehrmals versucht, das Mal zu entfernen, aber nichts hat funktioniert."

„Und du denkst, es ist Dämonenmagie?"

„Nein, das denkt niemand. Aber da du umfangreiche magische Kenntnisse besitzt, dachten wir, dass du es vielleicht erkennen könntest", erklärte Cory.

„Umfangreich? Du meinst dunkle." Harrison hob die Augenbrauen und warf Cory einen spöttischen Blick zu. Cory klang auch ein bisschen voreingenommen, aber wenn es von mir kam, schien es von ihm abzuperlen. Mein Ruf brachte ihn wahrscheinlich dazu, uns als verwandte Seelen zu betrachten.

Er fuhr fort. „Jung sagt: Leider besteht kein Zweifel daran, dass der Mensch im Grunde weniger gut ist, als er glaubt oder sein will. Jeder trägt einen Schatten in sich, und je weniger er im bewussten Leben des Einzelnen verkörpert ist, desto schwärzer und dichter ist er. In jeder Hinsicht stellt es einen unbewussten Haken dar, der unsere gut gemeinten Absichten zunichtemacht." Er warf einen scheltenden Blick in Corys Richtung. „Die Tatsache, dass du hier bist, bedeutet, dass du nicht gegen dunkle Magie bist, sondern sie nur ablehnst, weil du das Gefühl hast, dass sie dich schlecht machen würde. Macht es dich gut und deine Magie weiß, wenn jemand es in deinem Namen tut?"

Cory schob sein Kinn vor, doch seine Augen glitzerten vor Unsicherheit und Innenschau. Es vergingen mehrere Momente des Schweigens, bevor Cory nachgab. „Nein", gab er zu, „aber für mich ist es der letzte Ausweg. Ist es das auch für dich?"

Harrison zögerte nicht. „Weiße Magie ist schwach, weil sie durch so viele Regeln und die nebulöse Wahrnehmung von Gut und Böse begrenzt ist. Nein, weiße Magie ist niemals eine Option. Ich nutze jede Magie, die mir die Ergebnisse liefert, die ich brauche." Er antwortete im neutralen Tonfall eines Soziopathen, der ohne Reue ein abscheuliches Verbrechen zugibt.

Ich habe beim Persönlichkeitsstörungstest eine hohe Punktzahl erzielt und vermutete, dass ich wieder so abschneiden würde, bis ich Magie besaß. Es war peinlich und beschämend, zuzugeben, dass ich nicht sicher war, dass ich kein böser Geist wäre, der den Leuten Magie entzog und sie zum Sterben zurückließ, wenn es keine Konsequenzen gäbe. Angesichts dieses Wissens fühlte ich mich alles andere als gut. Wenn es um Magie ging, geriet meine Ethik etwas ins Wanken. Ich wollte nicht töten, aber das Bedürfnis war zu schwer zu leugnen. Doch ich schaffte es. Oft.

Es gab einige Ähnlichkeiten zwischen mir und Harrison. Er würde alles tun, um zu dem Ergebnis zu kommen, das er wollte, und ich hatte Probleme damit, alles zu tun, um Magie zu bekommen. Aber war es dieser Kampf, mein Wunsch, nicht zu töten, der uns unterschied?

„Was willst du von mir?", fragte Harrison und ließ seinen sengenden Blick von Cory zu mir wandern.

„Kannst du es wieder erscheinen lassen?"

Er runzelte die Stirn. „Mirras sind sehr starke Magie. Ich kann das nicht, aber ich kann etwas sehr Ähnliches machen. Wer hat das Erste gewirkt?"

„Die Frau in Schwarz."

„Hmm. Ich bin mir sicher, dass ich dein Mal wieder zum Vorschein bringen kann, aber was dann?"

„Sobald du es siehst, kannst du vielleicht die Magie erkennen, die es geschaffen hat."

„Wenn ich es nicht kann, wärst du dann bereit, es jemand anderem zu zeigen?"

„Jemand anderem oder einem Dämon?", fragte Cory.

„Ein Dämon ist jemand", betonte Harrison. Seine sanften bernsteinfarbenen Augen wurden hart. „Wenn ihr meine Hilfe wollt, kann ich das nicht ausschließen."

„Was kostet diese Hilfe?"

„Einen Schwur, dass du mir im Gegenzug einen Gefallen tun wirst."

Ich mochte es nicht, mit Gefälligkeiten zu bezahlen. Ich plünderte lieber mein Bankkonto und zog alles ab, was darauf war, als mit Gefälligkeiten zu zahlen. Die meisten Leute wollten sie auf unbestimmte Zeit. Wer so etwas zustimmte, lud nur Ärger ein.

„Was ist der Gefallen?" Obwohl ich nicht die Absicht hatte, ihm einen Gefallen zu tun, war ich neugierig, ob er einer der wenigen sein würde, die konkret genug waren, um mich dazu zu bringen, meine Meinung zu ändern.

Er zuckte mit den Schultern. „Nur ein Gefallen. Ich sage dir, wenn ich ihn brauche."

Schon klar. Auf keinen Fall stimme ich so etwas zu.

„Ich bezahle nicht mit Gefälligkeiten. Nur Cash. Wie viel willst du?"

Er nickte. „Also gut." Er ging zurück in sein Wohnmobil, wo er mehrere Minuten blieb.

„Was macht er da drin, bespricht er es mit seinem Buchhalter?", schnaubte Cory.

Wenn man nicht gerade in einem der unzähligen Hexenläden in der Stadt war, gab es für Hexen keine Gebührenordnung. Sie nannten einfach einen Betrag, der einen nicht dazu bringen würde, wegzugehen. Ich machte es auch so. Ich hatte ein Grundhonorar für die Beratung, aber ich verlangte einen Aufpreis, wenn der Kunde nervig oder ein Arschloch war; ich nannte es Gefahrengebühr.

Ich vermutete, dass Harrison ein ähnliches System benutzte. Er reichte mir ein Blatt Papier, und ich verzog das Gesicht. Was wollte er damit, sein Wohnmobil aufrüsten?

„Die Hälfte im Voraus, und wenn es dir gelingt, mir eine Antwort zu beschaffen, bekommst du den Rest, wenn wir gehen."

„Und wenn ich es entfernen kann?" Seine Stimme hatte ein Maß an Selbstvertrauen, das mein Interesse weckte.

„Was willst du dann?"

„Da du nicht mit Gefälligkeiten bezahlst, verdopple den Betrag." Die Tatsache, dass ein Gefallen den enormen Betrag wert war, den er verlangte, machte mich froh, dass ich mich geweigert hatte, mit Gefälligkeiten zu bezahlen. „Also gut. Wenn ich hier weggehe und meine Magie dauerhaft wiederhergestellt ist, bekommst du das Doppelte."

Damit ist die Anzahlung für mein Haus weg, dachte ich traurig. Wie viel würde mich dieses Unterfangen noch kosten?

Wann immer Feuer, Reptilien, Tannin, Messer und ein Hase in einem Zauber zum Einsatz kommen, wird es ernst. Wirklich ekelhaft. Wirklich chaotisch. Wirklich dunkel. Wirklich blutig. Und wirklich schmerzhaft. Ich bereitete mich auf das Schlimmste vor.

Noch beunruhigender wurde die Sache, als das Kaninchen auf meinen Schoß hüpfte, nachdem wir uns im Kreis um das Lagerfeuer niedergelassen hatten.

Harrison hatte schon der Schlange Blut abgenommen. Er hatte es so schnell und professionell geschafft, dass ich wusste, dass er es schon viele Male zuvor getan hatte.

„Ich brauche das Kaninchen", sagte Harrison zu mir.

„Nein", platzte ich ohne nachzudenken heraus und drückte es an meine Brust.

„Ich brauche das Blut eines Säugetiers."

Ich streckte meinen Arm aus.

„Das eines Tiers. Genug, um das hier zu füllen." Er zeigte mir einen schnapsglasgroßen Behälter. Als ich meinen Arm ausgestreckt hielt, verdrehte er die Augen und schnitt mir ohne Vorwarnung in die Hand. Ich ballte meine Hand zu einer Faust. Jedes Mal, wenn sich der Blutfluss verlangsamte, schnitt er wieder hinein, bis das klare Glas ganz gefüllt war. Nachdem ich den Schnitt mit dem feuchten Papiertuch, das Harrison mir gegeben hatte, gereinigt hatte, warf ich das Tuch ins Feuer. Ich würde nichts zurückgelassen, was für einen Zauber gegen mich verwendet werden konnte.

Das Kaninchen hatte den gesunden Menschenverstand, von meinem Schoß zu springen und zu fliehen.

Genau, Kaninchen, geh so weit wie möglich weg von diesem blutsaugenden Arschloch.

Obwohl ich wusste, dass die Magie, die Harrison ausübte, dunkel war, konnte ich nicht anders, als von der Schönheit der Ranken aus Schwarz, Grau und Purpur, die sich über dem Feuer wanden, fasziniert zu sein. Das Knistern erzeugte eine ruhige Melodie, und ein seltsames, beruhigendes Gefühl legte sich über die Gegend. Der Geruch von Pfeffer und Tannin strömte von Harrison aus und beseitigte meine anfängliche Abneigung gegen seine Magie. Sogar der furcht- einflößende Aspekt seiner Präsenz schien jetzt winzig zu sein.

„Bereit?", fragte er.

„Wofür?"

„Dein Mal zu enthüllen?"

Verdammt! Wenn es kein Mirra war, war es eine hervor- ragende Illusion. Wie das bei Elizabeth, das nicht nur wie Feuer ausgesehen, sondern sich auch so angefühlt hatte. Nachdem meine Hand mehrmals aufgeschnitten worden war, hatte ich keine Lust, durchs Feuer zu gehen. Aber ich nickte nur.

Mit einer Bewegung seines Fingers durch die Luft stieg Feuer aus dem Lagerfeuer auf, schwebte zu ihm und ließ sich in seinen Handflächen nieder.

Wenn es brannte oder Unbehagen verursachte, war er gut darin, es zu verbergen.

Ich steckte meinen Arm in das Feuer und schauderte angesichts der Schmerzen, die mich durchzuckten, und unterdrückte den Schrei in meiner Kehle. Meine Sicht verschwamm vor Tränen.

Als ich den Arm aus dem Feuer zog, war das Einzige, was auf meinem Arm zu sehen war, der Rabe.

Cory hatte ihn noch nie zuvor gesehen.

Sowohl er als auch Harrison betrachteten den Vogel, der auf einem goldenen Ast saß und von mehreren archaisch anmutenden Symbolen umgeben war. Das kleine Zeichen daneben war mir zuvor nicht aufgefallen, vielleicht hatte ich ihm auch einfach keine Beachtung geschenkt. Cory und Harrison holten ihre Handys heraus, um ein Foto davon zu machen, aber ein *Klick* der Blende, und der Rabe verschwand.

Harrison ließ mich die Mirra-Erfahrung noch einmal ertragen. Diesmal kritzelte er drauf los und skizzierte die Zeichen und den Vogel. Als er mir die Skizze zeigte, hatte sie verblüffende Ähnlichkeit mit dem Rabenmal auf meinem Arm. Er war talentiert.

Der Rabe blieb mehrere Minuten lang stehen und gab den Hexenmeistern Zeit, ihn zu untersuchen.

„Ich weiß nicht, was diese Symbole sind, aber ich gehe davon aus, dass es sich um einen Schutzzauber handelt.‟

Ach so? Kein Witz.

Harrisons Mund verzog sich konzentriert zur Seite. „Das ist die alte Sprache der Hexen‟, sagte er und zeigte auf die Symbole über dem Raben. Er verzog das Gesicht und strich mit den Fingern über die anderen Male. „Ich habe rudimentäre Kenntnisse der Feensprache und das ist von ihnen.‟

Cory runzelte die Stirn. Ich glaube nicht, dass es nur Harrisons Verbindung zur dunklen Magie war, die ihn störte; irgendetwas an Corys Haltung ließ mich vermuten, dass er Harrison nicht vertraute.

„Wenn du bereit bist, etwas zu tun, um herauszufinden, was das ist, gibt es eine andere Quelle, die sicher die Zeichen entziffern und vielleicht sogar den Fluch brechen könnte.‟

„Ein Dämon‟, sagte Cory knapp und weigerte sich, wie Harrison um den heißen Brei zu reden.

„Dämonen sind alt, existieren schon seit Unzeiten und haben viel mehr Magie erlebt, als wir jemals werden. Ich denke, ein Dämon könnte uns helfen."

Ich stimmte zu, ohne zu zögern oder Cory auch nur anzusehen.

„Es gibt immer einen Deal mit einem Dämon, und sie akzeptieren kein Bargeld. Sie brauchen es nicht. Sie zu beherbergen –", sagte Harrison.

„Ich beherberge keinen Dämon", sagte ich ihm entschlossen. Menschen konnten es überleben, einen Dämon zu beherbergen, aber ich hatte von mehr Misserfolgen als Erfolgen gehört. Wirte waren oft nicht mehr wie zuvor, nachdem ihr Geist die Kontrolle über den Körper verloren hatte.

„Manchmal wollen sie einfach nur Dinge: das Blut eines Säugetiers, die Haare einer Hexe, einen Gegenstand von dir. Ein Buch oder etwas genauso Harmloses oder Belangloses. Früher wollten sie nur das Lachen einer Fee hören." Harrison rümpfte die Nase.

„Warum?", fragte ich. Auf der Liste der dummen und harmlosen Dinge war das ziemlich weit oben angesiedelt.

Er zuckte mit den Schultern.

„Du wolltest es nicht wissen?"

„Nicht wirklich. Es war leicht genug. Ich gebe ihnen nicht gerne Zauberbücher oder magische Gegenstände, aber es ist ein besserer Deal, als Wirt zu sein."

„Wie oft hast du einen Dämon beherbergt?", fragte ich.

„Einmal", sagte er lässig, als wäre es keine große Leistung, dass er noch da war, um davon zu erzählen. „Es ist nicht so schlimm, wie viele glauben. Es ist wie mit allem anderen: Die Leute machen es gern zu einer Sensation. Mach niemals einen Deal mit einem Dämon, sonst stirbst du; der Freund meines Nachbarn hat einen Deal mit einem Dämon geschlossen, und seitdem war er nicht mehr er selbst. Meistens ist es der Gefallen, den sie wollen, der einen fertigmacht.

Wenn du schon mit der Frau in Schwarz zu tun hattest, bist du Gauner gewohnt. Der Spaß an der ganzen Sache besteht darin, ihnen eins auszuwischen. Ich habe es schon mehrmals gemacht."

Er strahlte. Einen Gauner auszutricksen musste ein gewisses Maß an Befriedigung mit sich bringen.

Ich war mir nicht sicher, ob es jemandes magische Glaubwürdigkeit verbesserte, zu erzählen, er habe einen Dämon ausgetrickst. Es machte mich nur noch vorsichtiger, und ich hielt ihn für hinterhältiger, als ich es ursprünglich getan hatte.

„Meistens hört man nichts von den Erfolgreichen, weil Leute, die Dämonen beschwören und Geschäfte mit ihnen machen, stigmatisiert werden und niemand so angesehen werden will" – sein vorwurfsvoller Blick fiel auf Cory – „wie er mich ansieht."

Cory errötete und senkte den Blick.

Die Luft war immer noch voller Rauch und Magie und lenkte so sehr ab, dass ich nicht auf den Kreis aus Salz, Tannin und einer kastanienbraunen Mischung geachtet hatte, den er innerhalb der beschrifteten Steine gezogen hatte.

„Stell dich hierhin", wies er mich an. Cory war neben mir und untersuchte den Kreis.

„Diese Linie ist nicht so dick wie die anderen. Genau genommen ist es kaum eine. Vielleicht solltest du noch einmal da drüber gehen", schlug Cory vor.

Harrisons Gesicht wurde vor Ärger rot. „Ich habe einen Schutzzauber. Er kommt nicht raus."

„Vielleicht, aber dadurch wird deine bestehende Sicherheit nur um eine weitere Ebene erweitert."

Harrison verdrehte die Augen, griff in den Beutel, um die Zutaten herauszuholen, und sicherte den Kreis.

„Zufrieden?" Harrisons Stimme hatte eine harte Kälte an sich, die mir Schauer über den Rücken jagte.

Cory nickte.

„Du musst da drüben stehen. Sonst geht er davon aus, dass du auch Teil des Deals bist."

Corys Lippen verzogen sich zu einer schmalen Linie, als er Harrison musterte. „Denk daran, Erin muss dem Deal zustimmen", erinnerte Cory ihn.

„Natürlich."

Cory sah unruhig aus, als er etwa einen halben Meter zurücktrat und seine Aufmerksamkeit zwischen dem Kreis und Harrison aufteilte. Er vertraute ihm nicht.

„Geh weiter, bis ich dir sage, dass du stehenbleiben sollst." Die Genugtuung darüber, Cory weggeschickt zu haben, zeigte sich auf Harrisons Gesicht. Cory war ungewöhnlich anmaßend.

Erst als Cory fast sieben Meter entfernt war, sagte Harrison ihm, er könne stehenbleiben.

Einen Dämon zu beschwören war viel leichter als ich erwartet hatte. Ein paar lateinische Beschwörungen, auf den Boden geschriebene Worte und eine Anrufung. Ich war mir sicher, dass ich es schaffen könnte. Es gab genug Maßnahmen, um sicherzustellen, dass niemand versehentlich einen Dämon beschwor, doch es war so einfach, dass es niemanden abschreckte, wenn er es wirklich wollte.

Das Bild eines Mannes tauchte auf. Er war durchschnittlich groß, hatte getönte Haut und so scharfe Gesichtszüge, dass sie ihm ein strenges, hartes Aussehen verliehen. Seine Reptilienaugen waren hart, abweisend und fest auf Harrison gerichtet.

„Du rufst mich schon wieder ...", zischte er.

„*Sie* braucht Hilfe", sagte Harrison schnell.

Seine Aufmerksamkeit richtete sich auf mich. Der Dämon lächelte mich an und strich sich die muskatnussbraunen Haare aus dem Gesicht. Seine seltsamen Augen musterten mich interessiert.

Was zur Hölle ist das? Ich will, dass meine Dämonen widerlich aussehen, mit verfaulten Zähnen, einer Schnauze, Hörnern, entstellenden Narben und Ziegenaugen. Keine faszinierenden Reptilienaugen.

Nur für den Fall, dass er jemanden mit seinen Augen in Trance versetzen konnte, weigerte ich mich, seinem Blick zu begegnen.

„Was brauchst du?", fragte er mit australischem Akzent.

Und sie sollten auch keine coolen Akzente haben. Ich will, dass sie meckern oder zumindest verstümmelten Unsinn von sich geben.

Mein Rabenmal war verschwunden, also trat Harrison neben mich und reichte mir die Zeichnung. „Sie hat dieses Mal auf ihrem Arm."

Der Dämon wandte seinen Blick von mir ab und sah Harrison immer noch mit Verachtung an. Langsam wanderte sein Blick zurück zu mir, schweifte über mich, und wenn er auch nur in die Nähe meines Arms kam, war es eindeutig Zufall.

Mein finsterer, stechender Blick erregte seine Aufmerksamkeit, und er straffte seine Schultern.

„Dareus", sagte Harrison und lenkte den Blick des Dämons von mir ab. Und das war auch gut so, denn er war im Begriff, all die Schimpfworte, Beleidigungen und feindseligen Ausdrücke hören, die ich im Laufe meines Lebens aufgeschnappt hatte.

„Darf ich es nochmal sehen?", fragte er höflich. Hätte er mich nicht gerade eben noch wie ein Perverser angestarrt, hätte ich mich davon täuschen lassen.

Dareus musterte Harrison ein paar Sekunden lang, und es war offensichtlich, dass sie eine lange Geschichte hatten – eine lange, *turbulente* Geschichte. Harrison zeigte ihm die Skizze noch einmal. Dareus' zusammengekniffene Augen wanderten zu ihm. Ein langsames Lächeln begann, seine Lippen zu umspielen.

„Dann leben sie tatsächlich", sagte er fröhlich. Sein Blick wanderte wieder zu mir. „Du wirst durch Elfenmagie beschützt." Er sah Harrison an und lächelte anerkennend. „Sie wird reichen. Ich nehme sie."

Harrison spie ein lateinisches Wort aus.

Eine Explosion von Magie schleuderte mich über die Lichtung, und ich landete erschrocken und verwirrt auf meinem Po. Als ich aufstand, war Cory in der Nähe des Kreises und verschob einige Zutaten des Kreises, um den Teil zu füllen, den Harrison weggetreten hatte. Wut loderte in Corys Augen. Harrison nahm eine Verteidigungshaltung ein, Magie schwirrte um seine Finger, doch er führte sie nicht schnell genug aus, bevor Cory so viel Magie auf ihn abfeuerte, dass er gegen einen Baum krachte. Er sackte zu Boden, und als er versuchte aufzustehen, schlug Cory ihn erneut. Dann wieder. Und wieder schauderte Harrison vor Schmerz.

Wut lag in jedem von Corys Schritten. Ich vergaß oft, dass er hinter dem strahlenden Lächeln, der charismatischen und liebenswürdigen Persönlichkeit und dem schnellen Verstand ein starker, militärisch ausgebildeter Magieanwender war. Ich vergaß, dass er getötet hatte und in der Lage war, es wieder zu tun. Ich vergaß, dass er unter den Hexenmeistern einer der geschicktesten war. Zu sehen, wie er auf Harrison losging, war eine Erinnerung daran. Weiß glühende Magie, die wie Funken gebundener Elektrizität aussah, die nur darauf warteten, freigesetzt zu werden, erinnerte mich daran, dass er Zugang zu den *Mystic Souls* gehabt und mehrere Zauber daraus gelernt hatte. Ich vermutete, dass dieser einer davon war.

Unbändige Wut leuchtete in seinen Augen, und ich war weder leichtsinnig genug, noch war es mir wichtig genug, Harrison zu retten, um mich ihm in den Weg zu stellen. Aber mir war nicht egal, wie Cory sich fühlen würde, wenn er jemanden während eines Wutanfalls getötet hatte.

„Cory!", schrie ich.

Sein Blick schoss zu mir. Ein Teil der Wut verschwand aus seinen Augen, und er wurde sich der Situation bewusst.

Er schleuderte die Magie. Sie schoss nach links und prallte gegen eine große Eiche, sprengte sie in Stücke und verstreute Rinde und Holzsplitter überall. Einige der Splitter landeten nur wenige Meter von Harrison entfernt.

Mit Mühe rappelte sich Harrison auf. Sein Blick wanderte zu dem zerstörten Baum, und sein Gesicht wurde blass. Gemischt mit der Angst konnte ich Spuren von Frustration und Irritation erkennen. Er flüsterte eine Beschwörung, machte mehrere Handbewegungen, und der Dämon begann zu verschwinden. Mir wurde klar, dass er Dareus wegschickte, bevor ich meine Fragen zu Ende stellen konnte.

Dareus kreischte: „Du schuldest mir immer noch was!"

Harrison schloss für mehrere Sekunden die Augen. Als er sie öffnete, warf er einen flüchtigen Blick auf Cory und dann auf mich.

„Ich will kein Geld mehr von dir. Kommt nicht noch einmal hierher."

Unverfrorenheit hatte einen Namen: Harrison. Dieser Hurensohn hatte versucht, mich einem Dämon als Bezahlung zu übergeben, und er sagte *uns*, wir sollten nicht noch einmal herkommen. Er schien nicht zu begreifen, dass *ich* seinen schmierigen Arsch nicht noch einmal sehen wollte. Ich spähte zu dem geschlossenen Kreis hinüber und wurde mir abrupt dessen bewusst, was beinahe passiert wäre. Ich musste hier weg. Cory sah aus, als ginge es ihm genauso.

Ich fuhr zu Corys Wohnung und legte tröstend eine Hand auf sein Bein, aber es half nichts.

„Danke, dass du mich aufgehalten hast", sagte er leise, als ich auf dem Parkplatz vor seiner Wohnung anhielt. Sein Gesichtsausdruck war genauso leer und niedergeschlagen wie seine Stimme. Es tat mir weh, ihn so zu sehen.

„Er hat versucht, mich einem Dämon zu übergeben. Deine Reaktion war gerechtfertigt."

„Selbst nachdem ich die Situation in Ordnung gebracht und ihn verprügelt hatte?" fragte er leise. „Was mit diesem Baum passiert ist, wäre auch mit ihm passiert."

Das wussten wir alle.

„Er wollte mich einem Dämon übergeben", wiederholte ich. Das musste ihm ein wenig Trost spenden, aber es vertrieb nicht die Grimasse auf seinem Gesicht.

Ich würde ihn auf keinen Fall zu Hause in seinem Elend schwelgen lassen. Als ich meine Schlüssel nahm und aus dem Auto aussteigen wollte, hielt er mich auf.

„Nein, ich möchte wirklich allein sein."

„Bist du sicher?"

Er nickte. Ich war mir nicht sicher, ob er allein sein wollte oder ober er mich nicht da haben wollte – eine Erinnerung an den Grund, warum er so ausgerastet war.

Ich nickte, setzte mich wieder auf den Fahrersitz und sah zu, wie er aus dem Auto stieg und sich schnell auf den Weg zu seiner Wohnung machte.

Ich fuhr mehrere Blocks und spürte die Last meiner Schuldgefühle und Sorgen. Irgendwann überwältigten sie mich, und ich hielt an und scrollte durch meine Kontakte, bis ich den Namen fand, den ich brauchte. Ich zögerte viel zu lange und starrte auf den Namen auf dem Display. Alex.

Überschritt ich damit eine Grenze? Mischte ich mich zu viel ein? War es ein Fehler, der meine Beziehung zu Cory verändern würde? Aber als Corys enttäuschter und verzweifelter Blick vor meinem inneren Auge aufblitzte, drückte ich den Anrufknopf.

„Erin?" Alex' Stimme klang neugierig.

„Ja. Ähm ... Also Cory –"

„Was ist mit ihm? Ist er okay?", platzte er heraus. Die Sorge in seiner Stimme milderte meine. Ich hatte das Richtige getan.

„Ihm geht's gut ... in gewisser Weise ... na ja, ja und nein.

Er ist körperlich unverletzt, aber … wann hast du das letzte Mal mit ihm gesprochen?"

„Heute Morgen", sagte er mit angespannter Stimme.

„Oh", seufzte ich leise. Es folgte Stille, während ich darüber nachdachte, wie viel ich ihm sagen sollte.

„Aber ich habe darüber nachgedacht, ihn später anzurufen. Ich würde ihn gerne sehen."

„Ich denke, das ist eine gute Idee", sagte ich und dankte dem Schicksal für all die Dinge, die ich an Wandlern nicht mochte, und dafür, dass ihre übernatürliche Wahrnehmung sich endlich mal zu meinem Vorteil auswirkte. „Ja, das ist eine wirklich gute Idee."

„Okay, dann mache ich das."

Ich entspannte mich. Ich hatte die richtige Entscheidung getroffen. Hoffte ich zumindest.

12

Bevor ich in meine Wohnung ging, lehnte ich mich in meinem Auto gegen den Sitz und versuchte, alle Gedanken, die mir durch den Kopf schwirrten, unter Kontrolle zu bekommen. Was bei Harrison passiert war, ließ mich schaudern. Ich ertrank in so vielen neuen Informationen. Ab wann war es zu viel?

Das dachte ich, als ich aus meinem Auto stieg. Es fiel mir schwer, die sich in mir aufbauende Spannung abzubauen. Leute könnten sich in meine Nähe wynden, Magie gegen mich einsetzen und mich angreifen. Vorsichtig ging ich den Weg zu meiner Wohnung hinauf und sah mich noch einmal um, bevor ich mich der Tür näherte. Als ich hinter mir leise Schritte hörte, wirbelte ich mit meinem Karambit in der Hand herum und war bereit zuzuschlagen. Eine Hand packte mein Handgelenk und sofort stand ich an der Seite des Gebäudes, nur wenige Zentimeter von meiner Tür entfernt, den Arm mit dem Karambit nach oben gedrückt, den anderen mit dem Faustmesser an meiner Seite.

Mephisto. Als ich mich entspannte, lockerte sich auch sein Griff um meine Arme.

144

„Sag nächstes Mal, dass du da bist. Ich hätte dich fast verletzt.“

„Ah, *ich* wäre fast verletzt worden.“ Seine Augenbraue hob sich. Er blickte nach oben auf meinen Arm, den er immer noch über meinen Kopf hielt, dann auf den anderen, den er auf Höhe meiner Taille an die Wand drückte. „Ja“, sagte er mit leiser, heiserer Stimme, „ich habe das Gefühl, in Gefahr zu sein. Ich sollte vor Angst zittern, nicht wahr?“ Seine Lippen verzogen sich zu einem sinnlichen Grinsen mit einer Spur Belustigung.

„Weil ich dir die Oberhand überlassen habe“, konterte ich.

Lachend beugte er sich vor. „Natürlich, weil du bei mir immer so schnell nachgibst“, neckte er.

„Schau, wo mein Knie ist.“ Ich bewegte es nur ein wenig, um ihn wissen zu lassen, in welch verletzlicher Lage er sich befand.

„Du hast mich gewarnt, dass du schmutzig kämpfst.“

„Nein, ich kämpfe um den Sieg“, korrigierte ich ihn

„Ich auch. Und ich habe kein Problem damit, mir die Hände schmutzig zu machen. Vielleicht sollten wir eines Tages ausprobieren, wie schmutzig wir werden können.“

„Warum habe ich den Eindruck, dass du nicht übers Kämpfen sprichst?“

„Es ist, was immer du willst, Erin“, sagte er, aber sein Lächeln und die Art, wie er mit leisem Knurren meinen Namen aussprach, machten deutlich, dass er definitiv nicht Sparring meinte.

Bevor ich antworten konnte, steckte Miss Harp ihren Kopf aus der Tür. Sie warf einen Blick auf Mephisto mit seiner dunklen Hose, dem grau melierten Hemd und dem leicht zerzausten, dunklen Haar. Dann blickte sie noch einmal auf sein Hemd und runzelte die Stirn. Als ich ihrem Blick folgte, bemerkte ich einen kleinen Blutspritzer am Saum, war mir aber nicht sicher, ob sie ihn von dort, wo sie stand, erkennen konnte.

„Da ist Blut auf deinem Hemd", flüsterte ich.

„Keine Sorge, es ist nicht meins", sagte er, während Miss Harp ihn weiter finster anstarrte. Sie ging in ihre Wohnung zurück und kam mit ihrem Stock in der Hand wieder heraus. Sie klemmte ihn horizontal unter ihren Arm, kam in unsere Richtung und lächelte so nett, dass es unmöglich war, es nicht zu erwidern. Aber ihre Augen funkelten von finsterer Absicht, als sie sie zusammenkniff. Ihre dünnen Lippen verzogen sich zu einem gezwungenen Lächeln.

„Entschuldigen Sie, ich muss zu meinem Auto", verkündete sie aus ein paar Metern Entfernung. Anstatt den fast drei Meter breiten freien Weg hinter mir und Mephisto zu nutzen, stand sie mit hochgezogener Augenbraue neben uns und forderte ihn nonverbal auf, sich von mir zu entfernen, damit sie zwischen uns hindurch gehen konnte.

Er erwiderte ihr unechtes Lächeln mit einem genauso unechten, aber höflichen Lächeln und trat ein paar Schritte zurück.

„Oh mein Gott, ich habe meine Schlüssel vergessen." Als sie sich umdrehte, traf ihr Stock Mephisto seitlich an der Hüfte. Er grunzte eher aus Überraschung als aus Schmerz.

„Es tut mir so leid", keuchte sie.

Sicher tut es dir leid. Ihre schauspielerische Leistung verdiente irgendeine Anerkennung. Tony? Oskar? Golden Globes? Ich überlegte, ihr zu applaudieren und ihr Rosen vor die Füße zu werfen. Sie berührte mit ihrer Hand die Stelle, die sie getroffen hatte, doch nachdem ich gesehen hatte, dass er kaum reagiert hatte, als er von Kai aufgeschlitzt worden war, vermutete ich, dass auch er schauspielerte. Jeder ist ein Schauspieler.

Sie drückte die Hand auf ihre Brust und spielte weiter peinlich berührt, dass sie ihn geschlagen hatte, während sie sich in Richtung ihrer Wohnung zurückzog. „Bitte verzeihen Sie mir, das passiert manchmal."

„Es ist schwierig, mit dem Stock das richtige Gangbild

hinzubekommen. Ich sehe ständig, dass er falsch verwendet wird." Ich konnte auch süßlich klingen. Ich durchbohrte sie mit einem finsteren Blick, aber sie sah uns weiter unschuldig mit großen Augen an.

Du bist eine Künstlerin. Wir sind dieser Leistung nicht würdig.

Ich lieh mir ihren Stock aus und sagte: „Ich habe gesehen, wie Leute ihn so benutzen." Ich demonstrierte es, indem ich die Spitze des Stocks auf den Boden aufsetzte und dann darauf zuging. „Oder sie können es so machen." Ich hielt den Stock in meiner rechten Hand und bewegte mein linkes Bein und die rechte Hand zusammen. Nachdem ich gehört hatte, wie sich Cory darüber beschwert hatte, dass Leute Gehstöcke falsch benutzten, hatte ich mir von ihm die Muster zeigen lassen – nutzlose Informationen, die ich nie brauchen würde. Ich war froh, dass ich aufgepasst hatte. Oder besser gesagt, dass Cory mich aufmerksam gemacht hatte.

„Das werde ich mir merken", sagte sie, nahm mir den Stock ab und nahm ihn in die Hand, als wollte sie ihn benutzen.

„Ich kann warten, bis Sie Ihre Schlüssel geholt haben, und Sie zu Ihrem Auto begleiten. Nur um sicherzugehen, dass es Ihnen gutgeht", schlug ich vor.

„Keine Sorge, ich hole sie später." Sie drehte sich um und schien erfreut über den Abstand zwischen Mephisto und mir zu sein. Dann marschierte sie zu ihrer Wohnung und berührte dabei kaum den Boden, während sie den Stock „benutzte".

Mephistos Mundwinkel bewegten sich kaum merklich, als Miss Harp, sobald sie in ihrer Wohnung war, die Tür für einige Momente ein Stück geöffnet hielt und wieder hinausspähte, bevor sie sie schloss.

Schweigend gingen wir beide in meine Wohnung.

„Wessen Blut ist das auf deinem Hemd?", fragte ich,

schloss die Tür hinter mir und legte meine Waffen auf den Tisch.

Als Antwort reichte er mir den Dolch, den ich bei ihm gelassen hatte. Gereinigt und rasiermesserscharf geschliffen.

„Wir haben dafür gesorgt, dass deine Mutter keine Armee mehr hat. Oder wenn noch welche übrig sind, sind nicht mehr genug da, um ihr von Nutzen zu sein", erklärte er mir. Etwas Dunkles, Unheilvolles und Gefährliches lauerte hinter seinen mitternachtsblauen Augen und hielt mich davon ab, weitere Fragen zu stellen.

Was musste ich fragen? Wie sie es gemacht hatten? Sie waren die Jäger der Hölle. Ich bin sicher, es war gewalttätig, effizient und wahrscheinlich blutig gewesen. Ich brauchte keine Einzelheiten. Es war eine Sache weniger, über die ich mir Sorgen machen musste, und dafür war ich dankbar.

Ich benetzte meine Lippen. Sie wurden immer trockener, genauso wie meine Kehle. Meine Hand tat weh. Ich ging in die Küche und ließ Wasser über die Wunden laufen, wodurch sie besser gereinigt wurden als durch schnelles Wischen mit einem feuchten Papiertuch, das ich bei Harrison dazu benutzt hatte. Ohne die roten Flecken des schlecht abgewischten, getrockneten Blutes sah es nicht so schlimm aus, wie ich gedacht hatte. Vor allem, nachdem es nicht magisch geheilt worden war.

Nachdem ich mich um die Schnittwunden gekümmert hatte, nahm ich mir eine Flasche Wasser und trank das meiste davon.

„Sie hat keine Armee und keine Möglichkeit, eine zu erschaffen, also wird sie sich jetzt auf jeden Fall auf mich konzentrieren", sagte ich und ließ mein Gesicht ausdruckslos. Ich konnte spüren, wie die Farbe langsam aus meinem Gesicht wich.

Mit dieser beunruhigenden Art und Weise überwand Mephisto die Distanz zwischen uns und nahm meine Hand in seine, um die Schnitte zu untersuchen.

„Sie war nicht bei ihnen", sagte er, „also vermute ich, dass sie Kontakt hatte und sie angewiesen hat, sie zu ihr zu bringen. Sie hat noch nie im Verborgenen gearbeitet. Das ist ein neuer Ansatz. Ich vermute, es liegt daran, dass sie schwächer ist. Und wir sind hier. Ein Gott gegen einen anderen. Sie hat nicht mehr den gleichen Vorteil wie früher, und das stört sie wahrscheinlich. Ob wir ihre Armee genommen haben oder nicht, sie wird deinen Tod wollen, weil du sie schwächst."

Er blickte stirnrunzelnd auf meine Hand. Seine langen Finger strichen über die Schnitte, während seine Augen bei der trägen Bewegung meinen Blick festhielten.

„Sie darf nicht wissen, dass ich ein magischer Blindgänger bin." Ich schenkte ihm ein halbherziges Lächeln. Es belastete mich. Es war nicht nur ein Verlangen oder ein Wunsch, es war ein echtes Bedürfnis. Ich brauchte Magie, sonst würde ich zweifellos an dem Mangel daran sterben. Basierend auf allem, was ich über Malific wusste, konnte ich mir nicht vorstellen, eine Begegnung mit ihr ohne Magie zu überleben. Selbst ohne ihre Armee wäre ich praktisch ein Mensch, der versuchte, es mit einer Göttin aufzunehmen.

„Ich kann nicht mehr ohne Magie sein", sagte ich.

Er holte scharf Luft, denn er wusste, was ich wollte. Aber ich konnte seine Gefühle nicht lesen. Dachte er darüber nach? Wägte er Kosten gegen Nutzen ab? Oder suchte er nach einer Formulierung, mir die Bitte abzuschlagen?

„Ich weiß", flüsterte er und strich seinen Finger über die Schnitte. Die vertraute kühlende Brise seiner Heilmagie glitt über meine Handfläche, betäubte das anhaltende Pochen und heilte die Wunden. Ich riss meine Hand weg. „Ich will nicht, dass du die Narbe entfernst."

Sein Gesichtsausdruck wurde neugierig. Zweifellos fand er diese Bitte seltsam. Ich bezweifelte, dass es eine Narbe hinterlassen würde, aber ich wollte, dass es von selbst heilte. Ich hatte die Erinnerungen und konnte nicht erklären, warum ich den Beweis behalten wollte, aber so war es.

Ich zuckte mit den Schultern und zeigte mehr Tapferkeit, als ich eigentlich besaß. „Eine Art kleine Erinnerung an meine erste Begegnung mit einem Dämon."

Sein Gesichtsausdruck geriet ins Wanken, sein Mund öffnete sich, und seine dunklen, intensiven Augen bohrten sich wie Stacheln in mich. „Was?", fragte er scharf. „Du hast einen Dämon beschworen?"

„Ich *kann* nichts beschwören. Ich habe keine Magie, erinnerst du dich?" *Also, gib mir was von deiner.*

„Cory?" Schock und Enttäuschung ersetzten sein übliches ruhiges, professionelles Auftreten. In diesem Moment entfernte er sich so weit von mir, dass die Distanz, die er mit nur einem Wimpernschlag zwischen uns geschaffen hatte, erschütternd war.

„Nein."

„Erin, was machst du? Warum sagst du mir nicht, was passiert ist?" Er kochte und war gleichzeitig argwöhnisch. Von seiner professionellen Neutralität und seinem Stoizismus war nichts zu sehen.

„Weil es heute passiert ist."

Ein Klopfen an der Tür unterbrach den Rest meiner Erklärung, und Miss Harps heisere, verzweifelte Stimme drang durch die Stille, die durch ihr Klopfen entstanden war.

„Erin." Sie klang so erbärmlich, dass nur eine besondere Art von Monster sie ignorieren konnte. Als ich zur Tür ging und mir vollkommen bewusst war, dass sie bei Weitem nicht so verzweifelt war, wie ihre Stimme mich glauben machen wollte, konnte ich immer noch nicht die nötige Härte aufbringen, um sie zu stehenzulassen, wo sie war.

„Ja?", fragte ich und öffnete die Tür. Mit dem Handy in der Hand stürmte sie in die Wohnung. „Ich kriege es nicht eingeschaltet. Ich kann mich an nichts erinnern, was Asher mir erklärt hat."

Ich halte das für höchst unwahrscheinlich, aber bitte, spielen Sie nur weiter die hilflose alte Lady.

Als ihr Blick auf Mephisto fiel, wusste ich, dass mein Verdacht richtig war.

„Erinnern Sie sich, was er gesagt hat, dass ich machen muss, um es zu entsperren?", fragte sie, ihre Stimme klang hilflos und bestürzt. Ihr nicht zu helfen, fühlte sich an, als würde man einen Welpen treten. Oh, sie war gut.

Ich blickte auf den gesperrten Bildschirm und schwor, Asher anzurufen und ihm zu sagen, er solle ihr das Klapphandy zurückgeben und einen anderen Weg finden, sie zu orten.

„Sie müssen nur Ihre PIN eingeben", sagte ich ihr. „Erinnern Sie sich an die?"

Sie schlug sich die Hände vors Gesicht. „Oh mein Gott, nein, das tue ich nicht. Sollen wir Asher anrufen und fragen, ob er es weiß?"

Ich bin sicher, er weiß es, und ich werde ihn auf keinen Fall anrufen.

Ich wollte ihr nicht die Genugtuung geben, zu zeigen, dass ich ihr auf die Schliche gekommen war. Also trat ich zurück und genoss den Auftritt, als wäre ich im Publikum von *Hamilton*, während sie ihren mit dem Tony Award ausgezeichneten Auftritt machte.

„Nein, lassen Sie uns versuchen, es herauszufinden. Wenn wir das Problem lösen, wissen wir die PIN und können sie aufschreiben und an einem Ort aufbewahren, an dem wir beide sie finden können." Ich schenkte ihr das unschuldigste zuckersüße Lächeln, das ich zustande brachte, ohne unnatürlich zu wirken, während sie mir ihren Bullshit vorgaukelte.

„Das ist eine gute Idee. Aber es könnte eine Weile dauern." Sie sah Mephisto direkt an. Seine ausdruckslosen Augen hielten ihren Blick fest.

Er war Hunderte von Jahren älter als sie, aber er nickte immer noch respektvoll in ihre Richtung. „Ich kann warten", sagte er.

Mit großer Anstrengung setzte Miss Harp ihre kleine Show fort.

„Versuchen Sie es mit Ihrem Geburtstag", schlug ich vor.

Es funktionierte nicht. Wir versuchten es ohne das Jahr und mehrere weitere Variationen.

Mit vor der Brust verschränkten Armen wartete Mephisto geduldig. Von Zeit zu Zeit blickte ich vom Handy auf und sah ihm amüsiert in die Augen.

„Vielleicht hat er sie falsch eingegeben. Er hat so abgelenkt gewirkt, als ich hier war. Ich kann nicht glauben, dass er die Dreistigkeit hatte, Sie in so ungepflegtem Zustand zu besuchen. Sein Haar war zerzaust und seine Kleidung ganz durcheinander. Ich habe ihn noch nie so gesehen. Ich wünschte, er wäre zuerst zu mir gekommen. Ich hätte ihn sofort zusammengestaucht, denn als er Ihre Tür aufgemacht hat, sah er aus, als wäre er gerade aus dem Bett gerollt." Ihr Blick wanderte schnell in Mephistos Richtung.

Weiter so, alte Lady.

Ich zwang mich zu einem schmallippigen Lächeln.

„Haben Sie die PIN schonmal zum Entsperren Ihres Handys verwendet?"

Sie nickte.

„Dann hat er sie nicht falsch gespeichert."

„Oh, mein alter Verstand. Das Älterwerden ist wirklich nicht schön." Vor allem, wenn man Scheiße erzählt.

„Vielleicht sollte ich gehen", schlug Mephisto vor.

„Das wäre wahrscheinlich das Beste. Es könnte eine Weile dauern", sagte Miss Harp, ohne vom Handy aufzublicken.

Er trat auf mich zu, wahrscheinlich, um mir zum Abschied zuzuwinken, mich an der Schulter zu berühren oder sowas in der Art. Was auch immer es war, Miss Harp ließ es nicht zu. Für eine so kleine Frau schien sie überall zu sein und hielt Mephisto von mir fern. Schließlich trat er zurück und winkte mir einfach kurz zu, bevor er ging.

Nachdem Mephisto gegangen war, vergingen ein paar

Minuten, dann nahm sie mir das Handy ab. „Mal sehen.” Sie tippte auf den Bildschirm und keuchte. „Wir haben es repariert!”

„Oh ja. Wir haben es *repariert*.” Ich warf ihr einen scharfen, wissenden Blick zu und sagte: „Wie gut, dass Ihnen die Nummer wieder eingefallen ist.”

„Ich weiß.”

Sie werden diese Nummer weiter spielen, oder?

„Ich denke, ohne Ihre wunderbare Art zu fragen wäre es mir nie eingefallen. Es ist das Jahr, in dem ich aufgehört habe zu unterrichten.”

„Ich werde mich daran erinnern.”

„Sie sind so lieb, mir zu helfen. Tut mir leid, dass Ihr Freund gehen musste. Vielleicht kommt er ja zurück.” Unaufrichtigkeit tränkte ihre süßen Worte.

„Wahrscheinlich, aber nicht heute Abend.”

„Ach, das ist eine Schande.” Sie begann, rückwärts zur Tür zu gehen.

Rückwärts zu *gehen*. Nicht ihr geriatrisches Schlurfen. Keine winzigen Schritte, die einen fürchten ließen, dass sie es nicht ganz schaffen würde. Nein, sie ging mit der Leichtigkeit und Anmut einer Person zurück, die vielleicht halb so alt war wie sie. Es hätte fast ein Moonwalk sein können.

„Miss Harp, Sie haben Ihren Stock vergessen.” Ich brachte ihn ihr. Als sie danach griff, hielt ich ihn fest, bis sie zu mir aufblickte.

Bevor ich sie konfrontieren konnte, sagte sie: „Wissen Sie, mit wem ich Sie gerne sehen würde?”

Lassen Sie mich raten, Asher?

„Nein, mit wem?”

„Cory.”

Meine Augen weiteten sich. „Was?”, hustete ich.

„Ich mag ihn wirklich. Er ist freundlich, fürsorglich und wann immer er mich sieht, bleibt er stehen und fragt mich, wie es mir geht.”

Ja, das tut er, und die letzten paar Male haben Sie so getan, als ob die Batterie in Ihrem nicht vorhandenen Hörgerät kaputt wäre, und sind gegangen, um sie zu wechseln. Aber ich bin mir sicher, dass Sie diesen Teil bequemerweise vergessen haben, nicht wahr?

Ich lächelte sie an und sagte: „Wir sind nur Freunde, und er ist mit jemandem zusammen."

„Nun, das ist schade. Die Guten sind immer vergeben." Sie warf einen nachdenklichen Blick auf meine Wohnung, dann richtete sie ihre Aufmerksamkeit wieder auf mich und lächelte geübt. „Ich glaube, Asher ist Single, und Sie beide verstehen sich, nicht wahr? Scheint viel besser zu sein als wie heißt er nochmal?"

„Sein Name ist Mephisto", sagte ich.

Sie schnaubte missbilligend. „Wie der Teufel?"

„Oder aus Faust, ich bin mir nicht sicher."

„Nun, wenn das keine Warnung ist, weiß ich nicht, was es ist. Sein Name schreit geradezu: ,Lauf Mädchen, du steckst in Schwierigkeiten', aber ich bin nicht der Typ, der sich in die Angelegenheiten anderer Leute einmischt."

Wirklich? Seit wann?

„Was machen Sie, Miss Harp?", fragte ich mit ernster Stimme.

„Ich bin mir nicht sicher, was Sie meinen." In ihrer Stimme lag so aufrichtige Unschuld und Neugier, dass ich für einen kurzen Moment über meine eigene Frage nachdachte.

„Asher und ich sind nur Freunde. Das ist alles. Nicht mehr."

„Das weiß ich doch. Aber nur weil das jetzt so ist, heißt das nicht, dass es so bleiben sollte. Er ist ein guter Mann. Ein bisschen dominant, aber er muss so sein." Sie verdrehte die Augen. „Er tut so, als würden seine Wünsche nie ignoriert oder abgelehnt. Er gibt Befehle, als ob er erwartet, dass sie ohne Fragen befolgt werden. Selbst wenn er Bitte sagt, ist es für meinen Geschmack immer noch etwas zu autokratisch."

„Er ist ein Alpha. Seine Welt beinahe eine Autokratie. Es kommt nicht oft vor, dass sein Rudel seinen Befehlen nicht gehorcht."

Sie verzog das Gesicht. „Na, dann ist gut, dass er uns hat. Er muss doch ab und zu auch mal ein Nein hören, finden Sie nicht? Und Sie sind genau die Richtige, um ihm klarzumachen, dass er nicht überall, wo er hingeht, der Alpha ist."

Ich konnte nicht anders als zu lachen. „Ich glaube nicht, dass ich genug Wut in mir habe, um ihm diese Lektion zu erteilen."

„Natürlich haben Sie das." Sie entriss mir ihren Stock. „Wenn Sie neben jemandem stehen würden, der von einem schnell fahrenden Auto angefahren wird, würden Sie ihn dann aus dem Weg stoßen?", fragte sie leise, ihr Gesichtsausdruck nachdenklich.

„Natürlich."

Sie warf mir einen wissenden Blick zu und lächelte. Es wirkte angespannt und ausdrucksstark. „Ich auch." Das waren ihre Abschiedsworte, und sie ließen mich nachdenklich zurück. Auch wenn sie sich nicht wandeln konnte, hatte sie einige Instinkte der Wandler und wahrscheinlich auch ihre empfindliche Wahrnehmung. Sah sie etwas in Mephisto, das ich nicht bemerkt hatte?

Während ich über Miss Harps Kommentar und die Ereignisse des Tages nachdachte, nippte ich an einem Glas des Château Léoville Las Cases, den Mephisto mir geschenkt hatte. Ich hatte eine weitere Kiste zusammen mit einer Kiste Belvedere-Wodka geliefert bekommen, vermutlich als Reaktion auf den billigen Wodka, den ich ihm angeboten hatte. Ein bisschen protzig? Nein, *überhaupt* nicht.

Als ich noch einen großen Schluck aus dem Glas nahm, wusste ich, dass ich mich nicht daran gewöhnen sollte, Wein wie diesen zu trinken. Mephisto bezahlte dafür, und es hatte keinen Sinn, mich an diese Qualität von Wodka und Wein zu gewöhnen, da ich nicht die Absicht hatte, sie zu trinken, wenn sie nicht umsonst waren. Das billigere Zeug störte meinen Gaumen nicht.

Bevor ich noch einen Schluck trinken konnte, klopfte jemand leise an die Tür. Als ich sah, dass es Mephisto war, öffnete ich, und er betrat eilig meine Wohnung.

„Versteckst du dich vor meinem Nachbarn?", neckte ich.

Ich hätte nicht gedacht, dass Mephisto verlegen sein könnte, aber er schenkte mir ein Lächeln, das sehr danach aussah.

„Ich bin mir nicht sicher, ob sie einen ausgeprägten Beschützerinstinkt dir gegenüber entwickelt hat oder einfach nur anmaßend ist und kein Gefühl für Grenzen hat."

„Ungefähr zehn Prozent von Option A, achtzig Prozent aus Option B, und den Rest kannst du der Tatsache zuschreiben, dass sie ein großer Asher-Fan ist."

Sein Gesichtsausdruck veränderte sich, und er neigte abschätzend den Kopf. „Ich glaube nicht, dass die Zuneigung zum Alpha nur auf deine Nachbarin beschränkt ist."

Ich zuckte mit den Schultern. „Er hat sich Sorgen um mich gemacht", sagte ich.

Er folgte mir ins Wohnzimmer, wo ich zu meinem Glas Wein zurückkehrte. Er lächelte über die offene Flasche auf dem Tisch.

„Genießt du den Wein?", fragte er.

„Er ist Genuss", gab ich zu. „Einer, an den ich mich nicht gewöhnen sollte."

Sein Blick wanderte über mein Gesicht und dann über meine Lippen, wo er hängen blieb. „Einige Genüsse sind es wert." Er lehnte an der Wand, die mir am nächsten war, ein Bein über das andere gelegt, und ich spürte das volle Gewicht seines nachdenklichen Blicks. „Erzähl mir von deinem Besuch bei diesem Dämon."

„Ich habe keinen Dämon besucht, ich habe einen Hexenmeister besucht", stellte ich klar.

„Gut, erzähl mir von diesem Hexenmeister, die dich einem Dämon vorgestellt hat."

Während ich die Geschichte erzählte, fiel es Mephisto sichtlich schwer, einen teilnahmslosen Blick zu bewahren. Er schwankte ständig zwischen Ärger und Wut.

„Harrison hat versucht, dich zu benutzen, um eine Schuld gegenüber dem Dämon zu begleichen?"

„Das vermuten wir."

„Du hättest Cory nicht aufhalten sollen. Harrison wird es wieder versuchen, und sein nächstes Opfer hat vielleicht nicht so viel Glück."

„Wenn ich es zugelassen hätte, hätte Cory jemanden kaltblütig getötet. Ich glaube nicht, dass er damit gut zurechtgekommen wäre. Ich werde mit Madison reden, und sie kann jemanden bitten, ein Auge auf Harrison zu haben. Wenn er es nochmal versucht, wird er in die Enklave gehen, wo er hingehört."

Mephisto schien mit dieser Vorgehensweise nicht zufrieden zu sein, aber er ließ es auf sich beruhen.

„Was meint er damit, dass ich durch Elfenmagie beschützt werde?"

„Wenn er recht hat, könnte das der Grund dafür sein, dass wir deine Einschränkung nicht aufheben konnten. Hexen- und Magiermagie sind einander am ähnlichsten ..."

„Viel Glück, sie dazu zu bringen, das zu glauben." In mir erwachte dieselbe Verärgerung, die jedes Mal in mir aufstieg, wenn ich mit der Litanei *angeblicher* Unterschiede zwischen den beiden konfrontiert wurde, die von beiden Seiten kolportiert wurde, wenn jemand den Unterschied nicht sah.

Er zuckte mit den Schultern, als hätte er es selbst erlebt. „Feenmagie ist eine Variation davon. Göttermagie funktioniert anders. Obwohl Feen-, Magier- und Hexenmagie ähnliche Eigenschaften haben wie unsere, hat sie keine

Wirkung auf uns und ist bei Weitem nicht so stark. Elfenmagie ist, was ihre Macht angeht, nicht nur vergleichbar, sondern auch anders. Es ist die einzige Magie, die gegen uns wirksam ist, und wir können ihre Zauber nicht rückgängig machen oder duplizieren. Aus diesem Grund wollte deine Mutter sie als Verbündete haben. Als sie sich geweigert haben …" Seine Lippen wurden zu einer dünnen Linie, Wut und Zorn warfen dunkle Schatten auf sein Gesicht. „Sie hat es so gehandhabt, wie sie es immer tut. Zornige Gewalt. Da die Elfen von Natur aus friedlich waren, waren sie nicht auf einen Angriff vorbereitet, während sie schliefen, und …"

„Erzähl nicht weiter", bat ich leise. Ich konnte keine weitere Geschichte über die Rücksichtslosigkeit einer Frau ertragen, die sich nicht an die Regeln der Gesellschaft und des guten Anstands hielt. Mit jeder Erzählung ließ der Hoffnungsschimmer, dass sie mich einfach in Ruhe lassen und sich mit ihrem schwächeren Zustand und ihrer Unfähigkeit, eine neue skrupellose Armee zu erschaffen, zufriedengeben würde, mehr nach.

„Das bedeutet also?", fragte ich nach.

„Das bedeutet, wenn dein Vater dir die Einschränkung auferlegt hat, dann ist er ein Elf. Du bist eine Halbgöttin, eine Elf/Göttin-Hybride. Die erste bekannte überhaupt. Und es könnte noch mehr Elfen geben."

Der intensive Blick des Interesses, den er gehabt hatte, als ich die Todesmagierin gewesen war, die durch den Schleier navigieren konnte, war zurückgekehrt.

„Hör auf, mich so anzusehen."

„Tut mir leid. Ich wusste, dass du eine Anomalie bist. Ich wusste einfach nicht, in welchem Ausmaß." Er zog einen Dolch aus der Scheide an seiner Hüfte und reichte ihn mir. Die Zeichen darauf ähnelten denen auf seinem Schwert.

„Was ist das?"

„Einer von Kais Dolchen. Du kannst gut mit einer Klinge umgehen. Ich glaube nicht, dass du dir noch länger wegen der Immortalis Sorgen machen musst, aber er sollte gegen deine Mutter helfen.“

„Malific“, korrigierte ich. Die Klinge gab mir nicht das Maß an Selbstvertrauen, das ich erwartet hatte. Ich würde gegen ihre Rücksichtslosigkeit, Magie und die Waffe ihrer Wahl antreten. Wie war nochmal der Spruch? Ein Messer zu einer Schießerei mitbringen? „Welche Waffe bevorzugt sie?“

„Es war ein Säbel.“

Ich blickte erneut auf den Dolch und presste meine Lippen aufeinander.

„Kannst du mit einem Schwert umgehen?“, fragte er.

Ich nickte. „Mit einem Dolch komme ich besser zurecht, aber ein Schwert schützt mich mehr. Das ist die bessere Verteidigung.“

„Dann kannst du meins haben.“

Ich atmete erleichtert auf, aber er hatte noch etwas anderes, das ich brauchte: Magie. Ich näherte mich ihm und legte meine Hand auf seine Taille. Als hätte er gespürt, was mir durch den Kopf ging, verzogen sich seine Lippen zu einem Lächeln. „Magie. Sie hat Magie.“

Hinter meinem Wunsch nach Magie steckte jetzt ein echtes Bedürfnis. Nicht wie zuvor, als sich beides miteinander vermischt hatte. Ich brauchte Magie, um mich nicht nur vor Malific zu schützen, sondern auch vor demjenigen, der mich verzaubert hatte und daran schuld war, dass ich Zeit verlor.

Seine Lippen berührten meine sanft. „Ich wünschte, ich könnte, aber jetzt, mehr denn je, darf ich nicht in einem geschwächten Zustand sein.“ Er beseitigte die Versuchung, indem er sich von mir entfernte. „Wir werden einen Weg finden, die Einschränkung aufzuheben.“

Ich erkannte das Draufgängerische und die Selbstüberschätzung, weil ich sie im Umgang mit Madison und Cory bei mir selbst gesehen hatte. Es war eine Taktik, die ich anwandte, wenn ich nicht wollte, dass sie sich Sorgen machten.

„Clayton sagt, er hat seit über fünfzig Jahren keine Elfen mehr gesehen."

„So lange sind wir schon hier. Wenn dein Vater ein Elf ist, bedeutet das, dass sie nicht wirklich ausgestorben sind. Wir werden einen finden. Wir brauchen nur einen, um den Zauber aufzuheben. Oder wir finden deinen Vater."

Der Zweifel musste mir ins Gesicht geschrieben gewesen sein. Er kam näher, um meine Hand kurz zu drücken und „Ich werde es tun" zu sagen. Dann stellte er genauso schnell den Abstand zwischen uns wieder her. „Ich bin ein sehr einfallsreicher Mann", erinnerte er mich.

Das war er.

„Apropos einfallsreich, zieh dein Angebot an den Lunar Marked-Zirkel zurück." Ich bemerkte sein Schweigen und fügte hinzu: „Bitte."

Es war nicht meine höfliche Bitte, die mich störte. Es war die gehauchte Stimme, mit der ich sie aussprach. Die Rehaugen und der angedeutete Biss auf meine Unterlippe, der darauf folgte. Ich dachte, ich hätte den sexy Reiz in ein Inferno verwandelt, aber seinem amüsierten Blick und dem Lachen in seinen Augen nach zu urteilen, hatte ich das Ziel verfehlt. Sah ich eher wie ein Kleinkind mit Verstopfung aus als wie ein Sexkätzchen?

„Ah, bin ich im Begriff, verführt zu werden, dir zu geben, was du willst?"

Wenn du fragen musst: Ich verführe falsch.

Er machte langsame, bedächtige Schritte auf mich zu, und ich betrachtete ihn dabei. Die kraftvolle Anmut seiner Bewegung. Die Art und Weise, wie sich das Hemd an seinen Körper anschmiegte. Die bequemen Jeans, von denen ich sicher war, dass sie definierte und muskulöse Beine bedeckten. Intensive Mitternachtsaugen. Leicht zerzaustes Haar, genauso dunkel mit einem Hauch von Indigo. Und geschmeidige Lippen, die noch verlockender aussahen, als er langsam seine Zunge darüber gleiten ließ.

Ich sollte Unterricht in der Kunst der Verführung bei dir nehmen.

Er legte seinen Finger unter mein Kinn und hob es an, bis meine Augen seinen begegneten. „Erin. Meine rätselhafte, köstliche, unverbesserliche Halbgöttin, deine bloße Anwesenheit ist eine Verführung." Sein warmer Atem streichelte meine Lippen. „Es macht mir keine Freude, Nein zu dir zu sagen, und trotzdem muss ich es tun." Seine Bewegungen waren nicht mehr langsam und gemessen, er bewegte sich in seiner beunruhigenden Geschwindigkeit und hatte im nächsten Moment seine Hände an der Tür. „Unsere Interessen werden nicht immer dieselben sein. Es ist wichtig, dass du das nicht vergisst", sagte er und war dann weg, bevor ich antworten konnte.

Ich ließ mich auf den Stuhl fallen, fuhr mir mit beiden Händen durchs Haar und fragte mich, wie ich das Schlamassel mit den Vampiren in Ordnung bringen sollte. Ich versuchte, mir nicht die Schuld daran zu geben. Sollte es für den Zirkel schlecht enden, lag das an ihrer Habgier. Es war nicht mein Problem. Aber egal, wie oft ich es sagte, die Schuldgefühle nagten immer noch an mir.

„Wie kann ich das reparieren?"

13

„Du Einmischerin", neckte Cory, als ich seinen Videoanruf annahm. Dass er mich auf dem Bildschirm anstrahlte, ließ mich erleichtert aufatmen.

Ich erwiderte das Lächeln. „War es gut, dass ich es getan habe?"

„Es war hervorragend. Tut mir leid, dass ich deine Gesellschaft abgelehnt habe. Ich dachte, ich wollte allein sein, aber dass Alex vorbeigekommen ist, hat geholfen."

Ja, das hatte es. Ich zog meinen Geist aus der Gosse, in die er ohne mein Zutun gewandert war.

Er seufzte, und mein Lächeln verschwand. „Es war peinlich und ein bisschen beängstigend, wie sehr ich die Kontrolle verloren hatte. Und dass du da warst, nachdem du mich so gesehen hast, konnte ich nicht ertragen", gab er mit düsterem Flüstern zu. „Ich habe nicht gut reagiert."

„Wenn ich Magie hätte, wäre ich genauso außer Kontrolle geraten wie du. Wahrscheinlich mehr. Aber du hast aufgehört."

„Du hast mich aufgehalten", schnaubte er. „Wenn die Situation umgekehrt gewesen wäre, wen würde ich zu dir nach Hause schicken, um dich zu trösten?", fragte er mit neuer Lebhaftigkeit in seiner Stimme. „Den Alpha oder den Gott?" Seine Frage war fröhlich und unbeschwert, aber ich wusste, dass echte Neugier und Aufrichtigkeit dahintersteckten.

„Weder noch. Sie sind beide scheiße", sagte ich, ohne mich darum zu scheren, dass ich wie ein gereiztes Kind klang. „Wegen Asher werde ich von einer alten Lady gestalkt." Ich erzählte ihm von Miss Harps Störung am Abend zuvor. Corys Versuch, sein Lachen zu unterdrücken, machte die Situation nicht besser. Und dann erzählte ich ihm von meinen Bemühungen, Mephisto davon zu überzeugen, sein Angebot zurückzuziehen.

„Hast du deinen Charme spielen lassen?"

„Ja, ich habe mein Sexkätzchen-Gesicht gemacht und alles." Ich legte mich auf mein Bett zurück und hielt das Handy hoch, damit er mich besser sehen konnte. „Und ich habe sogar ‚Bitte' gesagt." Den letzten Teil sprach ich mit der sexy-gehauchten Stimme, die ich bei Mephisto benutzt hatte, bevor ich ihm meinen Sexkätzchen-Look zugeworfen hatte.

Corys schnitt eine Grimasse. „Kann ich dich dazu bringen, mir zu versprechen, mir dieses Gesicht nie wieder zu zeigen? Das ist kein Sexkätzchen, das ist ein verdächtig räudiges Gesicht. Können Kätzchen Räude haben? Ich habe das Gefühl, ich sollte einen Tierarzt oder den Tierschutz rufen."

„Halt die Klappe!", lachte ich. „Ich habe dich mit meiner sexy Anziehungskraft und Hitze geblendet."

„Ich habe nie geleugnet, dass du heiß bist. Es ist der Sexkätzchen-Teil, den ich infrage stelle. Wenn du ihn so angesehen hast, hättest du ihn wahrscheinlich dazu bringen können, sein Angebot zurückzuziehen, indem du versprochen hättest, dieses Gesicht nie wieder zu machen."

Ich verdrehte die Augen. „Was auch immer." Mein Lächeln verschwand. „Muss ich mir Sorgen machen, weil ich Mephisto für meinen Job verführe?"

„Oh Honey, das Gesicht, das du gemacht hast, war eher ein Angriff als eine Verführung. Deine Integrität ist intakt. Das Einzige, worüber du dir Sorgen machen solltest, ist, tatsächlich ein sexy Gesicht zu machen, denn an dem, das du benutzt hast, musst du dringend arbeiten.”

„Ruhe!”, polterte ich verspielt.

„Hast du deine andere charmante Taktik ausprobiert? Weißt du, die, wo du das Schloss mit all deinen gewalttätigen Spielzeugen und Waffen stürmst und drohst, alle zu verprügeln? Damit scheinst du mehr Erfolg zu haben.”

„Ich will mich nicht mit Mephisto streiten, weil … ich ihn brauche.” Ich brauchte die Jäger und musste akzeptieren, dass unsere Interessen nicht immer dieselben waren. Dank Mephisto hatte ich eine Obitus-Klinge und das Versprechen eines Schwertes mit einer Obitus-Klinge. Ich musste mir keine Sorgen mehr über Angriffe der Immortalis machen. Und wenn irgendjemand einen Elfen finden konnte, der meine Einschränkungen aufhob, dann Mephisto.

Ich seufzte. „Ich muss Landon dazu bringen, ein besseres Angebot als das von Mephisto zu machen. Ich muss zu ihm.”

„Soll ich mit dir kommen?”

„Nein, ich hab’ das schon im Griff.”

Ich hatte es *nicht* im Griff. Landon davon zu überzeugen, mehr zu bezahlen, obwohl er lieber den Zirkel vernichten wollte und gut, war eine Aufgabe für sich. Ein Publikum zu haben, würde die Sache nur noch schwieriger machen.

Ich schwang die mit Pflöcken gefüllte Tasche über meine Schulter und hatte meine mit Pflöcken geladene Armbrust bei mir. Ein Teil meiner Peitsche war in meiner anderen Hand aufgerollt. Landon wollte sich nicht wirklich mit mir treffen, weil er nur hören wollte, dass die Situation geklärt war. Alles andere stand nicht zur Diskussion. Ich hoffte, dass das Treffen friedlich verlaufen würde, denn sobald die Waffen gezückt wurden, wurde es schnell feindselig. Das Einzige, was schwieriger war als ein feindseliger Vampir, wäre ein Vampir, der einen Wutanfall bekommt. Ich hielt Landon für jemanden, der spektakuläre Wutanfälle bekam. Heute hatte ich für beides nicht die Toleranz. Manchmal war es genau das, was der Job mit sich brachte. Ich würde ihm auf jeden Fall eine Gefahrenzulage berechnen.

Um sicherzustellen, dass der Lunar Marked-Zirkel nicht Opfer seiner Gier und Dummheit wurde, musste ich Landon verhätscheln und ihn davon überzeugen, ein überzeugendes Angebot zu machen, damit sie Mephistos Angebot ablehnen konnten. Ich verfluchte Mephisto zum fünften Mal. Ich war es gewohnt, dass meine Interessen sich nicht immer mit denen anderer deckten; manchmal passierte das bei Madison auch. Aber das hier war anders. Madison und ich hatten einen Konflikt, weil mein Handeln egoistisch und im besten Interesse meiner Kunden war. Und obwohl diese aktuelle Situation im besten Interesse meiner Kunden war – sie würde das Leben der Angehörigen eines Zirkels retten –, hatte nicht einmal das ausgereicht, um Mephistos Meinung zu ändern.

Ein paar Meter von meinem Auto entfernt wirbelte Magie um mich herum. Vertraute Magie. Magie, die mich Zeit gekostet hatte. Ich ließ meine Tasche und die Peitsche fallen, wirbelte herum und zielte mit der Armbrust in die Richtung, in der die Magie meiner Meinung nach ihren Ursprung hatte. Armbrüste waren nicht nur gegen Vampire gut. Auf dem fast leeren Parkplatz gab es keine Möglichkeiten, sich zu verstecken. Mit konzentriertem Blick suchte ich die Gegend gründlich ab und ließ den Duft der Magie über mich hinwegströmen.

Als ich ihm folgte, sah ich eine Gestalt, die mich vom Bürgersteig vor dem Gebäude auf der anderen Straßenseite beobachtete. Der Parkplatz und eine Straße lagen zwischen uns. Ich ging langsamer und ließ die Armbrust sinken. Mein pochendes Herz lenkte mich ab, und mein Atem war unregelmäßig. Der Mann trug ein moosgrünes Henley und eine Khakihose. Aus der Ferne schien sein dunkles Haar an den Schläfen ergraut zu sein.

Ich musste näherkommen, um die Ohren zu sehen. War er ein Elf? Hatten sie wirklich spitze Ohren? Braydon, der laute, wilde Teenager aus dem Schleier, hatte gesagt, dass Elizabeth eine Fee/Elf-Hybride sei. Sie hatte keine spitzen Ohren und ich auch nicht. Während ich mich weiter auf ihn zu bewegte, kämpfte ich gegen den Drang an, mein Ohr zu berühren, und ignorierte das nagende Gefühl der Angst und den Gedanken daran, wie schrecklich das alles enden könnte. Ich musste es tun.

Ich ging schneller und reduzierte schnell den Abstand zwischen dem Fremden und mir, als ein Wolf an meine Seite trat.

„Asher", sagte ich und streichelte mit meiner freien Hand über seinen Kopf. Ich streichelte das weiche Fell des riesigen Wolfes, der fast unbemerkt neben mir aufgetaucht war, und vergaß dabei, dass ich den Fauxpas aller Fauxpas beging. Es war so, als würde man einem hungernden Tier beim Fressen die Hand vor die Schnauze halten. Man bat geradezu darum, gebissen werden. Streichle niemals einen Wandler.

Asher knurrte leise und warnte mich.

„Entschuldigung", flüsterte ich. Die Sicherheit eines riesigen Wolfes, der gegen Magie immun war, war beruhigend. Ich war froh, ihn bei mir zu haben.

Der Fremde wandte den Kopf, um den Wolf anzusehen, und was auch immer es mit der vorsichtigen Bewegung des Fremden auf sich hatte, veranlasste Asher, in seine Richtung zu stürmen. Ich rannte auch, aber als ich an der Stelle ankam, wo der Fremde gestanden hatte, war er weg.

Asher hatte sich wieder in seine menschliche Gestalt verwandelt und sah frustriert aus, als er mit der Nase in der

Luft auf- und abging und versuchte, den Geruch zu finden. Die Magie war verschwunden; nicht einmal eine Spur war geblieben.

„Wer war das?", fragte Asher, als wir zu seinem Auto gegangen waren, das in der Nähe meines Wagens geparkt war. Er nahm die Kleidung, die er auf dem Rücksitz aufbewahrte, und zog seine Hose mit der Ruhe und völligen Unbekümmertheit über seine Nacktheit wie ein Mann, der sich in seinem Schlafzimmer anzog und nicht auf einem halbleeren Parkplatz.

„Ich weiß nicht." Ich war nicht bereit, meinen Verdacht, dass er mein Vater sein könnte, in Worte zu fassen. Denn er hätte es sein können.

„Du hattest Angst", bemerkte er und knöpfte die Ärmel seines Hemdes zu, bevor er sein Jackett anzog.

„Nein, das hatte ich nicht", sagte ich und durchsuchte meine Tasche, um mich zu versichern, dass alles da war. Als ob jemand meine Tasche mit Holzpflöcken und Elektropellets haben wollte. Meine Tasche und die Peitsche, die ich fallengelassen hatte, lagen immer noch neben meinem Auto, wo ich sie zurückgelassen hatte.

Er kniff seine Augen zusammen und sah mich an. „Du bist also einfach ohne ersichtlichen Grund auf einen Fremden zugegangen?"

Ich wollte nicht auf meinen Verdacht eingehen, dass er mich mit einem Zauber belegt oder ich dieselbe Magie beim Angriff neulich gespürt hatte. „Es war die Magie. Ich war neugierig, weil sie –"

„Anders ist", unterbrach er mich. „Anders als alles andere, was ich je gespürt habe. Nicht wie die der Hexen, Magier oder Feen." Zum ersten Mal schien es, als wäre die Fähigkeit, Magie wahrzunehmen, einer der Sinne, auf die er verzichten konnte. Ich konnte mir vorstellen, dass neben all den übernatürlichen Sinnen, die Wandler besaßen, die Neuheit, Magie zu spüren, überwältigend sein musste.

Er lehnte sich an mein Auto und verschränkte die Arme, seinen kompromisslosen Blick auf mich gerichtet. Es wurde immer schwieriger, ihn zu erwidern. Nicht nur wegen seiner Ursprünglichkeit, sondern auch wegen der Intensität der Fragen darin.

„Sieht so aus, als ob du unsere Vereinbarung nicht ernst nimmst", sagte Asher.

Jetzt war es an mir, Zweifel zu säen. „Ach so? Weil du derjenige bist, der gegen die Bedingungen verstoßen hat."

Mit einem verschlagenen Blick glitt seine Zunge über seine Lippen. „Wie kommst du darauf?", fragte er unschuldig.

Du hast Unterricht bei Miss Harp genommen, nicht wahr?

„Anstatt dass deine Wandler mich verfolgen, lässt du mich von einer siebzigjährigen Spionin verfolgt, die keine Grenzen kennt", schnaubte ich.

„Sie macht sich Sorgen um dich und ich mir auch", gab er zu. „Sie hat mir erzählt, dass du gestern gestresst ausgesehen hast und eine Waffe auf Mephisto richten musstest – oder in ihren Worten: ‚den blutverschmierten Idioten, der immer wieder vorbeikommt'. Sie sagte, er hat dich entwaffnet, was dich sehr wütend gemacht hat."

„Sie hat alle Ereignisse genommen und sie in eine andere Reihenfolge gebracht, um eine frei erfundene Geschichte zu erzählen, die alles viel schlimmer klingen lässt. Und ich bin mir sicher, dass ihr fehlerhafter Bericht Absicht war. Ich hatte eine Situation, in der er mir geholfen hat." Ein Teil davon war wahr.

Das Lächeln verschwand aus seinem Gesicht. „Du hast ihn zuerst angerufen?"

„Nein … nein." Ich hatte keine Zeit, mich damit auseinanderzusetzen. Ich hatte einen arroganten Vampir und gierige, sture Hexen, die erschreckend nahe dran waren, Landons Zorn zu spüren zu bekommen. Das würde nicht nur beschissen für mich, sondern wenn ich scheiterte, wäre es auch für Madison eine alptraumhafte PR-Situation. Meine

Mutter wollte meinen Tod, jemand hatte mich verzaubert, und ich könnte Teil einer Rasse sein, die als ausgestorben galt. Mein Leben wurde schnell zum größten Schlamassel aller heißen Schlamassel. Das Letzte, was ich jetzt brauchte, war, mich mit Asher und seinem Rudel herumschlagen zu müssen.

„Technisch gesehen habe ich ihn auch nicht angerufen. Ich habe dir gesagt, dass ich die Person anrufen würde, die mir helfen könnte. Das habe ich. Es war Cory. Aber wie du scheint Mephisto zu glauben, dass er immer bei mir willkommen ist." Ich lächelte. „Wenn ich bald unbekannt verzogen bin, weißt du, warum."

Seine Lippen verzogen sich zu einem wölfischen Grinsen. „Ich bin sicher, ich könnte dich finden", sagte er.

„Oh, ja, nein, das ist überhaupt nicht gruselig", schnaubte ich und schwang meine Waffentasche wieder über meine Schulter.

Als ich die Sorge in seinem Gesicht sah, fügte ich hinzu: „Wir reden später, okay? Ich werde dir alles erzählen." Als mir klar wurde, dass er die bearbeitete Version hören musste, fügte ich hinzu: „Alles, was ich dir sagen kann. Aber pfeif deinen kleinen Spion zurück."

„Du willst, dass ich Miss Harp, Miss Evelyn Harp, sage, was sie tun soll?", fragte er mit fassungsloser Belustigung.

„Ja, denn genau das tust du."

Er zuckte mit den Schultern und ging rückwärts zu seinem Auto. Sein langsamer Gang und seine gemessenen Schritte schienen mich einzuladen, ihn anzusehen. Denn es wäre nicht Asher, wenn er keine Show abziehen würde. „Wie du willst", sagte er. „Aber wir wissen beide, dass sie das Gegenteil von dem tut, was ich will. Sie widersetzt sich aus Prinzip allem, was ich vorschlage."

Er hatte recht.

„Lass sie in Ruhe. Ich kümmere mich darum."

Sein unbeschwertes Selbstvertrauen blieb, als er in sein

Auto stieg. „Sobald du den Code geknackt hast, Evelyn dazu zu bringen, einer Bitte nachzukommen, hoffe ich, dass du mir verrätst, wie es funktioniert."

Ich war gerade bei Landon angekommen, als mein Handy klingelte. Wendy sprach mit angespannter Stimme, sobald ich mich gemeldet hatte.

„Wir werden das Angebot annehmen, aber zu unseren bisherigen Bedingungen", erklärte sie mit unangebrachtem Trotz. „Wir werden keinen Todesschwur leisten."

Obwohl sie sich Mühe gab, selbstbewusst zu klingen, musste ich kein Wandler sein, um die Verzweiflung in ihrer Stimme zu hören. Ihre Akzeptanz geschah nicht aus Fairplay oder Altruismus; sie hatte kein anderes Angebot.

„Und wir werden nur mit dir zusammenarbeiten. Nicht mit ihm. Ich will ihn nicht sehen."

Landon, wie viele Drohungen hast du diesmal gegen sie ausgesprochen?

„Gibt es ein Problem?", fragte ich unschuldig. Ich kannte das Problem: Landon wusste nicht, wie er seine Gedanken für sich behalten sollte.

„Er ist nicht jemand, mit dem ich persönlich zu tun haben möchte. Ich nehme seine Drohung gegen mich und meinen Zirkel nicht auf die leichte Schulter."

„War er gemein zu dir, nachdem du sein Angebot abgelehnt hast?" Ich hätte darüber stehen sollen, aber ich war nicht in der Stimmung, das Richtige zu tun. Wenn sie Mephisto nicht angesprochen hätte, wäre das schon seit Tagen vorbei.

„Niemand hat um deinen Sarkasmus gebeten!", keifte sie.

„Keine Sorge, den gibt es kostenlos."

Sie schnaubte empört.

„Lass uns das heute unter Dach und Fach bringen. „Du

bekommst dein Geld und Landon das *Amber Crocus*", sagte ich in einem freundlicheren Ton zu ihr.

Und du hast keine Chance, es jemand anderem anzubieten.

Sie würde wahrscheinlich nicht so schnell einen anderen Käufer finden, aber ständig bissig oder zickig zu sein, würde die Sache nicht leichter machen. Der Deal musste heute abgeschlossen werden, weil ich Dringenderes zu tun hatte.

Nach meinem Anruf bei Wendy rief ich Landon an, um ihm mitzuteilen, dass der Zirkel sein Angebot angenommen hatte. Ich rief Cory an, um dafür zu sorgen, dass er die notwendigen Zutaten für den *evanesco*-Zauber beschaffte, damit er ihn ausführen konnte. Ich war nicht überrascht, als ich herausfand, dass er nichts besorgen musste und damit vertraut war.

Nach meinen Telefonaten mit Cory, Landon und Wendy rief ich Mephisto an. Als der Anruf auf Voicemail ging, schickte ich ihm eine SMS, um mich bei ihm zu bedanken. Als er nicht reagierte, überlegte ich, ihn nochmal anzurufen. Nach seiner Bemerkung darüber, dass unsere Interessen nicht immer dieselben waren, wollte ich wissen, was seine Meinung geändert hatte.

14

Es war leichter, zwei Millionen Dollar von Landon zu bekommen, als ihm zu sagen, dass er zu Hause bleiben musste. Es war erstaunlich, dass er schon über hundert Jahre gelebt hatte und dennoch die grundlegenden Gesellschaftsverträge nicht kannte. Menschen, denen man mit schrecklicher Gewalt drohte, neigten dazu, sich nicht mit einem treffen zu wollen. Und es gibt eine grenzenlose Auswahl an Schimpfworten, die Leute einem an den Kopf werfen, wenn man von ihnen auf die „Dem will ich nie begegnen"-Liste gesetzt wird. Er hatte beides geschafft. Zugegeben, wenn hinter einer Zahl genügend Nullen stehen, neigen manche Leute vielleicht eher dazu zu vergeben, aber Wendy gehörte nicht dazu.

Wendy öffnete die Tür und reckte ihre Nase so hoch in die Luft, dass ich die Augen verdrehte. Sie trat beiseite, um uns einzulassen, warf einen flüchtigen Blick auf mich, dann auf Cory, und dann richtete sich ihre Aufmerksamkeit auf Dallas. Cory war oft der Empfänger der Aufmerksamkeit, und abgesehen von seinem guten Aussehen, dessen er sich wohl bewusst war, fühlten sich die Leute oft von dem tiefen Grübchen angezogen, das schon beim bloßen Anflug eines

Lächelns zum Vorschein kam. Wenn nicht sein Grübchen, so waren es doch seine honigbraunen Augen mit einem Hauch von Gold, die eine magnetische Wärme ausstrahlten. Die Leute fühlten sich davon angezogen. Um zu vermeiden, dass er eingebildet wurde, wies ich ihn nie darauf hin, wie umwerfend sie waren.

Wendy und Stacey waren dagegen immun und warfen ihm den gleichen ausdruckslosen Blick der Gleichgültigkeit zu wie mir. Hatten sie seine Augen überhaupt bemerkt? Vielleicht hatten sie ihn schonmal gesehen oder fanden sie einfach nicht ansprechend. Was auch immer es war, sie beschlossen, den heißen Vampir anzustarren. Ihre Aufmerksamkeit blieb so lange auf ihn gerichtet, dass ich mich räusperte, um ihre Aufmerksamkeit auf mich zu ziehen.

Die Intensität ihrer Aufmerksamkeit störte Dallas nicht; er war sie wahrscheinlich gewohnt. War er blind dafür? Auch die Vampiraura tat ihm keinen Gefallen. Wenn es Hexen gelänge, ein Anti-Vampiraura-Amulett zu machen, konnten sie aus dem Erpressungsgeschäft aussteigen. Staceys Versuch, ihm einen verstohlenen Blick zuzuwerfen, scheiterte kläglich. Wie lange konnte man jemanden ansehen, ohne dass es zum Starren wurde? Sie hatte den Mann angestarrt und jetzt zog sie ihn schamlos mit Blicken aus.

Ich überlegte, ob es mich zu einem schlechten Menschen machen würde, Dallas zu einem Teil des Deals zu machen und so den Preis deutlich zu reduzieren? Nein, es machte mich vielleicht nicht zu einem schlechten Menschen, aber es würde mich definitiv zu einer Zuhälterin machen. Das war keine Lebensentscheidung, zu der ich bereit war.

„Der *evanesco*-Zauber", erinnerte ich die Hexen, denen es gelang, ihren Blick von Dallas abzuwenden. Er begann, sie anzulächeln, und ich warf ihm einen vernichtenden Blick zu.

Du behältst dein Lächeln für dich!

Sie brüteten außergewöhnlich lange über dem Schwur im Zauber. Ich vermutete, dass sie nach Schlupflöchern suchten, die sie ausnutzen konnten. Sie würden keine finden. Cory wusste, wie wichtig Formulierungen waren und wie wichtig es war, dass er keinen Raum für Unklarheiten ließ, weshalb das Treffen später am Abend stattfand, um ihm Zeit zu geben, den Zauber wasserdicht zu machen.

Der Schwur wäre an den Zirkel gebunden. Er umfasste Einzelheiten wie Namensänderungen, die Aufnahme neuer Mitglieder und die fortgesetzte Gültigkeit des Eides bei Ereignissen, wie zum Beispiel, wenn ein Mitglied den Zirkel verließ, um einem anderen beizutreten. Es war nicht so, dass Hexen schändlicher oder amoralischer waren als alle anderen, aber die Leute vergessen schnell, und Gier ist stark. In fünf Jahren könnten Sie der Meinung sein, dass sie nicht genug Geld bekommen hatten, und versucht sein, zum Brunnen zurückzukehren und nach einem Weg zu suchen, das zu tun. Dieser Zauber würde es ihnen nicht erlauben. Selbst nach dem Tod des Wirkenden würde der Schwur weiterbestehen.

Wendys schmallippige Grimasse bestätigte, dass der Schwur wasserdicht war. „Er ist sehr gründlich", gab sie zu.

Das sollte er auch sein, nachdem Landon mir einen Todesblick zugeworfen hatte, als ich ihm Corys Honorar genannt hatte. Was dazu geführt hatte, dass ich ihm erklären musste, was ein magischer Schwur bedeutete und dass seine typischen unterdurchschnittlichen Hexen zwar für einfache Schutzzauber und kleine Zauber gut waren, für die Ausführung des Schwurs jedoch nicht. Ich vertraute Cory. Als Landon darauf herumgeritten war, wies ich ihn darauf hin, dass allein der Preis seiner Krawatte Corys Honorar abdecken könnte und er nicht bei einem magischen Schwur anfangen wollte, sparsam zu sein.

Schließlich nickten die Hexen zustimmend. Dallas tippte auf seinem Handy herum. „Erledigt", sagte er.

Nachdem sie die Zahlung bestätigt hatten, strahlten sie.

„Jetzt der Schwur." Dallas' Ton war so barsch, dass der Blick der Hexen in seine Richtung schoss und dort blieb.

„Dann werden wir euch das *Amber Crocus* zeigen. Es steht euch frei, damit zu tun, was ihr wollt."

„Davon gehe ich aus. Die Vampire haben einfach eine saftige Summe dafür bezahlt", murmelte Cory. Es war nur für meine Ohren bestimmt, aber Wendy hörte es und warf ihm einen bösen Blick zu.

„Er will, dass die Pflanzen zerstört und das Land versalzen wird, damit in dieser Gegend nie wieder etwas wachsen kann", sagte ich.

Die Hexen verdrehten die Augen, nickten aber. Sie waren wahrscheinlich davon ausgegangen, dass Landon ihnen das überlassen würde, aber Cory und ich hatten die Aufgabe, dafür zu sorgen, dass das Land unfruchtbar blieb. Landon ging auf Nummer sicher. Der Eid hinderte sie daran, *Amber Crocus* anzubauen, aber er hinderte sie auch daran, hier überhaupt Zutaten für Zauber anzubauen.

Wendy hielt das Wappen des Zirkels mit solcher Ehrfurcht an ihre Brust, dass es in mir einen Anflug von Mitgefühl auslöste. Ich musste mich daran erinnern, dass die meisten Schwüre nicht mit einer siebenstelligen Entschädigung verbunden waren.

Sie drückte das Wappen fester an sich, als Cory nach dem Gegenstand verlangte, der die Verbindung darstellte, die alle innerhalb des Zirkels hatten. Ein Blutschwur auf das Wappen und damit auf den Zirkel. Mehrere Augenblicke vergingen, und ihr Blick huschte zu Dallas, als erwartete sie einen Aufschub oder dass Landon Gnade walten lassen und von der Forderung Abstand nehmen würde.

Warte ruhig weiter, es passiert nicht.

Nach einigen Minuten war ihre Miene entschlossen,

doch in ihren Augen schwamm das Bedauern, als sie es in Corys Hand fallen ließ.

„Lasst uns anfangen", drängte Dallas mit warmer und sanfter Stimme, aber definitiver Autorität. Sein strenger, finsterer Blick blieb auf Wendy gerichtet, und sie beobachtete ihn aufmerksam, bevor sie sich langsam auf Cory zubewegte.

Magische Schwüre waren ritueller als die meisten Zaubersprüche. Nach jeder Anrufung gab Wendy ihr verbales Einverständnis als Schwörende. Beim letzten Schwur wurde das Papier angezündet. Muster in leuchtenden Farben tanzten in der Luft und vermischten sich zu einer Art Hülle, die sich um das Wappen legte und den Eid besiegelte.

„Es ist vollbracht", sagte Cory und reichte Wendy das Wappen, die es anstarrte, bevor sie es ihm abnahm.

Wir folgten ihr und Stacey in den Garten. Stacey keuchte. Wendy starrte mit offenem Mund auf den Boden. Um Löcher herum, aus denen die Pflanzen mitsamt Wurzeln herausgerissen worden waren, lagen Erdklumpen verstreut. Es war keine Pflanze zu sehen.

Dallas ließ seinen Blick über den Garten schweifen, dann richtete er seinen Blick auf die Hexen.

„Wo ist es?", knurrte er.

„Ich weiß nicht." Wendys Stimme zitterte. Ich war mir nicht sicher, ob aus Angst oder Wut, da beide Emotionen in ihrem Gesicht um die Vorherrschaft rangen.

„Hattet ihr keinen Schutzzauber drumherum?", fragte Cory, und Unglauben gab seinen Worten Schärfe.

„Doch, aber ich musste ihn entfernen. Jedes Mal, wenn wir einen errichtet haben, fingen die Pflanzen an abzusterben."

„Es gibt einen Klipsen-Zauber mit einem Trigger." Stacey zeigte auf die Spur von Schoten, die den Rand säumten. Schlafschoten, die brachen, wenn der Schutzzauber gebrochen wurde. Ein Klipsen-Zauber konnte sogar jemandem am Wynden hindern. Wer auch immer das *Amber Crocus* gestohlen hatte, hatte den Zauber außer Gefecht gesetzt, ohne die Schoten auszulösen. Oder sie hatten sie wirkungslos gemacht.

Dallas bewegte sich so unmerklich schnell, dass ich erst feststellte, dass er sich bewegt hatte, nachdem er den Hexen dünne Iridium-Fesseln angelegt, seine Hände um ihre Hälse geschlungen und seine Reißzähne entblößt hatte.

Beide hatten ihre Augen weit aufgerissen und rangen nach Luft. Ich hatte meine Pistole gezückt, aber ich hatte kein freies Schussfeld, und Cory mit seiner Magie auch nicht. Bei jeder Bewegung wirbelte sie um seine Finger. Auch Dallas bewegte sich und benutzte die Hexen als Schutzschild.

Ich konnte den Moment sehen, in dem Wendy bemerkte, dass sie die Vampire unterschätzt hatte. Es lag weder an einem Mangel an Wissen noch daran, dass sie nicht beobachtet hatte. Vampire taten das absichtlich und lockten die Leute in ein falsches Sicherheitsgefühl, indem sie ihnen erlaubten, nur einen Bruchteil ihrer Geschwindigkeit und Stärke zu sehen. Erst in Momenten wie diesem, in denen das Ziel das Töten war, wurde dem Ziel ihrer Aggression das volle Ausmaß ihrer Kraft und List offenbart. Je älter der Vampir, desto gefährlicher.

Dallas war zu jung, um eine solche Geschwindigkeit an den Tag zu legen. Ich machte mir keine Illusionen darüber, dass Landon sich dieser Tatsache nicht bewusst war.

„Dallas", flehte ich und hoffte, dass ich den wütenden Vampir zur Vernunft bringen konnte. Mir war jetzt vollkommen bewusst, dass der liebenswürdige Vampir mit dem strahlenden Lächeln und der unglaublichen Anziehungskraft ein Problemlöser war – und bei Bedarf ein Attentäter. Jede Rasse hatte ihre Version davon. Der STF gelang es oft, die Kontrolle zu behalten, aber die übernatürliche Welt hatte, wie alles andere auch, eine dunklere und bösere Seite.

Ich versuchte, mich auf dem Laufenden zu halten, wer diese Problemlöser waren. Für die Vampire war es Elon. Wenn Landon mir Elon zu diesem Job mitgeschickt hätte, wäre ich vorbereitet gewesen. Ich hätte einen Pflock bereitgehalten und ihn genauer im Auge behalten. Stattdessen hatte er Dallas mitgeschickt, den süßen, freundlichen, harmlosen Dallas. Er hatte mich überrascht.

„Das waren sie nicht", sagte ich. „Aber das *Amber Crocus* ist da draußen. Wenn du sie tötest, werden die Vampire es finden müssen. Ich helfe euch nicht weiter, und ihr werdet zu sehr mit der STF beschäftigt sein, um es selbst zu finden. Willst du das und jede Chance zunichtemachen, es von der Straße zu holen?"

Angst und Wut waren die schlimmsten Begleiter.

„Und du wirst den Schwur brechen und ihnen freie Hand lassen, anderen zu erklären, wie man es züchtet", fügte Cory hinzu, während die Magie immer noch um seine Finger schwirrte, während er auf eine Gelegenheit wartete.

Wendy und Stacey krallten erfolglos nach Dallas' Händen, während er mich und Cory musterte. Ich hoffte wirklich, dass er die Lüge, die Cory gerade über den Schwur erzählt hatte, nicht bemerkte. Der Schwur wäre auch nach dem Tod dieser Hexen noch in Kraft, und die lebenden Hexen wären weiter daran gebunden.

Er ließ sie sanfter los, als ich erwartet hatte, und drehte sie zu ihm um, um sie in Schlagdistanz zu halten. Seine dunklen Augen waren voller Wut. Wendy und Stacey standen trotzig aufrechter da und begegneten seinem Blick mit dem gleichen Zorn.

Er zog die Lippen zurück und sagte: „*Wir* haben euch vertraut. *Wir* haben euch bezahlt. *Wir* haben unseren Teil der Vereinbarung eingehalten. *Ihr* nicht." Der leise Klang seiner Stimme war furchteinflößender, als wenn er geknurrt hätte. „Das hätte schon vor Tagen geklärt werden können, aber ihr habt beschlossen, unser Leben aufs Spiel zu setzen, um ohne die Einschränkung eines Eides mehr Geld zu bekommen. Wenn auch nur ein Vampir daran stirbt ...“ Die Drohung ging in dem Rauschen unter, das das Wynden eines Vampirs begleitete. Es schoss durch die Luft und ließ uns auf die leere Stelle starren, wo einst der Vampir gestanden hatte.

„Wenn ihr irgendwas wisst, müsst ihr es mir jetzt sagen“, forderte ich die Hexen auf. Landon war nicht für seine Geduld bekannt.

Es fiel ihnen schwer, sich zu konzentrieren, und sie zerrten ständig an den magischen Iridiumfesseln, die um ihre Arme gelegt worden waren. Ich holte meine Picks aus dem Auto und entfernte die Fesseln. Ich würde sie als Trostgeschenk an Landon zurückgeben, nachdem ich ihm den Arsch aufgerissen hatte, weil er mich mit einem Attentäter überrumpelt hatte.

Cory und ich sahen uns um. Der Schutzzauber war entfernt worden, was bedeutete, dass ein Magieanwender, der stärker war als Wendy, es getan hatte. Dadurch wurde die Zahl der Tatverdächtigen erheblich eingeschränkt. Es gab einen Sichtschutzzaun, der den Blick auf den Garten versperrte, und ein Vorhängeschloss. Das Schloss wäre lediglich eine Abschreckung für Diebe, alle anderen hätte der Schutzzauber fernhalten sollen.

„Wie viele Leute habt ihr wegen des *Amber Crocus* angesprochen?“, fragte ich.

„Nur Mephisto“, sagte Wendy mit heiserer Stimme. Es waren keine sichtbaren Blutergüsse zu sehen, und ich war mir ziemlich sicher, dass ihre raue Stimme von dem Schock herrührte, gesehen zu haben, wie jemand ihr so schnell Fesseln anlegen und sie außer Gefecht setzen konnte. Ich fragte mich, ob sie sich an die Warnung erinnerte, die ich ihr vor dem Umgang mit Vampiren gegeben hatte, und ob sie es bereute, sie erpresst zu haben. Für Reue war es jetzt jedoch zu spät.

„Wendy, ich brauche eine Liste aller Hexen oder Magier, deren magische Fähigkeiten deine übersteigen.“

Bei „Magier“ verdrehte sie die Augen. Obwohl ihr Leben in Gefahr war, kam sie nicht weit genug über ihren Überlegenheitskomplex hinweg, um sie überhaupt als Bedrohung zu betrachten.

„Setz alle Magier, die du kennst, ganz oben auf die Liste. Wenn irgendjemand mitbekommen hat, dass ihr *Amber Crocus* hattet oder ihr die Vampire erpresst, würde ich es einem Magier durchaus zutrauen, das zu tun.“ Landon würde niemanden wissen lassen, dass er erpresst wurde; sein Ego und sein Ruf konnten das nicht ertragen.

Stacey und Wendy arbeiteten länger als erwartet an der Liste. Mehrmals biss Wendy die Zähne zusammen, als Stacey darauf bestand, bestimmte Personen auf die Liste zu setzen. Stacey tendierte zur Vorsicht.

Während sie an ihrer Liste arbeiteten, stellte ich im Geiste meine zusammen. Ich verdächtigte keinen Zirkel. Es war wahrscheinlich eine Hexe ohne Zirkel oder ein Magier ohne Konsortium. Ich hatte Wendy in Aktion gesehen, kannte den Umfang ihrer magischen Fähigkeiten und wusste, wie schwer es war, einen Klipsen-Zauber zu deaktivieren. Der Dieb hatte ihn nicht nur deaktiviert, sondern auch noch ohne den Trigger auszulösen. Die Zahl der Leute, die das konnten, war winzig. Ich war in der Gegenwart der wenigen, die es konnten.

15

„Was zum Teufel, Landon!", blaffte ich in dem Moment, als er die Tür öffnete. Ein spöttisches Grinsen zuckte um seine Lippen, und ich umklammerte das Karambit an meiner Seite fester. Ich hatte es bei mir, obwohl Cory angedeutet hatte, dass es feindselig wirken würde, bewaffnet bei Landon zu Hause aufzutauchen. Es sah verdammt feindselig aus, denn neben unzähligen anderen war Feindseligkeit ganz oben auf der Liste der Gefühle, die ich gerade empfand.

„Ich gehe davon aus, dass es nicht wie erwartet gelaufen ist", sagte er fast amüsiert.

„Du weißt das. Wer zum Teufel ist Dallas? War er überhaupt derjenige, der von dem *Amber Crocus* erfahren hat, oder hast du ihn einfach benutzt?"

„Ah, er wirkt ziemlich harmlos, nicht wahr? Das ist sein Vorteil. Er ist faszinierend, ich würde sogar sagen, atemberaubend. Die Leute sind so sehr damit beschäftigt, sich von ihm verführen zu lassen, dass sie seine Fähigkeiten unterschätzen. Aber wenn man sich ihrer bewusst wird, ist etwas schiefgelaufen." Landon drehte mir den Rücken zu und ging den Flur entlang. Es war eine Demütigung, dass er mich als ungefährlich abtat, als jemanden, den er nicht als Bedrohung ansah.

Er führte mich ins Büro und schloss die Tür hinter mir. Ich atmete langsam und tief, um mich zu beruhigen. Zu wissen, dass Cory im Auto war, machte es leichter.

„Ich bin sicher, du weißt, dass das *Amber Crocus* gestohlen wurde. Die Hexen hatten damit nichts zu tun. Der Garten, in dem sie es hatten, war eingezäunt und mit einem Zauber geschützt.“

„Das ist ziemlich bedauerlich.“

Dies war die Ruhe vor dem Sturm, und der Sturm würde die Hexen treffen. Oder vielleicht mich. Obwohl wir nur wenige Meter voneinander entfernt standen, behielt ich ihn aufmerksam im Auge.

„Ich brauche ein Versprechen von dir.“

Er schnaubte und stand einen Wimpernschlag später vor mir. Nur wenige Zentimeter von meinem Gesicht entfernt begegneten mir stürmische, nachtdunkle Augen. Die Lippen verzogen sich und entblößten lange Reißzähne.

Die sehen gefährlich aus.

Bei all seiner Eloquenz, Extravaganz und seinem ästhetischen Geschmack vergaß man leicht Landons Neigung zur Gewalt, seine Vorliebe für das Makabre und seine gut dokumentierten Gräueltaten. Dass er sich mit Schönheit umgab und sie in Form von Kunst schätzte, half dabei. Seine Rückkehr zu seinen alten Gewohnheiten war nur ein wahrgenommener Verrat, eine Beleidigung oder eine Kränkung weit entfernt. Ich versuchte, nicht daran zu denken, aber es war fast unmöglich.

Ich weigerte mich, ihm die Genugtuung zu geben, mich duckmäusern zu sehen, stattdessen richtete ich mich auf und straffte meine Schultern. Ich nahm meine freie Hand, legte sie an seine Brust und stieß ihn zurück. „Du bist zu nah. Warum gehst du nicht ein paar Meter zurück?“

Sein dunkles Lachen hallte durch den großen Raum, als

er zurücktrat. „Du willst ein Versprechen von mir, Erin?" In seiner Stimme waren immer noch Spuren von Belustigung. „Ich weiß nicht, ob ich deinen Mut bewundern oder bedauern soll."

Kein Grund, dich wie ein Arsch zu benehmen.

„Lass mich die Situation für dich in den Griff bekommen." Ich nahm die Schärfe aus meiner Stimme und zwang sie, sanfter und flehentlich zu klingen. Den Mächtigen und Selbstsüchtigen entgegenzukommen gefiel mir am wenigsten. Es war der schmutzige Teil meines Geschäfts, der mich ärgerte. Aber „Fick dich, so wird das jetzt laufen" würde nicht die Ergebnisse bringen, die ich brauchte. Hinter dem Sprichwort „Mit einem Löffel Honig fängt man mehr Fliegen als mit einem Fass voll Essig" steckte eine gewisse Weisheit. Und einem Vampir zu sagen, dass er sich ins Knie ficken sollte, war keine gute Idee.

„Die Hexen hatten nichts damit zu tun, also versprich mir, dass du ihnen Gnade erweisen wirst."

Er schnaubte.

„Gib mir eine Woche. Ich werde es finden. Die Hexen stehen unter meinem Schutz."

Wieder schnaubte er. „Dich lassen? Nein, Liebes, das ist deine *Verpflichtung*. Du kannst glauben, dass ich es für einen Zufall halte, dass derjenige, der es kaufen wollte, Mephisto war. Und dann hat er das Angebot passenderweise zurückgezogen. Mein Geld ist weg, und ich habe das *Amber Crocus* nicht. Ich glaube nicht, dass die Hexen an dem Diebstahl beteiligt waren. Ich glaube, dass du und Mephisto es wart." Arroganz und Gewalt strömten aus jedem Wort.

Die Distanz zwischen uns verschwand im Handumdrehen. Das Karambit wurde mir aus der Hand gerissen und quer durch den Raum in die Wand geschleudert. Meine gezogene Ruger wurde mir entrissen und in die Nähe des Karambits geworfen.

„Dein Tod wird für Madison und Cory verheerend sein."

Ohne Waffen musste ich mich aus dieser Gefahr verhandeln und leere Drohungen ausstoßen, wie ich es noch nie zuvor getan hatte.

„Wer hat deiner Meinung nach eine bessere Chance, das *Amber Crocus* zu bekommen, du oder ich?"

Er sah immer noch so aus, als wäre er kurz davor, mir an die Kehle zu springen.

„Ich hatte nichts mit dem Diebstahl zu tun. Aber was wird deiner Meinung nach passieren, wenn ich dein Haus nicht lebend verlasse?" Ich konnte Mephistos Unschuld nicht mit Entschlossenheit verteidigen, weil Landon mit seiner Anschuldigung möglicherweise recht hatte.

Mein Blick schweifte durch den Raum, während ich versuchte, einen Fluchtweg oder eine Strategie zu finden, mich zu verteidigen. Landon beobachtete mich. Es war, als würde man von einer Viper beobachtet. Ein Biss seiner Reißzähne, und ich würde verbluten.

„Madison wäre durch meinen Tod nicht nur am Boden zerstört, sie wäre auch rachsüchtig. Du willst dich nicht mit einer wütenden Madison anlegen, das versichere ich dir. Vampire sind nicht immun gegen Magie, ihr seid nur schnell. Weißt du, wer gut mit Magie umgehen kann? Madison und Cory. Würdest du es vorziehen, dass ich das *Amber Crocus* für dich finde, oder möchtest du lieber deine Tage damit verbringen, dich mit ihnen anzulegen, während das *Amber Crocus* irgendwo da draußen ist? Irgendwann könnte es in die falschen Hände geraten, und mein Tod wäre vergebens. Das Aussterben der Vampire wäre unvermeidlich. Alles nur, weil du einen Wutanfall hattest."

Die angespannten Muskeln in Landons Hals hatten sich gelockert, und er entfernte sich ein paar Schritte von mir, doch die Wut und der Durst nach Gewalt blieben in seinen Augen.

„Du hast zweiundsiebzig Stunden, um es zu finden."

Die Tatsache, dass er sich nicht die Mühe machte, eine Abschiedsdrohung auszusprechen, war beängstigender, als wenn er den Mord detailliert beschrieben hätte. Dass er ruhig und methodisch meine Waffen einsammelte und sie mir reichte, kam einem Angriff mit gefletschten Reißzähnen gleich. Mit großer Anstrengung verließ ich sein Haus mit der lässigen Unbekümmertheit von jemandem, der nicht gerade zum Tode verurteilt worden war.

Cory wartete geduldig auf dem Beifahrersitz, während ich eine Reihe von Flüchen ausstieß, wobei ich mich stark an Madisons irisch-haitianischem Lexikon orientierte.

„Landon glaubt, dass Mephisto das *Amber Crocus* gestohlen hat", sagte ich schließlich. Mein Kopf sank nach hinten gegen die Kopfstütze. Ich legte meinen Unterarm über meine Augen und sperrte das Licht der untergehenden Sonne aus. Es war ein langer Tag gewesen.

Cory schien mit der gleichen Unfähigkeit konfrontiert zu sein, Mephisto selbstbewusst zu verteidigen. Die spannungsgeladene Stille dehnte sich aus.

„Er hat ein Angebot gemacht und es dann zurückgezogen, nachdem er dir gesagt hatte, dass er es nicht tun würde. Er ist nach Dante's Forest gegangen, um welche zu finden. Es ist möglich", gab Cory zu.

Die angespannte Stille der Fahrt ließ uns beiden Raum für etwas Planung. Gelegentlich wurde das Schweigen durch Vorschläge unterbrochen.

„Lass mich die Hexen verhören", drängte Cory. „Ich kann einen *herba*-Detektionszauber wirken, wenn ich mit ihnen rede. Der wird mir sagen, ob es Pflanzen im Haus gibt."

Das Ergebnis wäre in jedem Zuhause einer Hexe positiv, da sie Pflanzen, Blumen und Kräuter für ihre Zaubersprüche verwendeten, aber es war einen Versuch wert. Vielleicht würden sie bei der Befragung, wie in einem Gerichtsdrama, unter dem Druck zusammenbrechen und ein Geständnis ablegen. Es war unwahrscheinlich, aber man wird ja noch hoffen dürfen, oder?

16

Es war nicht tröstlich, dass Mephisto mir vorgeschlagen hatte, ihn nicht bei ihm zu Hause zu treffen, sondern in einem Restaurant, zwanzig Minuten von meinem Zuhause entfernt. Das quälende Gefühl, dass es sich hier nicht um eine Konfrontation, sondern um eine Entdeckung handeln würde, war schwer zu unterdrücken, und ich würde Mephisto lieber ohne Publikum konfrontieren.

Es stellte sich heraus, dass es sich nicht um ein Restaurant, sondern um eine elegante Zigarrenlounge handelte. Es genügte ein flüchtiger Blick auf die Luxusautos auf dem Parkplatz, die leicht getönten Scheiben und die Schrift an dem Gebäude, um zu erkennen, dass der Laden sich mit Exklusivität rühmte. Die Frau, die mich an der Tür begrüßte, trug eine cremefarbene Bluse mit transparenten Biesenärmeln und einen Bleistiftrock mit hoher Taille, der ihr einen Vintage-Look verlieh, der zur Atmosphäre der Lounge passte. Zum klassischen Reiz trugen schokoladenbraune Ledersessel, Regale mit einer Auswahl an Zigarren und eine Bar ganz links bei, komplett mit einem Barkeeper in dunkelbrauner Weste und weißem Hemd, das bis zu den Ellbogen hochgekrempelt war. Gegenüber dem Barkeeper war ein eingebautes Bücherregal voller ledergebundener Bücher; ich vermutete Klassiker und Erstausgaben.

Die Lounge hatte den klassisch dunklen Stil eines Film Noir und eine geheimnisvolle Atmosphäre, die Mephisto natürlich gefallen musste.

„Miss Jensen?", fragte die Tischdame, nachdem sie auf das Tablet in ihrer Hand gespäht hatte. „Erin Jensen?"

„Ja." Sie überprüfte mein Aussehen kritisch. Es verdiente einen missbilligenden Blick. Ihre scharfen Augen wanderten langsam über meine alte, eng anliegende Jeans und das blau-grüne Henley-Shirt, das mit Staub gepudert war, den ich übersehen hatte, nachdem ich den Garten untersucht hatte, meinen hohen Pferdeschwanz mit den heraushängenden Strähnen und meine genervte Grimasse angesichts des Treff-punkts, den Mephisto gewählt hatte.

„Bitte folgen Sie mir", wies sie mich an und begleitete mich in die hintere Ecke der Lounge, wo Mephisto saß, abgeschieden von den anderen fünf Gästen im Raum. Leise Musik im Hintergrund verhinderte, dass Gespräche mitge-hört werden konnten. Ich spürte keine Magie, als wir durch den Raum gingen.

Mit Ausnahme von Mephisto waren alle Anwesenden Menschen. Er trug seinen typischen schwarzen Anzug, hatte das schwarze Hemd gegen ein weißes getauscht und es mit einer Krawatte in Grautönen ergänzt. Ich blieb geschockt stehen und ignorierte den Platz ihm gegenüber, den er mir anbot. Stattdessen starrte ich ihn an, während er an der Zigarre in seiner Hand paffte. Durch das kleine ovale Fenster zu seiner Rechten fiel das gedämpfte pfirsichfarbene Licht der untergehenden Sonne, das die Mitternachtsblau- und Schwarztöne in seinem Haar betonte.

Die scharfe Konzentration, mit der er mich ansah, war eine unbestreitbare Erinnerung daran, wer und was er war. Es löste in mir dieselben Zweifel und Bedenken aus, die Madison gegenüber den Jägern hatte. Ich wollte ihm vertrauen und glauben, dass wir im selben Team waren, aber waren wir das wirklich?

„Du siehst gut aus", sagte er mit einer Aufrichtigkeit, die nur bewies, dass er ein geübter Lügner war.

„Nein, das tue ich nicht. Ich sehe aus, als hätte ich einen beschissenen Tag gehabt, was übrigens auch zutrifft."

Seine Augen wanderten langsam über mich, offensichtlich sah er etwas ganz anderes als die Tischdame.

„Ich bin anderer Meinung. Mir gefällt, wie du aussiehst", sagte er. Er bot mir seine Zigarre an. Der Duft wehte zu mir herüber, und ich atmete Gewürze, Pfeffer, Kreosot und Eukalyptus ein. Ich liebte den Geruch von Zigarren, war aber überzeugt, dass die Leute nur den Geruch mochten, nicht den Geschmack.

Ich lehnte sein Angebot mit einer knappen Geste ab.

„Du weißt, dass es als unhöflich gilt, in einer Zigarrenbar nicht zu rauchen."

„Warum treffen wir uns hier?", fragte ich und ignorierte seine Etikette-Lektion.

„Ich musste raus", gab er zu.

Hat der Diebstahl dich ein bisschen unruhig gemacht?

Mephisto war ein Sammler aller Dinge, und es war nicht unwahrscheinlich, dass er das *Amber Crocus* gestohlen hatte.

„Ihnen schwirrt etwas im Kopf herum, Miss Jenson."

Miss Jenson? Wie sind wir dorthin zurückgekommen?

„Der *Amber Crocus* wurde dem Lunar Marked-Zirkel gestohlen."

„Das ist für beide Beteiligten ziemlich bedauerlich." Sein unbeschwerter, lauer Ton trug nicht dazu bei, meinen Verdacht zu widerlegen.

„Und für mich, weil Landon denkt, dass du was damit zu tun hattest und ich bei dem Diebstahl mit dir konspiriert habe."

Er runzelte langsam die Stirn und paffte wieder seine Zigarre.

„Wenn er dich bedroht, vermute ich, dass Madison die STF zum Eingreifen bewegen kann", sagte er, wobei seine kühle Gleichgültigkeit es mir unmöglich machte, ihm auch nur einen winzigen Vertrauensvorschuss zu geben.

„Sag mir, dass du nichts mit dem Diebstahl zu tun hast."

„Ich hatte nichts mit dem Diebstahl zu tun." Seinem Ton fehlten jegliche Emotionen, und sein Gesicht war unbewegt.

„Was ist mit Kai, Simeon oder Clayton?"

Er legte die Zigarre ab und trank einen Schluck aus dem Glas auf dem Tisch neben ihm, inhalierte den Duft, bevor er einen Schluck trank.

Meine Verärgerung wuchs.

Er war gefährlich nahe daran, das Getränk ins Gesicht geschüttet zu bekommen.

Antworte mir, verdammt!

„Das glaube ich nicht", antwortete er im gleichen distanzierten Ton.

„Ich mag diese Spiele nicht."

Verärgerung flackerte in seinen dunklen Augen auf. „Ich mag diese Anschuldigungen nicht."

Zur Ablenkung wandte ich meinen Blick ab und sah mich im Raum um. Ich hoffte, dass er mich nicht anlügen würde. Ich hätte nie gedacht, dass ich Mephisto jemals als Leuchtturm in meinem Leben betrachten würde. Er hatte mich ins Leben zurückgebracht, mir von meiner Mutter erzählt, enthüllt, wer er war, Versuche unternommen, mich zu beschützen, hatte die Immortalis vernichtet – und damit eines der vielen Probleme und Komplexitäten in meinem Leben beseitigt. Auf verwirrende Weise waren wir im selben Team. Eine offensichtliche Lüge bedeutete, dass ich ihm nicht vertrauen konnte. Ich wollte ihm vertrauen. Ich hatte das *Bedürfnis*, ihm zu vertrauen.

Ich richtete meine Aufmerksamkeit wieder auf ihn und flüsterte: „Wenn du es getan hast, werde ich mir was einfallen lassen. Du musst nur …" Ich seufzte. „Du musst ehrlich zu mir sein."

Vielleicht hörte er den Ernst, das Flehen oder mein ehrliches Bedürfnis nach der Wahrheit, weil er aufstand und auf langsame, anmutige und täuschend menschliche Weise auf meine Seite des Tisches kam, als wäre es eine Aufführung für mögliche Zuschauer. Als er vor mir in die Hocke ging, verloren seine Augen die Schärfe. Sie waren sanft und ernst.

„Nein, ich lüge dich nicht an. Keiner von uns hat etwas damit zu tun. Unsere Interessen sind in diesem Fall vielleicht nicht dieselben, aber ich habe kein Interesse daran, dich zu verletzen, weshalb ich das Angebot zurückgezogen habe. Clay hat recht, vielleicht …" Er verstummte, aber ich wusste, was er meinte. Clayton glaubte, dass ich eine Schwäche für Mephisto war und seine Entscheidungsfindung beeinträchtigt war, wenn ich involviert war. Ich war nicht überzeugt. Vielleicht hatte ich dieselben Schwächen. Trotz aller Beweise hatte ich ihn gefragt, anstatt ihn zu beschuldigen.

Kreide fressen ist wirklich staubig und ein bisschen sauer. Und ich musste eine Menge davon fressen.

Da war etwas in seiner Stimme, in seinem Gesicht und in den Linien seiner Grimasse. Ich konnte es nicht ganz einordnen. Unbehagen? Reue? Scham?

Wärme kroch über meinen Oberschenkel, wo seine Hand lag. Ich lehnte mich an ihn und spürte, wie seine Magie mich überflutete. Als ich mich dabei ertappte, wie ich mich vorbeugte und seine Magie begehrte, wich ich zurück und wandte mich ab. Ich war mir nicht sicher, ob ich nur seine Magie wollte.

„Ich denke, du solltest aufstehen."

Seine Lippen strichen über meine Wange, dann ging er zurück zu seinem Sessel. Er lehnte sich in das bequem aussehende Leder zurück und legte die Fingerspitzen aneinander. „Haben sie irgendwelche Teile des *Amber Crocus* dagelassen?"

„Nichts. Wir haben nachgesehen."

Wenn auch nur ein Stück übriggeblieben wäre, hätten wir es anhand des Chlorophylls in der Pflanze verfolgen können. Alles, was lebte, hatte eine Lebensquelle.

„Jemand hat einen Klipsen-Zauber außer Gefecht gesetzt, der den Garten geschützt hat", sagte ich.

„Wen kennst du, der genauso ein Sammler ist wie ich und aufgrund deiner Intervention immun gegen Magie ist?", erkundigte er sich mit hochgezogener Augenbraue.

Er antwortete auf meinen vernichtenden, misstrauischen Blick mit einem schelmischen Grinsen und nahm die Zigarre wieder in die Hand.

„Der Alpha ist kein geringerer Sammler als ich", erinnerte er mich. „Er hat den Ruf, Gegenstände zu sammeln, die er nicht wirklich will oder braucht, und darin gehen unsere Meinungen auseinander. Ich brauche es vielleicht nicht, aber ich will es."

Sprachen wir immer noch über das *Amber Crocus*?

Als ich ihn musterte, fragte ich mich, ob er Asher wirklich verdächtigte oder ob er ihn missharpte. Ich widmete ihr ein Verb, weil sie es verdient hatte.

„Wandler können Schutzzauber passieren, aber es gab einen Trigger auf dem Klipsen-Zauber. Sobald der Zauber gestört wurde, sollten die Schlafkapseln aufbrechen. Außer dem Garten selbst wurde nichts gestört."

Mephisto fuhr mit einem Finger über seine Lippen, Unsicherheit in seinen Augen, während er den Maßnahmen lauschte, die wir ergriffen hatten.

„Cory befragt alle Hexen, von denen er glaubt, dass sie einen Klipsen-Zauber überwinden können. Er wird einen *herba*-Erkennungszauber verwenden, um die Existenz von Pflanzen der oder des Befragten nachzuweisen."

„Der wird für die meisten Hexen wahrscheinlich positiv sein", betonte Mephisto.

Ich nickte zustimmend, aber wir hatten nur begrenzte Möglichkeiten und wenige Hinweise. Sein Seufzer spiegelte genau wider, was ich empfand. Es folgte eine lange Pause, bevor er wieder sprach.

„Ich nehme an, du willst nicht, dass ich mich in diese Angelegenheit zwischen dir und Landon einmische."

„Nein", sagte ich zu schnell. „Ich werde schon eine Lösung finden." Seit ich Landon verlassen hatte, hatte ich pausenlos überlegt, für den Fall, dass ich das *Amber Crocus* nicht finden konnte. Ich musste ihm etwas genauso Ansprechendes bieten.

„Gibt es ein Gegenmittel oder einen Gegenzauber für das *Amber Crocus?*", fragte ich Mephisto. Nichts in meiner Recherche hatte irgendetwas ergeben.

„Nein, das ist der Reiz daran. Man kann nichts dagegen tun. Es ist immer tödlich."

Das hatte ich mir gedacht. Wenn es Gegenmaßnahmen gegeben hätte, hätte Landon sie vor mir entdeckt.

Nachdem ich Mephisto gedankt hatte, stand ich auf, um zu gehen, und er tat es auch. Er verschränkte seine Finger mit meinen, als wäre es das Natürlichste auf der Welt.

Schweigend gingen wir durch die Lounge. Mephisto kam an der Tischdame vorbei, um eine wunderschön dekorierte Tasche mit dem Namen der Lounge darauf abzuholen. Zigarren, da war ich mir sicher. Als er mich zu meinem Auto begleitete, schien er abgelenkt zu sein.

„Ich brauche was von dir", gab er zu.

„Was?"

Er löste seine Hand aus meiner und drückte seinen Finger an meine Schläfe.

„Mein Gehirn?", fragte ich verwirrt.

„Nein, deine Erinnerung. Du hast gesagt, dass du Zugriff auf das andere *Mystic Souls* hast."

„Ich habe keinen Zugriff darauf."

„Ich weiß. Und da du so geheimnisvoll tust, bin ich mir sicher, dass Asher was damit zu tun hat." Er versuchte nicht einmal, seine Unzufriedenheit zu verbergen.

Seine Hand fand meine wieder. Ich schwelgte im Duft seiner Magie, so wie er es mit der Zigarre tat. Ich zuckte zurück, als mir klar wurde, wie nah ich an ihn herangekommen war. Es war nicht fair. Zu wissen, dass ich über eingeschränkte Magie verfügte und irgendwann auch darauf zugreifen würde, trug nicht dazu bei, den Wunsch zu zügeln, und ließ mich erneut fragen, ob sich dieser Wunsch nur auf Mephistos Magie erstreckte. Ich wandte den Blick von ihm ab, weil ich nicht wollte, dass er die komplizierten Sehnsüchte und Gedanken in meinem Gesicht las oder die Böswilligkeit sah, die sich hindurchschlängelte. Wenn ich seine Magie nehmen könnte, ohne dass er mich aufhielt, würde ich es tun. Punktum. Ich war nicht stolz darauf.

„Ja, Clayton scheint zu glauben, dass das Buch, das du hattest, den Zauber enthalten könnte, der deine Einschränkung aufhebt. Es müsste ein sehr alter Zauber sein."

„Wir konnten die alten Zauber nicht lesen. Madison war die Einzige, die sie wirklich angesehen hat. Als Cory und ich bemerkt haben, dass wir die Sprache nicht entziffern konnten, haben wir sie übersprungen." Aber Madison hatte das nicht getan. Sie hatte die Seiten gelesen und war überzeugt gewesen, dass sie die Zaubersprüche übersetzen konnte.

„Wenn sie die Seiten gesehen hat, können wir die Informationen benutzen. Kann sie sich mit Clay treffen?"

Selbst Erinnerungen an frühere Misserfolge mit dem Buch schreckten mich nicht ab. Ich war so verzweifelt, dass ich zustimmte. Etwas zu enthusiastisch.

Er entspannte sich ein wenig. Hatte er gedacht, ich würde Nein sagen?

„Gut." Er gab mir keine Gelegenheit, weitere Fragen zu stellen, bevor er sich von mir löste. „Clay wird sich bei dir melden."

Großartig. Ich war mir nicht sicher, ob es Madison gefallen würde, wenn Clay in ihrem Kopf herumwühlte.

17

Am Morgen nach meiner Diskussion mit Mephisto hatten die blassgelben Wände, der Lavendelduft aus dem Diffusor, der in der Luft hing, und das friedliche Summen der Musik aus meinem Lautsprecher nicht gerade dazu beigetragen, mich zu entspannen. In dem Zimmer, das ich in einen Meditationsraum umgewandelt hatte, lagen Zauberbücher um mein Meditationskissen herum. Ich durchforstete immer noch meine Zauberbücher in der Hoffnung, etwas zu finden, obwohl ich daran zweifelte.

Während meines Meditationsversuchs hatte ich nicht aufhören können, über Mephistos Anschuldigungen nachzudenken. So sehr ich auch versuchte, meine Gedanken in eine andere Richtung zu lenken, sie blieben bei zwei Dingen: Es gab kein Gegenmittel oder einen Gegenzauber für *Amber Crocus*, und ich hatte nichts, womit ich verhandeln konnte, wenn ich es nicht fand. Und Asher könnte beteiligt sein.

Alex und Landon waren Freunde, aber die Beziehung zwischen Asher und Landon war von der angespannten Freundlichkeit geprägt, die man zwischen den meisten Angehörigen unterschiedlicher Rassen beobachten konnte.

Es hatte nichts mit der angeblichen Rivalität zwischen Wandlern und Vampiren zu tun, sondern vielmehr mit der Rivalität zwischen mächtigen Männern. Ich bezweifelte, dass die Immunität gegen Magie Ashers Neigung, magische Gegenstände zu erwerben, veränderte, auch wenn er sie nicht verwenden konnte und sie nicht gegen ihn oder sein Rudel eingesetzt werden konnten. Jeder, der *Amber Crocus* in seinem Besitz hatte, war im Vorteil, und angesichts der Tatsache, dass die Geschwindigkeit der Wandler, der der Vampire sehr nahekam, würde der Besitz von *Amber Crocus* den Unterschied ausmachen, ob einer den anderen dominierte.

Aber Asher war nicht so.

Ich redete mir ein, dass er nicht so war. Ich konnte die Tatsache nicht außer Acht lassen, dass er mich hintergangen und den Salem-Stein direkt unter meiner Nase weggestohlen hatte. Hatte er dasselbe mit dem *Amber Crocus* getan? Nach weiteren fünf Minuten erfolgloser Meditation und dem Versuch, meinen Verstand vor dem chaotischen Zustand zu bewahren, der drohte, gab ich auf.

Im Wohnzimmer nahm ich mein Handy. Ich hatte drei SMS und einen verpassten Anruf von Clayton. Geduld gehörte definitiv nicht zu seinen Stärken. Es gab keine Nachricht von Madison, was überraschend war. Ich hatte ihr zweimal geschrieben, dass ich mich mit Clayton treffen sollte. Es sah ihr gar nicht ähnlich, nicht auf eine SMS zu antworten, und erst recht nicht, einen Anruf unerwidert zu lassen, und sei es nur mit einer schnellen Nachricht, um mir mitzuteilen, dass sie mich später anrufen würde. Nichts. Die Sorge quälte mich, aber ich verdrängte sie. Sie war wahrscheinlich beschäftigt. Aber ich schickte ihr trotzdem eine weitere SMS, in der ich sie bat, mich so schnell wie möglich anzurufen.

Dann hielt ich das Handy in der Hand, starrte darauf und

überlegte, ob ich Asher anrufen sollte. Ich hatte schon Mephisto fälschlicherweise beschuldigt; wollte ich dasselbe mit Asher machen? Die Liste der Dinge, die Asher zu einem wahrscheinlichen Verdächtigen machten, war schwer zu übersehen. Ich entschied, dass ich ihn persönlich befragen sollte.

***

Asher wartete in der Nähe der hässlichen Statuen der heulenden Wölfe vor seinem Gebäude auf mich. Von seinem scharfen, abschätzenden Blick, der raubtierhaften Leichtigkeit seiner Bewegungen bis hin zu der Krümmung seiner Lippen, die nicht ganz ein Schmunzeln war, deutete alles auf seine gerissene Natur hin und dämpfte die Befürchtungen, dass ich überreagierte, indem ich ihn verhörte. Ich wusste einfach nicht, was ich tun sollte, wenn er schuldig war.

„Erin." Mein Name löste sich träge von seinen Lippen, und er schlich sich neben mich. Wir schienen beide den schönen, windigen Tag zu schätzen, und ich hatte keine Einwände, als Asher mich am Gebäude entlang nach hinten führte, wo es eine Sitzecke gab, die von einem Sichtschutz üppig blühender Bäume umgeben war, die ein gewisses Maß an Privatsphäre boten. Das Gebäude der Wandler war protzig und schon aus mehreren Blocks Entfernung zu sehen, doch sie mochten ihre Privatsphäre, weshalb es Sitzgelegenheiten wie diese gab, die es ihnen ermöglichten, draußen, aber vor Blicken geschützt zu sein.

„Du wolltest mit mir reden", sagte er und nahm auf der Bank Platz. Neugierige Augen hielten mich fest. Ich erwiderte seinen Blick und hoffte, dass ich in der Lage sein würde, herauszufinden, ob er log. Ich zweifelte daran. Da er selbst gut darin war, Lügen zu erkennen, war er auch außerordentlich geschickt darin, Lügen zu erzählen.

„Du hast gesagt, ich soll zu dir kommen, wenn ich irgendwas brauche, und dass du für mich da bist", erinnerte ich ihn.

„Ja, was gibt's?"

„Du musst mir versprechen, ehrlich zu mir zu sein. Keine Lügen, Auslassungen oder Wortklaubereien. Das ist sehr wichtig."

Er spannte sich an und runzelte die Stirn, sein Gesichtsausdruck eine Mischung aus Skepsis und Sorge. Er begann, zustimmend zu nicken, hielt dann aber inne. „Geht es um mein Rudel?"

Diese Frage hatte so viele Ebenen und Nuancen. Alles, was Asher tat oder ließ, diente stets dem Schutz seines Rudels, manchmal auch präventiv.

„Nicht wirklich", sagte ich widerwillig.

Er schwieg, während ich versuchte, den richtigen Ansatz zu finden. Ich wusste, dass es mir nicht gut gelang, mein Dilemma zu verbergen.

„Ich verspreche es", stimmte er zu. „Aber je nachdem, was es ist, werde ich vielleicht nicht ändern, was ich tue."

Asher, was hast du gemacht?

„Weißt du, was *Amber Crocus* ist?"

Er runzelte die Stirn. „Ja. Ich habe gehört, dass es eine Pflanze ist, die Vampire töten kann, wenn sie damit durchbohrt werden oder sie irgendwie in ihren Körper gelangt. Soweit ich weiß, ist es nur ein Gerücht, oder die Vampire haben dafür gesorgt, dass sie ausgestorben ist", sagte er schroff und erweckte bei mir den Eindruck, dass er glaubte, es handele sich um eine der vielen unbestätigten Mythen, die im Umlauf waren. Ich war mir nicht sicher, ob er die Pflanze für einen Mythos oder ausgestorben hielt. Es spielte keine Rolle; das Gewicht, das auf mir lastete, seit wir uns hingesetzt hatten, fiel von mir ab.

„Warum fragst du?"

Ich zuckte mit den Schultern. „Nur so."

„Ah, du bist also nur so den ganzen Weg hierhergefahren, um mich nach einer ausgestorbenen Pflanze zu fragen?" Der Zweifel ließ ihn grimmig die Stirn runzeln.

„Es ist kein Mythos. Es gibt sie, oder besser gesagt, jemand hat einen Weg gefunden, sie zu kultivieren."

„Halbwahrheit", schnaubte Asher.

Das konnte er unmöglich gewusst haben. Verdammt, Wandler sind nervig.

„Deine Stimme ist immer angespannt, wenn du das tust. Es ist kaum merklich, aber dennoch spürbar, wenn man aufmerksam ist", sagte er achselzuckend. Er veränderte seine Position, entspannte sich auf der Bank, verschränkte die Finger hinter dem Kopf und blickte geradeaus. „Lass mich raten. Die Hexen haben gelernt, wie man es züchtet, und haben Landon erpresst. Er hat dich beauftragt, es von ihnen zu besorgen. Richtig?"

„Sowas in der Art", gab ich zu. „Woher wusstest du das?"

Er stieß ein trockenes, freudloses Schnauben aus. „Wolfswurz", sagte er.

„Das bringt euch nicht um, es ist nur, als hättet ihr eine Droge genommen."

„Es gibt eine bestimmte Sorte, die eine stärkere Wirkung hat als der Rest. Sie trübt unsere Sinne und ist das Einzige, das wir nicht schnell verstoffwechseln können. Davon sind unsere Sinne – unser Geruchssinn, unser Gehör und unsere Geschwindigkeit beeinträchtigt, bis es auf natürlichem Weg ausgeschieden wird." Sein Gesicht wurde hart. Für Wesen, die sich so sehr auf ihre übernatürlichen Fähigkeiten verließen, musste es eine ganz besondere Art von Hölle sein, sie tagelang zu verlieren. „Als ich Alpha geworden bin, bin ich dem angeblichen Beispiel der Vampire gefolgt und habe so viel davon vernichtet, wie ich konnte. Unnötig zu erwähnen, dass ein Hexenzirkel welches gefunden hatte und entschlossen war, noch mehr davon zu züchten. Ich bin davon ausgegangen, dass sie es taten, um es zu verkaufen. Es ist schwierig anzubauen und sehr empfindlich. Ich habe es gefunden, und wir haben uns geeinigt." Ein Anflug von Drohung lag in seinen Worten.

„Will ich wissen, wie?"

„Es war eine Vereinbarung. Sie wurden entschädigt."

„War die Entschädigung im Sinne eines ‚Gebt mir den Wolfswurz, und ihr behaltet euer Leben'-Deals?"

Seine Lippen verzogen sich zu einem verschmitzten Lächeln, als er meine Frage ignorierte. „Warum hast du mich nach dem *Amber Crocus* gefragt?", fragte er.

„Es wurde gestohlen", gab ich zu.

Seine Augen waren schmal, als er mich musterte. Mit einer geschmeidigen Bewegung stand er auf. „Glaubst du, ich habe es?" Sein Kiefer war angespannt, seine Haltung argwöhnisch.

„Das tue ich nicht. Aber ich wollte –"

„Doch, das hast du gedacht." Er wandte den Blick ab, und seine Miene wurde etwas weicher, eine, die an Schmerz, vielleicht Enttäuschung erinnerte.

„Ich wollte nur alle Eventualitäten abdecken, Asher. Es ist nicht persönlich gemeint."

„Aber es sollte so sein." Er steckte seine Hand in die Tasche, und seine Augen fanden so viele Dinge, die interessanter anzusehen waren als ich. „Wenn ich davon gehört hätte, hätte ich es wahrscheinlich in meinen Besitz gebracht. Ich *sollte* also ein Verdächtiger sein." Er richtete seinen Blick wieder auf mich. Eindringliche, ernste, graue Augen hielten mich fest. „Aber wenn ich gewusst hätte, dass du involviert bist, hätte ich mich rausgehalten. Das bin ich dir schuldig. Ich hasse es, dass du dir dessen nicht bewusst bist."

„Ich bin mir dessen bewusst."

„Lüge."

„Hör auf damit und lass mich in Frieden lügen!", fauchte ich.

Sein lautes Lachen löste die Spannung. „Ich wünschte, es wäre so leicht. Manchmal möchte ich belogen werden."

„Für dich werde ich besser darin werden."

„Das *Amber Crocus* wurde wirklich gestohlen?"

Ich nickte. „Der oder die Diebe haben einen Klipsen-Zauber deaktiviert und keine der Fallen getriggert."

Wenn er geschockt war, verbarg er es gut.

„Mephisto hat ein Angebot gemacht, das er zurückgezogen hat. Landon hat bezahlt, glaubt aber, dass ich was mit dem Diebstahl zu tun habe. Er glaubt, dass ich mit Mephisto gemeinsame Sache gemacht habe, um es zu stehlen, und jetzt habe ich weniger als achtundvierzig Stunden, um es zu finden."

Er nickte langsam. „Dein Umgang mit Mephisto scheint immer Konsequenzen zu haben, nicht wahr? Vielleicht ist es ein Zeichen, dass du ihn einschränken solltest."

Alle verleumdeten ihn oder gaben unaufgefordert Ratschläge.

Als ich schwieg, blinzelte er ein einziges Mal. „Willst du, dass ich –"

„Dass du dich darum kümmerst? Nein", unterbrach ich. Wie auch immer er und Mephisto „sich darum kümmern" würden, es wäre wahrscheinlich schlimmer für meine Karriere und meinen Ruf als mein Plan B, der darin bestand, die STF einzubeziehen. Aber zumindest würden die Wandler und Mephisto nicht mit den Vampiren Krieg führen. Es gab keinen Weg, die Hexen zu beschützen und die STF einzubeziehen, ohne in die Ermittlungen hineingezogen zu werden, und sobald bekannt wurde, dass ich das einem Klienten angetan hatte, waren mein Ruf und mein Geschäft ruiniert. Ich musste das selbst regeln.

„Hast du einen Plan?", fragte er.

„Ja."

„Ist er gut?"

„Nein."

„Wahrheit", sagte er leise. Ich war froh, dass er nicht nach Details meines Plans gefragt hatte, doch die sanfte, mitfühlende Art, wie er meine Schulter drückte, als wir gingen, erweckte den Eindruck, dass er es wusste. Gut, denn es war nichts, was ich laut aussprechen wollte.

18

Cory hatte keinen Erfolg mit der Befragung der Hexen, die überraschenderweise offener waren als erwartet. Alle Verdächtigen hatten sich seinen Fragen gestellt, obwohl er ausweichend gewesen war und sie nicht über die Besonderheiten der Pflanze informiert hatte, sondern nur, dass Vampire involviert waren. Da die meisten Zirkel die gleichen Pflanzen und Blumen verwendeten, mit sehr wenigen Abweichungen je nach Spezialität oder Stärke, waren sie mehr als bereit, ihm ihre Gärten zu zeigen. Mit Ausnahme des Lunar Marked-Zirkels hatte Cory den Eindruck, dass sie die Pflanze, wenn sie ihnen Ärger bereitet hätte, schnell und bereitwillig den Vampiren gegeben hätte. Einige hätten sie wahrscheinlich verkauft, aber ich war mir sicher, dass sie viel weniger verlangt hätten als der Lunar Marked-Zirkel.

„Was machen wir als Nächstes?", fragte Cory über den Lautsprecher in meinem Auto, nachdem er mir die Einzelheiten seiner Gespräche berichtet hatte.

„Ich weiß nicht." Ich stieß einen verzweifelten Seufzer aus. „Die Drachen", sagte ich und griff nach dem kleinsten Strohhalm. Sie waren ein Trio von Dieben, bestehend aus einer talentierten Hexe und zwei Drachen. Sie horteten nicht nur Schätze. Aufgrund der Vorliebe der Hexe, teure Gegenstände zu sammeln, waren diese Drachen nicht die für Drachen typischen Sammler. Sie waren Diebe, denen ich beim Zurückholen von Gegenständen begegnet war, die sie während eines Pokerspiels gestohlen hatten.

„Es kann nicht wehtun, sie zu befragen", schlug Cory vor. Falsch. Es würde sehr wehtun. Die Hexe hasste mich, und ihr Drachenfreund neigte dazu, ihrem Beispiel zu folgen, was mir den jüngeren der beiden Drachen übrig ließ. Ich hatte es geschafft, mich einzuschmeicheln, indem ich ihm eine Glaninklaue gegeben hatte, die Silber in Wandler spritzte und sie daran hinderte zu wandeln. Er und ich hatten eine bessere Arbeitsbeziehung, aber ich vertraute ihm nicht.

„Ich könnte mit Maddox reden?", bot ich an.

„Der Jüngere, den du verprügelt hast und der jetzt in dich verknallt ist?"

„Ich habe ihn nicht verprügelt. Ich habe ihn entwaffnet, und der Grund, warum er mich mag, ist, weil ich ihnen verdammt viel Geld für einen magischen Gegenstand gegeben und ihm eine Glaninklaue überlassen habe. Außerdem habe ich versprochen, mit ihm ins Kelsey's zu gehen."

„Mit ihm auf ein Date zu gehen."

„Kein Date, nur Abendessen im Kelsey's."

„Was auch immer. Schmier ihm Honig um den Bart, oder was auch immer deine Version davon ist, und frag ihn aus. Und aus Liebe zu allem Guten auf der Welt, zeig ihm nicht dein Sexkätzchen-Gesicht. Der Mann wird essen. Niemand sollte dieses Gesicht sehen müssen, während er isst."

Ich sagte ein paar ausgewählte Worte zu ihm, bevor ich auflegte. Ich hatte beschlossen, Maddox anzurufen, sobald ich auf dem Parkplatz ankam, aber als ich parkte, erinnerte mich Claytons Motorrad, das neben meinem Auto anhielt, daran, dass ich den ganzen Tag nichts von Madison gehört hatte.

„Du hast nicht auf meine SMS geantwortet", sagte Clayton, stieg ab und rückte seine Botentasche zurecht.

„Ich habe nichts von Madison gehört."

„Ist das normal?"

Das war nicht normal, und jetzt, wo er mich daran erinnerte, machte ich mir nur noch mehr Sorgen. Ich holte mein Handy aus der Tasche, rief sie noch einmal an, und als sie nicht antwortete, versuchte ich es bei Claire, ihrer engsten Freundin in der STF. Sie hatte seit zwei Tagen nichts von Madison gehört oder gesehen.

Claires Enthüllung ließ mich zu Madisons Haus fahren und erinnerte mich an Landons Drohungen. Er wäre doch nicht so dumm oder kurzsichtig, sie zu verletzen, oder? Oder war es meine Mutter? Hatte sie von Madison erfahren? War es eine Verwechslung? Meine Gedanken rasten vom Plausiblen zum höchst Unplausiblen bis zum Äußersten, und meine Ängste und Sorgen ließen mich viel zu schnell durch die Straßen rasen und mit Clayton Schritt halten, der sein Bike auf Geschwindigkeiten beschleunigte, die ihn fast verschwimmen ließen.

„Du weißt, wo Maddie wohnt", bemerkte ich und warf ihm einen Blick zu, während er neben mir her zu ihrem Haus ging. Ich war dankbar für seine Anwesenheit, denn ich hatte keine Ahnung, was mich erwarten würde.

„Da ist nichts Gruseliges dran."

„Bist du sicher?" Ich hatte mein Karambit in der Hand, und seine Hände waren so positioniert, dass er bei Bedarf zaubern konnte.

„Ich hielt es für klug, alle möglichen Aufenthaltsorte des Raben zu kennen."

Ich zuckte zusammen, als er mich so nannte, sagte aber nichts.

Als ich an Madisons Tür stand, verfluchte ich jeden Gangster- und Spionagefilm und jeden Thriller, in dem Entführung und Folter vorkamen, die ich mit Cory angesehen hatte, weil er sie als „unbedingt sehenswert" oder „Klassiker" bezeichnet hatte, denn jetzt liefen diese Bilder in Hi-Res in meinem Kopf ab und machten mich paranoid.

Ich klopfte. Sie reagierte nicht. Ich schickte eine weitere SMS und wartete. Nichts. Ich rief an. Nichts.

Mit einem Seufzer zog ich meinen Schlüsselbund aus der Tasche. Ich hatte Schlüssel zum Haus von Madison, meiner Eltern und ihrer Eltern.

„Madison!", rief ich, als ich die Tür aufstieß. „Maddie!" Wenn überhaupt, hätte sie geantwortet, um mich anzuschimpfen, weil ich sie so genannt hatte.

„Ich höre Bewegungen", sagte Clayton.

Ich auch. Bewegung war schlecht, besonders, wenn sie nicht antwortete.

Ich rannte die Treppe hinauf und folgte den Geräuschen in ihr Schlafzimmer. Ich öffnete die Tür und fand Maddie in Shorts vor, die jeden Zentimeter ihrer straffen, sehnigen Beine zeigten, einem figurbetonten T-Shirt ohne irgendwas darunter und Kopfhörern mit aktiver Geräuschunterdrückung auf dem Kopf. Ihre Hüften wiegten von einer Seite zur anderen, und ihre Arme waren zur Seite ausgestreckt, wenn sie nicht einen zum Mund führte, um in ihr imaginäres Mikrofon zu singen. Sie bewegte sich auf eine Weise, die jede Pop-Diva stolz gemacht hätte.

Auf ihrem Bett lag ein Stapel Kleidung. Einige Stücke waren gefaltet, was auf die Hausarbeiten schließen ließ, die sie in Angriff genommen hatte.

Claytons Grinsen war so breit, dass ich alle seine Zähne sehen konnte. Auf seinem Gesicht lag gespannte Wertschätzung, und Freude blitzte in seinen Augen auf. Er machte einen Schritt nach vorn.

„Raus hier!", knurrte ich und schob ihn zurück. Es war, als würde man versuchen, einen Lastwagen zu bewegen. Meine Hände drückten gegen die festen, definierten Brustmuskeln, über denen sein T-Shirt spannte. Ich machte einen weiteren Versuch, den Felsbrocken zu bewegen. Ich glaube, er hatte vergessen, dass ich auch da war. Sein Blick wanderte von Madisons besockten Füßen über ihre Beine, ihre sehr knappen Shorts, die den Löwenanteil seiner Aufmerksamkeit in Anspruch nahmen, und dann zu ihrem Top. Ihr herauswachsender Pixie-Cut machte die natürlichen Wellen ihres Haares sichtbar.

Ich fuhr meine schwesterlichen Krallen aus. „Hör auf, sie anzuglotzen!" Es wäre ihr peinlich, so gesehen zu werden. Als ich noch einmal gegen seine Brust drückte, gab er schließlich nach und zog sich einige Schritte zurück.

„Geh nach unten!", befahl ich. Ohne sich sofort zu bewegen, warf er einen weiteren Blick auf Madisons Tanz, bevor er sich umdrehte und immer noch grinste.

Was hörte sie, Beyoncé?

Als ich sah, wie er sich umdrehte, um einen weiteren Blick auf sie zu erhaschen, schloss ich schnell die Tür.

„Madison!", schrie ich aus vollem Halse. Als sie den markerschütternden Schrei hörte, drehte sie sich endlich um und wich mit aufgerissenen Augen und offenem Mund zurück.

„Wie lange bist du schon da?", fragte sie und nahm die Kopfhörer herunter. Laute Musik dröhnte heraus, bevor sie ihren iPod ausschaltete und die Kopfhörer auf ihr Bett warf.

„Du hast auf keine meiner SMS oder Anrufe geantwortet."

„Ich habe mir den Tag freigenommen, und mein Handy ist stumm geschaltet." Sie sah sich um. Ich hatte den Eindruck, dass sie nicht ganz sicher war, wo es war.

Mein Gesicht musste immer noch panisch ausgesehen haben, denn sie kam auf mich zu, nahm zwei Finger und drückte damit schnell meine Nasenwurzel. Das machten wir immer, wenn wir wollten, dass die andere lächelte. Ich weiß immer noch nicht, wie es überhaupt dazu gekommen war … wenn ich darüber nachdachte, war es albern. Der erste

Impuls sollte sein, die Stirn zu runzeln und nicht zu lächeln. Jemandem die Nase zu zwicken ist nervig, weder süß noch ein Akt von Zärtlichkeit. Aber in gewisser Weise fasste es unsere Beziehung zusammen.

„Ich habe eine kleine Auszeit gebraucht", gab sie zu.

„Von mir?"

„Ja", sagte sie leise.

Hey, die höfliche Antwort wäre ein Nein gewesen, gekrönt mit einer guten Lüge.

„Die Situation ist chaotisch, Erin, und ich habe Angst um dich und keine Ahnung, wo ich ansetzen soll, um das Problem zu lösen."

„Das musst du nicht. Hör auf, das Gefühl zu haben, dass du immer alles für mich reparieren musst. Oder mich."

Das waren in der Vergangenheit unsere Rollen gewesen. Ich baute Mist; sie reparierte es. Mein Verhalten hatte zu diesem Muster geführt. Jahrelange Verantwortungslosigkeit, mangelnde Kontrolle über mein Verlangen und Leichtsinn hatten sie oft dazu gezwungen, Dinge für mich in Ordnung zu bringen. Sie war zu meinem Sicherheitsnetz geworden, und ich hatte es zugelassen. Es war scheiße von mir gewesen. Sie hatte angefangen, stärker zu intervenieren, als der Umgang meiner Eltern mit mir von Mitleid zu Frustration umgeschlagen war.

Da ich jetzt wusste, dass ich nicht ihr leibliches Kind war, fragte ich mich, ob es Zeiten gegeben hatte, in denen sie sich gewünscht hatten, sie hätten mich nicht adoptiert und nicht all die Probleme, die damit einhergingen, dass ich ihre Tochter war. Es kostete mehr Mühe, diesen Gedanken zu verdrängen, als ich erwartet hatte. Ich musste mich nur an das Gesicht meiner Mutter erinnern, als ich ihnen gesagt hatte, dass ich wusste, dass ich nicht ihr Kind war. Sie bereuten es nicht, ich wusste es einfach.

Madison, die einen Tag Auszeit von mir brauchte, löste in mir einen Anflug von Schuldgefühlen aus. All die Tapferkeit und der Optimismus, die ich an den Tag gelegt hatte, hatten nicht dazu beigetragen, ihre Angst um mich zu lindern.

„Es ist mein Leben, und ich werde es irgendwie in Ordnung bringen. Außerdem bin ich diejenige mit vier Göttern auf meiner Seite. Sie wollen Malific auch tot sehen", erinnerte ich betont unbeschwert, um sie zu beruhigen.

„Das macht die Sache nur noch schlimmer. Sie sind Götter der Unterwelt. Hast du jemals darüber nachgedacht, dass sie diesen Job vielleicht als Strafe bekommen haben? Wer will derjenige sein, der die Schlimmste vom Schlimmsten einfängt und bewacht?"

„Ist das nicht vergleichbar mit dem, was du machst? Was die Polizei macht?", konterte ich. Sie dachte darüber nach, während sie mit einem Arm den anderen Arm vor ihrer Brust abstützte und mit den Fingern gegen ihre Unterlippe trommelte. Es war ein seltsamer nervöser Tick.

„Ja, aber da ist was anderes. Ich mag die Leute im Schleier nicht. Irgendwas scheint nicht zu stimmen." Maddies Lippen verzogen sich zu einem schmalen, grimmigen Lächeln. „Ich habe Angst um dich", gab sie zu.

Sie ließ sich auf ihr Bett fallen. „Ich will nicht, dass du stirbst. Wieder. Es wird sein, als würde ich eine Schwester verlieren. Wir machen Witze darüber, dass unsere Eltern den Regeln der Genealogie den Mittelfinger gezeigt haben, aber du bist meine Schwester. Wir hätten im selben Haus aufwachsen sollen, nicht nur als Quasi-Nachbarn." Sie versuchte, spielerisch mit den Augen zu rollen, schaffte es aber nicht ganz. Ihre Augen glänzten vor Tränen, die sie zurückblinzelte.

„Madison, mein Leben und all das Drama, ist nicht deine Suppe, die du auslöffeln musst." Schuldgefühle machten mir das Atmen schwer und machten es fast unmöglich, Luft zu bekommen.

Ich setzte mich neben sie und legte meine Hand auf ihre. „Ich weiß, dass ich dich nicht davon abhalten kann, wenn ich dir sage, dass du aufhören sollst, dir Sorgen zu machen. Also sage ich das: Wir stecken da gemeinsam drin. Lass mich einen Teil deiner Last tragen. Ich mache mir keine Sorgen. Ich habe ein gegen Magie immunisiertes Rudel, Götter, eine umwerfende Fee und einen Hexenmeister auf meiner Seite. Magische Objekte im Überfluss. Es muss etwas funktionieren." Das Maß an Selbstvertrauen in meiner Stimme überraschte mich. Aber es war nicht für mich; ich musste Madison trösten.

Sie lachte. „Du hast eine Menge unverdientes Selbstvertrauen", neckte sie.

„Hey!", protestierte ich. „Es ist nicht unverdient. Ich bin aus vielen schwierigen Situationen rausgekommen."

Ich konnte sehen, wie die Last von ihr abfiel, als sie sich aufrichtete, ihre Schultern entspannte und sich ihre Lippen zu einem echten erleichterten Lächeln verzogen.

Gut, jetzt kann ich ihr das mit Clayton sagen.

Als ich schwieg, und sie bemerkte, dass ich eine Haarsträhne um meine Finger wickelte, sah sie mich mit zusammengekniffenen Augen an.

„Ich bin nicht allein hier", sagte ich schnell. „Wir haben Geräusche gehört und sind die Treppe hoch gestürmt. Ich hatte nicht gedacht, dass du hier in knappen Shorts stehst und eine Beyoncé-Nummer tanzt."

Sie zuckte mit den Schultern. Ich hatte sie in weniger Klamotten gesehen, und obwohl ich sie zum ersten Mal mit solchem Elan und Hingabe tanzen gesehen hatte, hatten wir die echten Peinlichkeiten längst hinter uns.

„Clayton hat dich gesehen", gab ich zu.

„Keine große Sache. Was, hat er noch nie jemanden tanzen sehen?"

Das war nicht nur Tanzen. Mit diesen Moves hast du ausgesehen, als wärest du bereit, auf dem Coachella-Festival aufzutreten.

„Gib mir zehn Minuten. Wir treffen uns unten."

Ich versuchte, den Grund unseres Besuchs zu erklären,

aber sie hob die Hand, um mich aufzuhalten, und sagte mir, sie würde meine Nachrichten abhören und lesen, um auf dem Laufenden zu sein, und dann würden wir alles besprechen, wenn sie nach unten käme. Verblüfft darüber, wie entspannt sie war, behielt ich sie im Auge, als ich rückwärts aus ihrem Zimmer ging und auf einen Ausraster wartete.

<hr>

Es dauerte mehr als zehn Minuten, bis Madison auftauchte, gekleidet in das uninspirierteste Outfit, das ich je bei ihr gesehen hatte, und ein starker Kontrast zu dem, was sie zuvor getragen hatte. Eine Khakihose und ein beigefarbenes Hemd, das bis zum obersten Knopf geschlossen war. Ihr Haar war geglättet. Abgesehen von dem sanften Strahlen in ihrem Gesicht, das jedes Mal stärker wurde, wenn sie in Claytons Richtung blickte, sah sie langweilig aus.

Kai, ein Bündel unbändiger Energie, war zu uns gekommen und ging im Raum auf und ab, wobei er sich besonders für ihr Bücherregal interessierte. Clayton hatte es sich auf dem Sofa gemütlich gemacht und blätterte in einem Buch. Er blickte auf und ließ seinen Blick über Madison wandern, von ihren bequemen braunen Schlupfschuhen über ihr akribisch gekämmtes Haar, ihre Kleidung und ihren professionell stoischen Gesichtsausdruck.

„Das andere Outfit hat mir gefallen", neckte er. Madisons tiefkupferfarbene Haut machte es schwierig, die Röte zu erkennen, aber sie war da. Sie wandte ihre Aufmerksamkeit von Clayton ab und richtete sie auf Kai, wobei sie die gleiche Neugier auf ihn zeigte wie ich.

„Er wird dir dabei helfen, auf die Informationen zuzugreifen", erklärte Clayton.

Madison runzelte die Stirn. „Wie meinst du das?"

„Ich kann deine Erinnerungen abrufen", sagte Kai.

Oh, das ist schlimmer, als ich dachte.

Anstatt näher darauf einzugehen, sah Kai sich noch einmal nachdenklich in Madisons Haus um. „Dein Haus gefällt mir, es ist sehr ordentlich." Dann warf er mir einen Blick zu.

Ich hatte es vergessen, Kai war ein Ordnungsfreak mit der Neigung, anderen sehr deutlich zu sagen, wenn sie unordentlich waren. Mein Zuhause musste ein Affront sein, der seine Typ-A-Sensibilitäten angriff.

Madison lebte nach der Regel, dass alles einen Platz hatte, eine Überzeugung, die sich am deutlichsten in ihrer Küche zeigte. Obwohl sie häufig benutzt wurde, wirkte sie, als wäre sie nur zur Schau gedacht. Der Rest ihres Hauses war genauso sorgfältig gepflegt. Von den Bildern an den Wänden bis zu den dekorativen Kissen auf den Stühlen war alles perfekt aufeinander abgestimmt; sogar die Decke über der Sofalehne war perfekt quadratisch gefaltet. Wenn nichts auf dem Boden lag, sich nur wenig Geschirr in der Spüle türmte und meine Schuhe im Flur den Weg versperrten, empfand ich meine Wohnung als sauber.

„Du solltest ein besseres Bücherregal haben", sagte Kai. Madison sah mich an, und ich zuckte mit den Schultern. Wie antwortete man auf sowas?

„Es ist aus Sperrholz." Das störte ihn wirklich.

„Ich weiß. Es ist billig. Ich habe ein Bücherregal gebraucht, aber keins gefunden, das mir so gut gefallen hat, dass ich das Geld dafür auszugeben bereit war."

„Ich kann dir eines machen, das du lieben wirst."

Wieder schossen Madisons Augen in meine Richtung, als hätte ich den Kai-Schlüssel. Ich hoffte, dass meine Augen sagten: „Mach einfach mit."

Mehrere Augenblicke lang warfen Madison und ich eine Reihe von Blicken auf uns, zuckten mit den Schultern und versuchten, einander von den Lippen abzulesen.

„Das würde mir gefallen. Danke", sagte sie schließlich. Es schien eine vernünftige Art zu sein, darauf zu reagieren.

„Welches Holz magst du?"

Das konnte ich beantworten. Holz, das von einem Baum kommt. Fertig. Ist das wirklich etwas, das andere wussten?

„Ahorn", antwortete sie.

Scheinbar schon. Es war der erste Ausdruck echter Freude, den ich je auf Kais Gesicht gesehen hatte. Normalerweise schwankte sein Gesichtsausdruck zwischen unterdrückter Hyperaktivität und Apathie. Ein langsames Lächeln breitete sich über seine Lippen aus, seine helle Haut strahlte, und seine engelhaften Züge zeigten echtes Interesse.

Nennt mich langweilig, aber sollte eine Unterhaltung über Holz irgendjemandem den Tag so erhellen?

„Warum Ahorn?", erkundigte er sich, den Kopf ein wenig zur Seite geneigt. Im Gegensatz zu dem, was passiert wäre, wenn er mich gefragt hätte, hatte Madison nicht den glasigen Blick von jemandem, der keine Spontanbefragung über Holz erwartete.

„Ich erinnere mich, gelesen zu haben, dass es leichter zu färben ist als andere Holzarten", sagte sie ihm.

Das war ein Strahlen. Kai *strahlte*.

Auch Clayton bemerkte die Veränderung in Kais Verhalten. Er kniff seine Augen zusammen, als Kai sich auf Madison zubewegte.

Mein Leben ist in Gefahr, und sie unterhalten sich über Holz? Ich sah Clayton an, Mr. Du-bist-eine-Ablenkung-für-Mephisto-lass-mich-dazwischengehen. *Wo ist jetzt die Intervention?*

Anstatt Kai zur Ordnung zu rufen, beobachtete er die Interaktion aufmerksam.

„Ja, aber" – Kai sah sich im Raum um – „Mahagoni, Koa und afrikanisches Padauk sind stabiler und passen sehr gut zu diesem Zimmer." Begeisterung und Interesse leuchteten in Kais Augen und in seinen Worten.

Es ist Holz. Das ist, was dich antreibt?

„Kai." Clayton erinnerte ihn an das dringendere Thema.

Er erwachte aus seinem Zustand der Holz-Faszination und warf Clayton ein schwaches Lächeln zu, das Clayton mit brüderlicher Zuneigung erwiderte. Kai war ein Vogel mit gestutzten Flügeln, dem verboten war, das zu tun, was er im Schleier, wie ich vermutete, oft tat. Das war seine Alternative.

So sehr ich die Welten nicht verschmelzen oder irgendetwas damit zu tun haben wollte, so sehr wollte ich ihn zurück in den Schleier bringen. Ein unerwarteter Stich zuckte durch mich. Ihn in den Schleier zurückzubringen bedeutete dasselbe für Mephisto. Ich wollte dieses unerwartete Gefühl nicht sezieren.

„Wenn du dich an das erinnerst, was du gesehen hast, kann ich es wiederherstellen", erklärte Kai.

Ich stellte mir vor, dass ich den gleichen verwirrten und unbehaglichen Gesichtsausdruck hatte wie Madison.

„Er hat telepathische Fähigkeiten. Die Fähigkeit zu sehen, was andere sehen", sagte Clayton.

Das verstärkte nur die Verwirrung und das Unbehagen. Und ließ Panik aufsteigen. Er konnte unsere Gedanken lesen. Alles? Wie? Es gab so viele Fragen, aber „Was?" war das Einzige, was ich herausbekam.

Ich machte eine schnelle Bestandsaufnahme von allem, was ich jemals in Kais Gegenwart gedacht hatte. Es veränderte alles. Ich fühlte mich angegriffen und völlig entblößt.

„Es ist ein Zauber, den ich besser ausführen kann als die anderen. Er erfordert ein hohes Maß an Konzentration und ist ohne Kooperation schwierig."

„Die andere Person muss aktiv beteiligt sein", stellte Clayton klar, vielleicht spürte er immer noch unsere Sorge.

„Bist du einverstanden?", fragte Kai und ging auf Madison zu.

Sie runzelte die Stirn. „Was auch immer ich denke?"

„Ja, solange wir miteinander verbunden sind. Wenn du nur

an das Buch denkst, ist das alles, was ich sehen werde." Madisons Blick richtete sich auf Clayton, der sich, dem Leuchten in seinen braunen Augen nach zu urteilen, über ihre Aufmerksamkeit freute. Mit einem Augenrollen löste sie ihren Blick von ihm und sah mich an. Wir versuchten beide, ihn zu ignorieren, und bissen uns auf die Lippen, um ein Lachen zu unterdrücken.

Die Intensität ihres Stirnrunzelns ließ nach, als sie sich auf mich konzentrierte. „Okay", sagte sie.

Eine Kombination aus Erleichterung und Schuldgefühlen breitete sich in mir aus; der einzige Grund, warum sie zugestimmt hatte, war meinetwegen. Ausnahmsweise wünschte ich, sie wäre nicht diejenige, die das Opfer brachte. Ich formte „Danke" mit den Lippen, und sie zuckte nur mit den Schultern, als wollte sie sagen, dass das ihr Job als meine Schwester war.

Kai ließ sich auf dem Boden nieder und bat Madison, sich zu ihm zu setzen. Als sie sich niederließ, holte Clayton das Exemplar des *Mystic Souls*-Buchs, das den Jägern gehörte, und einen Notizblock aus seiner Tasche. Er schlug das Buch auf und sah eine Seite mit einer Schrift, die dem Zauber, den er auf mich angewendet hatte, sehr ähnlichsah, aber die Seite war nicht mehr leer. Sie hatten den verlorenen Zauber wiederhergestellt.

Auf meinen neugierigen Blick antwortete er: „Ich habe ein gutes Gedächtnis, und Kai hat mir geholfen, den Rest wiederherzustellen." Dann richtete er seine Aufmerksamkeit schnell wieder auf Kai und Madison.

Kais Stimme war leise und sanft, als er Madison den Vorgang erklärte. Er erinnerte sie daran, dass er alles sehen konnte, was sie dachte. Es war nicht etwas, woran man jemanden erinnern musste. Sag es jemandem einmal, und glaub mir, er wird sich daran erinnern, dass du derjenige bist, der Gedanken lesen kann.

Er wies sie an, die Augen zu schließen. Als seine Hand

ihre berührte, öffnete Madison schnell wieder die Augen und blickte darauf hinab.

„Tut mir leid", flüsterte er, bevor er eine Beschwörung aussprach, die einen so starken Zauberstoß hervorrief, dass mir der Atem aus den Lungen schoss. Madison schnappte nach Luft, und ihre Augen flatterten unter ihren Lidern. Angespannt ergriff Kai ihre offene Hand.

Ein Schimmer blauen Lichts, der mich an seine Flügel erinnerte, hüllte Kai ein und breitete sich nach außen aus. Er wies Madison an, nur an die Seiten von *Mystic Souls* zu denken, die sie nicht hatte entziffern können.

Clayton brauchte fast eine Stunde, um die beiden Seiten zu transkribieren, wobei Kai mehrere Pausen einlegte, um Madison daran zu erinnern, dass er alles sehen konnte, woran sie dachte. Das Grinsekatzegrinsen auf Claytons Gesicht hatte nicht nachgelassen, seit Kai Madison gesagt hatte, dass Clayton nur da sei, um sich Notizen zu machen und zu interpretieren und sie aufhören sollte, sich auf ihn zu konzentrieren. Das hatte dazu geführt, dass Madison rot geworden war und um eine Pause gebeten hatte, bevor sie aus dem Haus geeilt war, um Luft zu schnappen.

Sie kam mit größerer Entschlossenheit zurück, was jedoch nichts dazu beitrug, Claytons Grinsen zu beseitigen.

Clayton hatte das *Mystic Souls*-Buch geöffnet, und verglich die darin enthaltenen Seiten mit den Notizen, die er gemacht hatte. „Sie sind anders." Er schrieb weiter und entschlüsselte die Unterschiede zwischen den Zaubersprüchen. Nach einigen langen Momenten drehte er sich zu mir um.

„Bist du bereit, es auszuprobieren?"

„Ja", stürzte ich heraus, ohne einen zweiten Gedanken an den Schmerz zu verschwenden, den der ähnliche Zauber beim ersten Mal verursacht hatte.

Wieder zog er das Messer und eine weitere granitähnliche Platte hervor. Er stach in meinen ausgestreckten Finger

und begann, den Zauberspruch zu rezitieren, als der Tropfen
die Platte berührte.

Als Clayton die letzten Worte sprach, zuckte ich in
Erwartung des Schmerzes und des Auftauchens meines
rätselhaften Raben zusammen. Aber es passierte nichts. Die
Granitplatte war intakt, meine Haut gerötet, aber normal,
und der Rabe blieb verborgen. Es war, als wäre kein Zauber
gewirkt worden. Clayton überprüfte seine Arbeit, verglich
noch einmal die Zauber und führte den neuen sogar noch
ein zweites Mal aus, jedoch ohne Erfolg.

„Gibt es für dich eine Möglichkeit, das andere *Mystic Souls*
nochmal zu bekommen?", fragte er.

Das Einzige, was ich ihm sagen konnte, war ein unver-
bindliches, entmutigtes „Vielleicht."

Zu viele Misserfolge hatten mir den letzten Funken Hoffnung und Optimismus genommen. Ich würde so bleiben, bis
ich die Person gefunden hatte, die meine Magie eingeschränkt hatte.

Als meine Gedanken zu dem Fremden vor meinem
Gebäude wanderten, nutzte ich das Buch als Vorwand, um
zu gehen. Ich spürte, wie sich ihre Blicke in mich bohrten,
und drehte mich um, um ihnen den aufmunterndsten Blick
zuzuwerfen, den ich zustande bringen konnte.

19

Die Fahrt durch die Stadt hatte nicht geholfen. Als ich Madisons Haus verlassen hatte, hatte ich gedacht, ich würde ein Treffen mit Asher vereinbaren und Vorkehrungen treffen, um Zugang zu seinem Exemplar von *Mystic Souls* zu bekommen. Ich hatte keine Eile. Ich konnte einen weiteren demoralisierenden Misserfolg nicht ertragen, und der Gedanke, aus Versehen etwas so Katastrophales zu tun wie Ian freizulassen, weckte in mir den Wunsch, mich von dem Buch fernzuhalten.

Der größte Teil des Tages war vergangen, und ich saß in meinem Auto auf dem Parkplatz meiner Wohnung und dachte über meinen nächsten Schritt nach. Maddox anzurufen kam mir wie eine weitere Sackgasse vor, aber ich würde es tun. Ich war mir nicht sicher, ob er so offenherzig sein würde wie die Hexen, besonders wenn Lexi, die Hexe des Trios, in der Nähe wäre. Anstatt anzurufen, schickte ich ihm eine SMS und fragte, ob wir uns treffen könnten.

Ein Teil von mir wollte die ganze Situation hinter mir haben. Dem Lunar-Marked-Zirkel sagen, sie sollen Landon das Geld zurückgeben, und Landon, er solle sich damit abfinden und ihm seine Anzahlung auf mein Honorar zurückgeben. Es schien mir nicht so wichtig zu sein, meinen Ruf zu wahren, wie mein Leben vor meiner Mutter zu retten.

Aber so einfach würde es nicht werden, von dieser *Amber Crocus*-Sache wegzugehen. Landon dachte, ich wäre darin verwickelt. Ich könnte die Nase voll davon haben, aber er würde mich nicht weggehen lassen. Und der Lunar Marked-Zirkel war ein Ziel. Wahrscheinlich würde keiner von uns lebend da rauskommen; es kam nur darauf an, wie unauffällig er dabei vorging. Der Countdown lief, und ich war dem *Amber Crocus* nicht nähergekommen.

Die finstere Wolke der drohenden Zerstörung meiner Karriere hing über mir. Die Supernatural Task Force einzuschalten musste mein letzter Ausweg sein, entschied ich, als ich aus dem Auto stieg. Ich würde Madison nicht einbeziehen, wenn es nicht unbedingt nötig wäre. Wenn ich heute etwas herausgefunden hatte, dann dass sie eine Auszeit brauchte.

Als ich zu meiner Wohnung ging, versuchte ich, mich auf Landon und die Situation zu konzentrieren, aber immer wieder fiel mir der Mann ein, den ich zuvor gesehen hatte. Mein Bauchgefühl sagte mir, dass er ein Spieler war und dass er vielleicht ... Nein, es war zu lächerlich, um überhaupt darüber nachzudenken. Ich weigerte mich, den Worten, die ich dachte, Leben einzuhauchen. Aber die Möglichkeit existierte. Mein Vater. Er könnte mein Vater sein.

Ich versuchte, die Gedanken zu bezwingen, als wären sie ein dunkler Zauber, der beseitigt werden musste. Sie blieben. Ein paar Meter von meiner Tür entfernt bemerkte ich den erdigen Duft von Magie mit einem Hauch von Wiese und Immergrün. Ich drehte mich um und sah ihn. *Ihn.* Dunkelbraunes, silbermeliertes Haar. Ich betrachtete ihn: getönte Haut, längliches Gesicht, helle Augen, scharfe Nase und scharfe Gesichtszüge, die meinen eigenen ähnelten. Ich starrte auf seine Ohren und suchte nach Spitzen, aber da waren keine. Ich konnte das Gefühl der Vertrautheit und Verwandtschaft nicht unterdrücken.

Seine große, schlanke Gestalt bewegte sich mit der fließenden Anmut eines in Kampfkünsten Ausgebildeten und dem Selbstvertrauen eines Mannes, der wusste, dass er wahrscheinlich nicht zu besiegen war. Sanfte Augen. So sanft, dass es schwierig war, mein Karambit kampfbereit zu halten und es nicht an meine Seite sinken zu lassen. Sein Blick fiel auf meine Waffe, aber es war klar, dass er sie nicht als Bedrohung empfand.

Warum ging es mir genauso? Nein, das war der Teil des Films, bei dem die Zuschauer „Renn, Dumpfbacke!" schreien.

Ich rannte nicht, doch ich wich ein paar Meter zurück.

„Frieden", sagte er mit einer Stimme, die so melodisch war, dass sie wie ein Schlaflied klang. Es war kein Zauber, nur eine sanfte, sanfte Stimme.

„Frieden, Tochter", sagte er und kam immer näher, immer noch mit derselben Zuversicht, aber scheinbar zurückhaltend um meinetwillen.

Ich schluckte, schwieg und ließ ihn näherkommen. Mein Griff um das Karambit wurde fester.

„Ich bin nicht Ihre Tochter", blaffte ich. Ich war Genes Tochter. Diesen Mann kannte ich nicht.

Ich zählte die Schritte, als er näherkam. Noch sechs, fünf, vier, drei, zwei.

„Das ist nah genug", sagte ich.

„Natürlich." Er starrte mich weiter an, seine Augen erfassten jeden Zentimeter meines Gesichts, dann begann er zu lächeln.

„Du hast viel von deiner Mutter", sagte er. Sein Versuch, seine Stimme warm und einladend klingen zu lassen, scheiterte. Sie war jetzt angespannt, mit einem Anflug von Enttäuschung und Wut.

Das passiert, wenn man mit jemandem ein Kind hat! Es sieht wie beide Eltern aus, du verrückter Idiot. Es blieb die Frage, ob er nicht dieselbe Person sah, die ich jeden Morgen sah? Er und ich sahen uns sehr ähnlich. Verdammt, waren sich meine Eltern ähnlich, und es war irgendein seltsamer narzisstischer Fetisch, bei dem sie indirekt Sex mit sich selbst hatten? *Iiiigitt.*

„Deine Haare sind dunkel wie ihre, und dein Lächeln ist ihrem sehr ähnlich."

Wann hat er mich lächeln sehen?

„Wie lange verfolgen Sie mich schon?" Meine Stimme war rau und arktisch. Ich wollte nicht, dass es so rüberkam, aber es war so, und ich hatte nicht vor, mich zu entschuldigen. Es war unangenehm, dass er mich so ansah.

„Jahre. Ich wollte sicherstellen, dass du in Sicherheit bist." Seine Mundwinkel verzogen sich. „Du lächelst, wenn du Magie hast. Du lächelst immer, wenn du Magie hast."

„Sie sind der Grund, warum ich keine habe", schoss ich zurück und hoffte, eine Bestätigung unserer Hypothese zu bekommen.

Er nickte. „Es war die einzige Möglichkeit, dich zu beschützen."

Ich fand keine Erleichterung in seiner Antwort. Ich hielt mein Karambit an meiner Seite und wartete darauf, dass sich die Wut, die in mir tobte, legte und die Verärgerung nachließ. Seine Augen blieben sanft; ich war mir sicher, dass meine es nicht waren, so, wie ich ihn anstarrte. Ich schloss sie für einen Moment, um das Zucken meiner Lider zu stoppen. Ich öffnete sie wieder, als sich Miss Harps Tür öffnete und sie herausspähte. Anstatt in unsere Richtung zu kommen, ging sie zum Briefkasten neben ihrer Tür und blieb dort stehen, um ihre Post zu sortieren, ohne einen Blick darauf zu werfen. Es musste schwierig sein, die Zeit, die man brauchte, um zwei Umschläge anzusehen, auszudehnen.

Sie versuchen nicht einmal, so zu tun als ob!

Ich drehte mich zu ihr um, sah ihr in die Augen, und mein Gesichtsausdruck sagte: *Das Spiel ist aus, Spionin!*

Überraschenderweise benutzte sie ihren Stock in einem der Muster, die ich ihr gezeigt hatte, und bewegte sich langsam. Sie beherrschte die brüchige, ältere Stimme und trug mit jedem kleinen, vorsichtigen Schritt ziemlich dick auf.

Was war sie, Schauspiellehrerin?

„Hallo, ich bin Evelyn. Ich habe Sie ein paarmal hier gesehen. Wenn ich gewusst hätte, dass Sie nach Erin suchen, hätte ich sie wissen lassen, dass sie einen Besucher hat." Das musste ich Miss Harp lassen, sie ließ mich geschickt wissen, dass sie ihn in der Nähe gesehen hatte, und als ihr Blick in meine Richtung wanderte, beobachtete sie meine Reaktion. Ihre Beobachtungen würden nicht bei ihr bleiben; sie würde die Informationen an Asher weiterleiten. Es gefiel mir nicht, einen Spion in meinem Gebäude zu haben.

„Erin, würden Sie mich Ihrem Freund vorstellen?"

Nein.

„Wir passen aufeinander auf, darum wissen wir gern, wer kommt und geht. Man kann nie zu sehr auf Nummer Sicher gehen", fuhr sie fort, als ich nicht antwortete.

Als ich versuchte, in den Augen meines *Vaters* zu lesen, war ich mir nicht sicher, ob er es ihr abkaufte. Der freundliche Schwung seiner Lippen veränderte sich nicht, aber er stellte sich nicht vor, und ich machte mir auch nicht die Mühe, mir etwas auszudenken.

„Vielen Dank, Miss Harp, dass Sie auf mich aufpassen. Mein Gast und ich müssen reden. Würden Sie uns bitte entschuldigen?" Ich war nicht bereit, ihr weitere Informationen zur Weiterleitung an Asher zu geben. Und ich wollte unbedingt mit *Daddy Dearest* reden.

Ich beantwortete mit einem freundlichen Lächeln auf ihren Blick und machte mich auf den Weg zu meiner Wohnung, dicht gefolgt von meinem Vater. Miss Harp schaffte es zurück in ihre Wohnung und ließ mit einem Schulterzucken ihre geriatrische Maske fallen.

„Viel Spaß mit Ihrem Gast." Es war ihr gelungen, ihren freundlichen Ton beizubehalten, während sie uns musterte.

Viel Spaß beim Berichterstatten an Asher.

Wenn ich es nicht besser gewusst hätte, hätte ich geschworen, dass sie meine Gedanken gelesen hatte, denn ihre Lippen sagten mit leiser Stimme: „Ja."

Als ich die Tür öffnete, sah ich mich schnell um und überlegte im Geiste, wo ich meine Waffen aufbewahrte und wie schnell ich sie erreichen konnte. Die Magie, die von ihm ausging, konnte sich als mehr erweisen, als ich ohne eigene Magie bewältigen konnte. Ich ließ ihn näher an mich heran, als mir eigentlich lieb war. Bei Bedarf konnte ich seine Magie nehmen.

„Haben Sie einen Namen?", fragte ich.

„Nolan." Er hielt inne und überlegte. „Du willst mich nicht Dad nennen?" Seine aufrichtige Frage brachte mich zum Schweigen. Verwirrung, Wut, Frustration, Angst und Traurigkeit brodelten in mir, und sie zu durchdringen und zu versuchen, klar zu denken, wurde zu einer gewaltigen Aufgabe. Ich hasste jede Minute davon.

„Nein. Wenn Sie mein Vater wären, würde ich Ihren Namen kennen."

„Dann sag wenigstens Du zu mir."

Mit schmerzerfüllter Miene schloss er die Augen. Wie konnte das wehtun? Er kannte mich nicht.

„Ich habe getan, was ich konnte, um dich zu beschützen. Wenn die Leute von deiner Existenz gewusst hätten, wärest du nie sicher gewesen. Im Schleier wärst du nicht sicher gewesen. Du hast sie geschwächt. Diejenigen, die ihr dienen und ihre Überzeugungen teilen, hätten dich ermordet, um ihre Macht wiederherzustellen."

Er hatte Unrecht. Die Immortalis wollten, dass ich lange genug am Leben blieb, um meinen beabsichtigten Zweck zu erfüllen – Malific zu befreien. Diejenigen, die dachten, ich könnte dazu benutzt werden, den Omni-Zauber zu brechen, hätten wahrscheinlich meinen Tod gewollt, wenn sie von meiner Existenz gewusst hätten.

Alle Fragen gingen mir durch den Kopf, und ich versuchte, sie nach den dringendsten zu sortieren, aber sie schienen alle so wichtig zu sein.

„Warum bist du jetzt hier?"

Das war nicht wirklich die Frage, die ich stellen wollte, aber sie kam zuerst heraus.

„Malific ist nicht mehr eingesperrt. Ich habe keine Ahnung, wie sie das gemacht hat. Ihre Fähigkeiten und ihre Gerissenheit enden nie."

Für jemanden, der ein Kind mit ihr hatte und, wie ich annahm, eine Beziehung gehabt hatte – vielleicht schmutzig und dysfunktional –, schien er sie sehr zu verachten.

„Ich weiß es."

Er runzelte fragend die Stirn.

„Ich bin gestorben, und so ist sie freigekommen", sagte ich. Jedes Mal, wenn ich es aussprach, wurde es leichter. Ziemlich bald würde ich sagen: „Hey, ich bin gestorben. Sei so nett, gib mir das Nutella und einen Bagel."

Er schloss die Augen und flüsterte etwas. Ein Gebet? Einen Zauberspruch? Eine Bitte um Vergebung? Ich blickte auf meinen Arm und hoffte, einen Hinweis zu sehen, dass er die Einschränkung aufgehoben hatte.

Aber da war nichts. Der Rabe war nicht aufgetaucht, und es floss keine Magie durch mich. Nur das leere Gefühl, dass etwas fehlte.

„Ich habe alles getan, um dich zu beschützen. Du wurdest bei Leuten gelassen, von denen ich angenommen hatte, dass sie sich um dich kümmern würden. Mit einer Schwester, von der ich das Gefühl hatte, dass sie es auch tun würde ..." Er atmete aus, seine Miene war düster. „Ich dachte, du würdest bei ihnen bleiben. Während der zwei Wochen, in denen ich sie mit ihrem Kind beobachtet hatte, wusste ich, dass sie sich genauso um dich kümmern würden."

„Sie hat mich ihrer besten Freundin gegeben, weil sie keine Kinder bekommen konnte. Madison *ist* meine Schwester. Wir wurden als Schwestern großgezogen. Sie haben uns immer gesagt, dass wir es seien."

Es störte mich, dass ich erleichtert war, dass meine Erklärung ihm etwas Trost spendete.

„Als deine Identität entdeckt wurde, habe ich dafür gesorgt, dass niemand es jemals herausfand."

Der *Vorfall*. Das meinte er. Alles an der Begegnung mit Hudson schien zufällig gewesen zu sein. Zwei Leute, die sich in einer Bar trafen und Trost darin fanden, den Leuten zuzuschauen und zu tanzen. Wir waren keine Freunde, bestenfalls Bekannte. Er war mir nie wie jemand vorgekommen, der einen Reiz daran fand, dem Tod ein Schnippchen zu schlagen, oder das euphorische Vergnügen suchte, in diesem Grenzbereich zwischen Leben und Tod zu schweben, oder einer sadistischen Anziehungskraft meiner Magie erliegen könnte. Als ich ein neues Zauberbuch gekauft hatte, schien er ernsthaft zu wollen, dass ich es ausprobierte, indem er mir seine Magie borgte.

Bevor ich mich beherrschen konnte, trat ich einige Meter von Nolan zurück und versuchte, den ganzen Tag und die Folgen, die er mit sich gebracht hatte, abzuschütteln. Die Talfahrt, in die mein Leben geraten war. Dieser *Vorfall* hatte mein Leben verändert.

„Was hast du gemacht?", zischte ich.

Die Stille dehnte sich aus, und Erinnerungen dieser Nacht blitzten in unregelmäßiger Unschärfe in meinem Kopf auf: Ich, wie ich verwirrt aufgewacht war und Hudson tot vorgefunden hatte, der Anruf an Madison, die Verhaftung, die Verständigung im Strafverfahren, mein Aufenthalt im Stygian, meine vom Gericht angeordneten Sessions mit Dr. Sumner und die hasserfüllte Art, mit der River mich jedes Mal betrachtete, wenn er mich sah.

Ich rammte Nolan gegen die Wand, die Spitze meines

Karambits an seiner Kehle. „Was. Hast. Du. Getan?", stieß ich durch zusammengebissene Zähne heraus.

„Ich habe dich beschützt", sagte er, hob den Kopf und ließ mir freien Zugang zu seinem Hals. Er wollte das nicht tun, weil es mir in den Fingern juckte, die Klinge in seine Haut zu rammen. Jeder Versuch, meinen Atem zu beruhigen, schlug fehl. Ich zog mich von ihm zurück und zwang mich dazu, langsamer und tiefer zu atmen, sonst würde ich ohnmächtig werden.

„Was hast du gemacht?", flüsterte ich, und meine Stimme brach.

„Er war da, um dich zu töten. Um Malifics Macht wiederherzustellen. Ich wollte einfach alles richtig machen. Du hast mich gesehen und ich …" Er hielt inne. Schmerz erfüllte seine Augen, bevor er den Blick senkte.

„Du hast mir mein Gedächtnis genommen, aber du hast mich nicht beschützt." In meinem Hals bildete sich ein Kloß, der das Sprechen schwer machte. Das Karambit immer noch in der Hand, ging ich in die Küche, riss den Schrank auf und holte den Wodka heraus, den Mephisto mir mitgebracht hatte. Er sollte genossen und nicht so hastig getrunken werden, wie ich es tat. Er schmeckte nach Asche, und ich stellte die Flasche schnell weg.

Ich wandte mich von Nolan ab, als die Tränen, die mir in die Augen stiegen, über meine Wangen liefen. „Du hast mir nicht geholfen. Du hast alles vermasselt. Die Leute haben gedacht, ich hätte ihn getötet. *Ich* dachte, ich hätte ihn getötet. All die Jahre bin ich durch die Welt gegangen und habe gedacht, dass ich zu einem Mord fähig bin." Meine Stimme brach erneut. Da ich nicht mehr glaubte, rationale Entscheidungen treffen zu können, wenn es darum ging, Nolan am Leben zu lassen oder nicht, legte ich das Karambit auf den Tresen.

Er kam mit der Vorsicht von jemandem auf mich zu, der

sich einem potenziell gefährlichen Tier nähert. Als er auf mich zukam, versteifte ich mich.

„Sobald er herausgefunden hätte, dass du derjenige bist, der das Rabenmal trägt, hätte er dich getötet."

„Warum ein Rabe?"

Seine Lippen verzogen sich zu einem schiefen Lächeln. „Du hast ein kleines Muttermal an deinem Bein, das wie ein Rabe aussieht." Nein, das stimmte nicht, es war nicht mehr als ein etwas dunklerer Fleck auf meiner Haut. Sein Lächeln verschwand. „Und Malific ist deine Mutter. Die meisten betrachten sie als unheilvoll, als Sinnbild des Todes. Du bist ihre Tochter", flüsterte er.

Da ich seinem Blick nicht länger standhalten konnte, wandte ich mich ab. „Ich habe nie jemanden getötet. Du warst das."

„Lass mich dir diese Last abnehmen. Ja, das habe ich. Ich habe ihn getötet. Ich dachte, ich würde dich beschützen. Du wärst versteckt gewesen, wo niemand vom Schleier an dich herankommen konnte. Du hättest in der Enklave sein sollen. Ich habe Madison unterschätzt. Sie ist … beeindruckend."

Und du hast deinen sogenannten Schutz vermasselt, indem du alles noch schlimmer gemacht hast. Ineffektiv und katastrophal. Mit Schutz wie deinem brauche ich keine Feinde.

„Wenn Malific draußen ist, brauchst du deine Magie, um dich zu schützen. Ich habe sie eingeschränkt, um dich zu verstecken, aber jetzt ist es nur noch eine Schwäche. Lass mich deine Einschränkung aufheben."

Ein Atem strömte aus mir, der sich nicht wie mein eigener anfühlte. Ich nickte.

Seine Lippen verzogen sich zu einem anerkennenden Lächeln, als hätte er damit gerechnet, dass ich ablehnen würde.

Er sah mich an und sagte: „Wir müssen meine Schwester besuchen."

Schwester? Schwester.

War das wirklich mein Leben?

Schweigend stieg ich aus dem Auto und ging mit Nolan neben mir auf das Haus zu. Wir machten uns auf den Weg zu dem Labyrinth aus Bäumen, das nur existierte, um Verwirrung zu stiften und den Weg zum Haus der Frau in Schwarz, der Betrügerin, zu verbergen. Der Quelle starker, rätselhafter Magie. Und der Schwester meines Vaters, Elizabeth. Meiner Tante.

Diesmal erhob sich kein Mirra aus Feuer wie beim letzten Mal, als ich mit den Jägern hierhergekommen war. Auch ein sturer Kobold hielt mich und Cory am Eingang auf, nur um uns mit albernen Rätseln zu belästigen und uns am Weitergehen zu hindern, und um uns zu belügen und uns den Zutritt zu verweigern, indem er behauptete, die Antwort, die wir gegeben hatten, sei falsch.

Wieder untersuchte ich die Gesichtszüge meines Vaters am Rande meines Gesichtsfeldes und fragte mich, welcher Teil von mir Malific war. Die angespannte Stille zwischen uns wurde mit jedem Augenblick unerträglicher.

Meine Aufmerksamkeit wurde auf das wenige Meter

entfernte Haus und die Brücke gelenkt, die erschien und uns den Zugang erlaubte. Die gefährlich aussehenden Fische mit den reißzahnähnlichen Gebilden im Maul sprangen aus dem Wasser, schwammen von einem Ende der Brücke zum anderen und zwangen uns zum Anhalten, um nicht von ihnen geschlagen oder, noch schlimmer, gebissen zu werden. Nichts, was ich jemals als Grund für eine Verletzung erklären wollte.

Elizabeth erschien, bevor wir die Tür erreichten. Sie sah genauso aus, wie ihre Besucher sie zu sehen erwarteten. Ihr Haar war zu einem glatten, hohen Pferdeschwanz zurückgebunden, ihre Lippen waren dunkelweinrot geschminkt und ihre Augen mit dunklem Eyeliner gerahmt. Eine Art schwarzes Unterkleid gab den Blick auf eine schmal geschnittene schwarze Hose frei und als Kontrast dazu, trug sie darüber ein zu großes Herrenhemd, dessen Enden sie geknotet hatte. Es war eine eklektische Kombination von Stilen, die sie als Goth-Betrügerin zeichnete, ein meiner Meinung nach besserer Name für die Frau in Schwarz oder die Frau im Wald.

Der strenge Blick, den sie mir zuwarf, wurde beim Anblick ihres Bruders milder. Sie umarmte ihn lange. Als sie sich seufzend von ihm löste, richtete sie ihre Aufmerksamkeit wieder auf mich.

„Der Rabe."

„Nenn sie nicht so. Sie ist Erin", korrigierte Nolan, bevor ich es konnte.

„Und Malifics Tochter." Gift lag in ihren Worten, während sie mich mit zusammengekniffenen Augen anstarrte.

Ich rang immer noch mit allem, was sich in den letzten Tagen in Bezug auf meine Mutter zugetragen hatte. Es war schwierig, die richtigen Worte zu finden.

„Du bist meine Tante?", fragte ich, mein Ton härter als beabsichtigt.

Sie blieb auf dem Weg zu ihrem Haus stehen und betrachtete mich mit einer Verachtung, die sie mir noch nie zuvor gezeigt hatte. „Nein, ich bin seine Schwester", sagte sie.

„Elizabeth", schalt Nolan. Dann sagte er etwas in einer Sprache, die ich nicht verstand. Sein Ton war sanft, aber offensichtlich strafend. Ihre Antwort war eine scharfe Zurechtweisung. Ich verstand die Sprache vielleicht nicht, aber ihre nonverbale Kommunikation sprach Bände. Er war der Friedensstifter der beiden.

Der einzige Grund, warum ich den streitenden Geschwistern weiter folgte, war das Wissen, dass ich hier war, um meine Einschränkung aufzuheben, und ich Magie haben würde, wenn ich wieder ging. Sie brauchten eine Auszeit.

„Wir heben ihre Einschränkung auf?", knirschte Elizabeth mit zusammengebissenen Zähnen heraus, als wir im Haus waren.

„Ja, wir können sie nicht schutzlos lassen." Trotz der Feindseligkeit in ihrer blieb seine Stimme ruhig.

„Wir werden Malifics Tochter einfach mit Magie auf die Stadt loslassen. Malific zerstört das Leben derer, die innerhalb des Schleiers leben, und du lässt ihre Tochter diejenigen zerstören, die außerhalb des Schleiers leben. Sie ist eine *Naut*, genau wie wir, und kann sich mit Leichtigkeit durch diese Welt und den Schleier bewegen. Vielleicht wird sie Chaos säen, das mit dem ihrer Mutter mithalten kann. Wird dich das glücklich machen, Bruder?"

„Sie ist nicht Malific, sie ist meine Tochter."

„Der einzige Grund, warum sie existiert, ist dein dummer Optimismus und dein komplizierter Plan, Malific bezahlen zu lassen. Aber es war von Anfang an dumm, *das* zu erschaffen." Sie gestikulierte mit der Hand in meine Richtung, und ein Schwall Magie traf mich und drängte mich ein paar Meter zurück.

Als ich wieder sicher stand, doch bevor ich klar denken

konnte, hielt ich eine Klinge in meiner Hand und richtete sie auf sie, um sie davor zu warnen, das noch einmal zu tun.

„Ah, hier ist sie, Malifics Tochter. Sie würde mich abschlachten, während ich hier stehe, obwohl ich bereit bin, dir dabei zu helfen, ihr Magie zu geben. Und das ist wirklich, was du willst?" Abscheu verdunkelte ihr Gesicht. Ich würde von ihr keine mütterlichen Gefühle erleben.

„Du hast sie provoziert."

„Wie viele andere werden sie provozieren? Wenn du ihr Magie gibst, entfesselst du jemanden mit sowohl göttlicher als auch elfischer Magie. Willst du dafür verantwortlich sein?"

„Malific ist frei. Was soll ich tun, sie unfähig lassen, sich zu verteidigen, und dann ..." Er schloss den Mund, und als er erneut sprach, war es in ihrer Sprache.

„Dein Plan war nutzlos? Es war dumm, ein Kind mit Malific zu zeugen, nur um sie zu schwächen und verletzlich zu machen, sodass sie gezwungen wäre, so zu leben. Als du die Gelegenheit hattest, sie zu töten, hättest du sie nutzen sollen."

Nolan schloss die Augen und atmete tief ein. In diesem Moment ließen ihn seine matten Augen, die Falten seines finsteren Blicks und sein Stirnrunzeln altern.

„Die Leute denken, dass die angemessenste Rache der Tod ist. Das ist es nicht. Es ist, sie dazu zu zwingen, ein Leben zu führen, das sie wahrscheinlich nicht überleben wird. Leute, die Macht brauchen, verkümmern, wenn sie machtlos sind. Dominatoren zerbrechen, wenn sie zur Kapitulation gezwungen werden. Wer eine Armee führen muss, ist ratlos, wenn er niemanden außer sich selbst hat. Das wollte ich mit Malific machen. Sie in einen Zustand versetzen, in dem sie ihr unsterbliches Leben mit genau den Dingen verbringen muss, die sie hasst. Das war eine angemessene Strafe für ein solches Monster."

Elizabeths Gesichtsausdruck wurde weicher, als sie sich

ihrem Bruder zuwandte, der mit Überzeugung sprach, auf eine Weise, die keinen Hehl daraus machte, dass er das Gefühl hatte, das Richtige getan zu haben. Sie legte ihre Hand auf seine Wange.

„Der Preis für Rache ist oft zu hoch, Nolan. Du hast teuer bezahlt." Ihr Blick glitt zu mir. „*Das* ist die Schuld, die du weiter mit dir herumschleppen wirst."

Der Raum wurde zu voll und schrumpfte auf einen Bruchteil seiner Größe. Ich atmete mühsam, als ich verarbeitete, was zwischen Nolan und Malific geschehen war. Ich war nicht das Produkt der Liebe eines Mannes mit fragwürdigem Geschmack. Ich war ein Plan.

Nichts fühlte sich verheerender an, als zu erfahren, dass mein Leben, meine Existenz selbst, ein strategisches Manöver war. Ich war eine Spielfigur. Für meinen Vater war ich ein Werkzeug, um Malific zu schwächen und seine Rache zu üben. Für meine Mutter war ich ein Opferlamm, um Freiheit zu erlangen und zu ihrem Leben voller Chaos und Zerstörung zurückzukehren.

Ich musste verdammt noch mal raus aus diesem Haus und weg von diesen Leuten.

„Ich bin kein *das*. Ich bin eine Frau, und ich stehe hier!"

Ihr Blick wanderte in meine Richtung und genauso schnell wieder weg. „Aber das solltest du nicht." Sie richtete ihre Aufmerksamkeit wieder auf Nolan und sagte: „Malific ist wegen Erin frei. Der Omni-Zauber, der sie eingesperrt hat, war mit Malific verbunden, und die einzige Möglichkeit, ihn aufzulösen, war, dass Malific starb oder Erin auf magische Weise mit ihm verbunden war und an ihrer Stelle starb." Ich spürte eine weitere Welle ihrer Verachtung, aber diesmal ohne den magischen Angriff.

„Erin hätte entdeckt und getötet werden sollen. Sie hätte niemals als Mittel zur Freilassung von Malific verwendet werden dürfen." Ihre Stimme wurde leiser, als sie ihre Aufmerksamkeit auf mich richtete. „Wie hast du es gemacht?

Trotz der Jäger? Sie haben herausgefunden, wer du bist, und doch stehst du hier."

Kochend vor Wut brauchte ich meine ganze Kraft, um das Messer an der Seite zu halten, wohin ich es gesenkt hatte. Uns durch den Mirra zu schicken war ihr Versuch gewesen, mich den Jägern gegenüber zu enttarnen. Ich war mir sicher, dass sie Mephisto offenbart hatte, was mein Mal bedeutet, um meinen Tod in die Wege zu leiten.

„Du hast mich verraten, in der Hoffnung, dass sie mich töten würden?"

Ein kurzes Blinzeln war die einzige Reaktion.

„Steck deine Waffe weg!", verlangte sie. Während ich die Augen auf sie richtete, bewegte ich mich nur langsam, was eine magische Reaktion hervorrief, die sich um ihre Hände schlängelte.

Wut und das Bedürfnis nach Gewalt drohten mich zu überwältigen, und ich konnte sie nicht unterdrücken. Ich hasste diese Frau. Ich hasste diese Situation. Und ich hasste es, dass ich sie brauchte. Die Stärke meiner Gefühle ließ mein Gesicht so heiß werden wie die Wut, die in mir aufstieg.

Nolan trat zwischen uns. Nach einem scharfen Befehl von ihm in ihrer Sprache verschwand die Magie.

„Frieden", forderte er und sah jeden von uns eindringlich an. Er hatte um Frieden gebeten, doch die Härte, mit der er Elizabeth ansah, strafte seine Worte Lügen.

Ohne mich anzusehen, sagte sie: „Du musst näherkommen, wenn wir das *vinculum* entfernen wollen."

Es kostete mich viel Mühe, mein Messer in die Scheide zu stecken, weil ich ihr wirklich nicht traute. Aber ich tat es und kam vorsichtig näher. Sie krempelte die Ärmel ihres Hemdes hoch und enthüllte die Schlange, die wie Schmuck aussah, von der ich aber wusste, dass sie mehr als das war. Als sie sich zu ihr hinunterbeugte, flüsterte sie etwas, Magie hallte durch den Raum, und bevor ich begriff, was geschah, schlug die Kreatur zu, klammerte sich an meinen Arm, bohrte ihre Reißzähne in mich und saugte Blut. Sie riss sich grob los und hinterließ eine Fangzahnspur auf meinem Arm.

„Elizabeth!", warnte Nolan.

Sie tat seine Schelte mit einem Achselzucken ab, bevor sie ihren Arm ausstreckte, damit die Schlange sich wieder um ihn schlingen konnte.

„Was bist du?", fragte ich.

„Eine Elfe wie du?", sagte Elizabeth.

„Sie ist halb Elf, halb Fee, ich bin halb Mensch. Darum waren wir beide nötig, um dir die Einschränkung aufzuerlegen. Wir haben Elfenmagie eingesetzt, um dich einzuschränken, sodass nur unsere Magie es aufheben konnte", erklärte Nolan.

„Und habt sie auch mit Elfenmagie geschützt", fügte ich hinzu.

Sein Kopf bewegte sich kaum zu einem Nicken.

Er teilte seine Aufmerksamkeit zwischen seiner Schwester und mir, während sie zusammensuchte, was sie brauchte, und anfing, die Zutaten miteinander zu vermischen. Die letzten Zutaten waren die Kombination aus Elfenblut, meinem und ihrem.

Ich war mir nicht sicher, wie meine Magie sein würde. Ein Tsunami aus Magie, der durch mich hindurch rasen würde, ein Ruck, der mich erschüttern würde, wenn die eingeschränkte Magie in mich zurückströmte, oder eine metaphysische Darstellung von mir, wie ich mit ausgestreckten Armen schwebte und mein Körper glühte, während die Magie über mich floss. Ich gebe zu, ich hatte etwas Spektakuläres erwartet. Was ich jedoch spürte, war nur ein leiser Hauch von Wärme, der sich über meinen Arm legte. Der Rabe wurde sichtbar, bevor schwarze und goldene Wirbel aus den ineinandergreifenden Zeichen aufblitzten, sich von meiner Haut lösten und in einer Rauchwolke verschwanden. Der Rabe und die Zeichen waren verschwunden. Meine Haut war unversehrt, und ich fühlte mich in keiner Weise verändert. Ich hatte nicht einmal ein Gefühl wie das, wenn ich mir Magie geborgt hatte.

Der nagende Drang war verschwunden, doch er wurde durch ein überwältigendes Gefühl der Leere ersetzt. Eine Hülle. Eine leere Schale.

Hätte ich nicht … mehr fühlen sollen?

Ich *musste* etwas fühlen.

Jahrelang hatte ich diesen nahezu unstillbaren Durst gespürt, doch dann wurde er von einem Zustand des Nichts abgelöst, der mir das Gefühl gab, nicht mehr ich selbst zu sein. Ich war mir sicher, dass ich mich nicht daran gewöhnen würde.

Nolan und Elizabeth reichten sich die Hände und flüsterten Worte in ihrer Sprache, und etwas brauste auf, schoss durch mich hindurch und zwang mich zu keuchen. Ich krümmte mich. Tränen stiegen mir in die Augen. Es zerriss mich, und ich wusste, dass ich so nicht funktionieren konnte. Ich ließ es los, und die Magie schoss wie eine Kugel aus mir heraus und warf das Sofa, die Tische und alles andere, was sich ihr in den Weg stellte, um.

Magie. Ich spürte sie. Das schwere Gewicht ersetzte die Leere, als es jeden Zentimeter meines Körpers durchströmte. Es war ein stromführender Draht in mir, der alles, was ich fühlte, im Vergleich dazu schal machte. Ich wusste, dass es unmöglich war, oder nur meine Einbildung, aber alles schien heller, als wäre eine Blende hochgezogen worden. Erneuert. Ich war nicht länger nur ein Schatten meiner selbst. Ich wollte mehr als nur diesen flüchtigen Moment der Zerstörung, ich wollte sie nutzen. Eins mit meiner Magie sein.

Elizabeth runzelte angesichts der Zerstörung die Stirn, während Nolan zufrieden zu sein schien.

„Sie ist mächtig", gab Nolan mit väterlichem Stolz zu.

„Hast du erwartet, dass sie es nicht ist?", fragte Elizabeth scharf.

Sie musterte mich mit Urteil in ihrem Blick und fragte: „Wie macht du und deine Mutter das?" Obwohl ihre Worte harmlos waren, das Maß an Verachtung darin war es nicht. „Malific hätte schon vor Jahren zerstört werden sollen, und dennoch lebt sie. Die Jäger haben herausgefunden, wer du bist, aber anstatt dich zu vernichten, beschützen sie dich. Sie sind nicht bekannt dafür, zu beschützen, ganz im Gegenteil." Sie schnaubte, schüttelte den Kopf und wandte sich von mir ab, um das Chaos, das ich angerichtet hatte, wieder in Ordnung zu bringen.

Nolan half ihr, während er mit ihr sprach. Seine Stimme war ruhig und bittend und stand in direktem Kontrast zu ihren angespannten Antworten.

„Ich würde gerne wissen, was los ist", sagte ich schließlich. Meine Geduld war am Ende, da Elizabeth mich nach wie vor wie ein Ärgernis behandelte. Sie hatte erwartet, dass die Jäger mich töten, nachdem sie ihnen gezeigt hatte, was ich war? *Wie du willst*, ich hasste sie genauso.

„Er will dir beibringen, unsere Magie zu nutzen. Vielmehr möchte er, dass ich dich unterrichte, während er versucht, andere unserer Art zu finden. Er ist überzeugt, dass es auf dieser Seite des Schleiers noch mehr gibt, die sich verstecken. *Jetzt* glaubt er, dass sie getötet werden sollte."

„Sie ist jetzt nur noch eine Göttin mit ihren Schwächen, keine Erzgottheit mehr. Sie kann keine Armee aufstellen. Du hast recht, es ist Zeit, dass sie getötet wird. Sie wird Erin angreifen, also muss Erin vorbereitet sein."

„Sie wird Erin angreifen und sie töten. Ihre Magie wird wiederhergestellt, und alles wird so sein, wie es war. Dein Plan war kurzsichtig, Bruder. Dumm. Was ist mit ihren Speichelleckern? Es waren nicht viele, aber sie waren Götter. Glaubst du, sie werden sich ihr nicht wieder anschließen?"

Sie wechselten erneut in ihre Sprache und schleuderten einander Worte entgegen, die sicherlich keine Nettigkeiten waren.

Ich wollte nichts damit zu tun haben. Ich hatte Magie. Ich hatte bekommen, weswegen ich hergekommen war.

Ich beschloss zu gehen, ging in die Küche, sah aus dem Fenster und wurde vom Anblick des hochmütigen Kobolds abgelenkt, der mit einem Schlauch in der Hand auf die Rückseite des Hauses zu trottete. Nachdem ich gesehen hatte, wie Leute in schäbigen Klamotten, Overalls oder grellbunten Blumenhemden und -hosen im Garten arbeiteten, war ich fasziniert davon, wie er es in Weste und Hose tat.

Im Garten an der Seite des Hauses waren Blumenbeete. Ganz links war ein kleiner Gemüsegarten und rechts davon ein Apfelbaum und Büsche mit Beeren. Etwas weiter entfernt lag ein weiteres Beet mit Kräutern und unbekannten Blumen und daneben ein Baum mit einer Frucht, die einer Mango sehr ähnlichsah. Es war höchst unwahrscheinlich, dass es Mango waren, da es im Mittleren Westen ziemlich schwierig war, sie anzubauen.

Im Gegensatz zu den anderen Beeten wirkte die Erde frisch umgegraben. Neu angepflanzt.

„Was ist das?", fragte ich, als ich nach draußen trat. Meine Stimme war so laut und befehlend, dass sie den Kobold erschreckte. Sein Kopf schnellte in meine Richtung. Arius sah mich distanziert-herablassend an.

„Es ist *Amber Crocus*."

„Wo hast du es her?"

„Ich bin mir nicht sicher. Das musst du die Herrin fragen."

Eine dreiste Lüge, und ich musste kein Wandler sein, um das zu bemerken.

Als ich zurück ins Haus stürmte, stellte ich meine Tante zur Rede.

„Wo hast du das *Amber Crocus* her?"

„Wir sind darüber gestolpert", sagte Elizabeth mit vor der Brust verschränkten Armen und einem freudlosen Lächeln im Gesicht.

„Du bist nicht darüber gestolpert. Du hast es gestohlen."

Und ich hatte vor, es zurückzuholen. Ich eilte aus dem Haus und drängte mich an dem Kobold vorbei, der entsetzt aussah angesichts meiner Unhöflichkeit. Ich kniete nieder, scharrte die Erde beiseite und riss jede Pflanze einzeln heraus. Nolan ging neben mir in die Hocke und zog ebenfalls die Pflanzen aus der Erde.

Elizabeth wirkte selbstzufrieden, als sie zusah, wie wir ihren neu angelegten Garten zerstörten.

Ich warf ihr einen scharfen Blick zu. „Weißt du, was du getan hast? Es ist dir wahrscheinlich egal. Diese Nummer hat mein Leben und das des Zirkels, dem du es gestohlen hast, in Gefahr gebracht. Sie hatten einen Deal mit den Vampiren, doch jemand hat es aus ihrem Garten gestohlen."

Anstelle von Reue sah sie hochmütig und gleichgültig zu, bis ein Strahl meiner Magie ihre Brust traf. Sie schlug härter ein, als ich erwartet hatte. Ich würde lernen müssen, sie zu modulieren. Da es jedoch meine zynische Tante getroffen hatte, war es mir egal. Meine Magie war vergleichbar mit der Magie, die ich von Mephisto geliehen hatte, doch mit subtilen Unterschieden, weil sie mir gehörte. Sie gehörte mir.

Als sie aufstand, schoss ich noch eine Ladung in ihre Richtung, aber das von ihr errichtete Feld schützte sie. Der Umkehrzauber, den ich ausführte, zerschmetterte das Feld und ließ sie mich wütend anstarren. Es war ein Schuss ins Blaue gewesen; Umkehrzauber kontern Zaubersprüche, sie zerstörten normalerweise keine Schutzfelder. Ich war mir nicht sicher, was mich dazu veranlasst hatte, aber jetzt wusste ich, wie es funktionierte.

„Ihre Magie ist einzigartig." Der Spott in ihrer Stimme war gewaltig. „Ich habe es dir doch gesagt."

Auf Nolan hatte es keine Wirkung.

„Und das ist gut so", antwortete er mit stolzer Stimme.

Doch bei mir tat es nichts weiter, als meine Wut zu schüren. Seine Bewunderung und Zufriedenheit bedeuteten mir nichts. Ich war eine Spielfigur. Teil seiner List. Nur ein Werkzeug, das er für seine Rache geschaffen hatte. Je mehr ich darüber nachdachte, desto wütender wurde ich.

Als er sprach, war es kaum mehr als ein Flüstern. „Es war dumm und falsch, was ich getan habe. Mein Ziel war es, herzlos und grausam zu sein, um es Malific heimzuzahlen." Er blieb stehen, und in meiner Peripherie konnte ich sehen, wie er mich beobachtete. „Ich hatte Angst, dass du wie sie sein würdest. Dich wegzusperren sollte dich davor schützen, wie sie zu werden. Zu sehen, wie du gekämpft hast, hat mir gezeigt, dass du nicht wie sie warst. Sie hätte ohne Reue getötet, hätte dem Drang nachgegeben und hätte sich nicht um die Konsequenzen gekümmert."

Ich hörte nicht weiter zu. Ob er es ernst meinte oder nicht, es machte alles nur noch schlimmer. Während meine Magie ungehindert und unkontrolliert durch mich floss, hatte ich das Gefühl, nichts weiter zu sein als Magie und Emotionen, die Amok liefen. Ich wollte, dass dieser Tag vorbei war und alles, was sich in den letzten Tagen ereignet hatte, in meiner fernen Vergangenheit lag.

Ich kniete noch einmal nieder und erinnerte mich an den Zauberspruch, den Cory gefunden hatte, der das Land zerstören und verhindern würde, dass jemals wieder etwas wuchs. Ein weiterer Zauber, der nicht Lichtmagie war und der auf der Grenze zwischen Licht und Dunkelheit, Gut und Böse tanzte. Ich steckte meine Hand in die Erde, sagte den Zauber, und das dunkle, unheilvolle Gefühl von Tod und Sterben durchströmte mich und bewegte sich von mir in die Erde. Der Zauber zog die Feuchtigkeit heraus und hinterließ getrocknete Krümel. Der faulige Geruch von Zerstörung wehte von der Erde, als ein grauer Schimmer sie bedeckte. Selbst ohne die Verfärbung wirkte das Land unwiederbringlich unfruchtbar.

„Schau dir das an! Deine Tochter hat das Land zerstört, eines von vielen Dingen, die sie zerstören wird."

„Fahr zur Hölle!", blaffte ich meine Tante an und richtete dann meinen Zorn auf *Dad* und seine verzerrte und beunruhigende Begründung, warum er mich erschaffen hatte und nicht in meinem Leben war. „Und du kannst mit ihr gehen."

Das *Amber Crocus* an meine Brust gedrückt, ignorierte ich Nolans Rufe.

Ich warf die Pflanzen auf den Rücksitz meines Autos, schloss die Augen und lehnte mich in meinem Sitz zurück. Mein Atem beruhigte sich, und ich fand ein wenig Ruhe, trotz des nagenden Gefühls der Reue, weil ich den Einzigen, die mir bei den anderen Aspekten meiner Magie helfen konnten, gesagt hatte, sie sollten zur Hölle fahren. Zumindest hatte ich nicht *Fuck off* gesagt. Ich hatte mich zusammengerissen. Dafür musste es ein paar Bonuspunkte geben.

21

Es dauerte eine Stunde, bis ich meine Gedanken von Elizabeth und Nolan lösen konnte. Der weiße Pfefferminzmokka, an dem ich nippte, als Landon anrief, hatte nicht seinen üblichen Reiz. Wahrscheinlich, weil ich etwas Stärkeres wollte – nein, brauchte.

„Ich habe das *Amber Crocus*", teilte ich ihm mit, als er sich meldete. Es hatte wahrscheinlich nur ein paar Male gegeben, dass es mir so viel Erleichterung gebracht hatte, fünf Worte zu sagen.

„Ah, hat Mephisto es dir gegeben?"

„Nein."

„Ich bin sicher, du wirst mir sagen, wer es gestohlen hat. Solch ein Verrat kann nicht ignoriert werden."

„Nein, ich werde es dir nicht sagen."

„Erin, ist es wirklich notwendig, diese Debatte zu führen? Du wirst es mir sagen", verlangte er, wobei seine Worte von Trotz und Anspruchsdenken durchzogen waren.

„Willst du das *Amber Crocus* oder nicht?", blaffte ich.

Sogar am Handy konnte ich die kalte Anspannung spüren. Als mehr Zeit verging, warf ich einen Blick auf das

Display, um mich zu versichern, dass die Verbindung nicht unterbrochen worden war.

„Wir sehen uns bald", lenkte er verärgert ein.

Ich freute mich nicht darauf, ihn zu sehen.

Von all den unklugen Dingen, die ich in meinem Leben getan hatte, war einen mächtigen Vampir zu treffen, wenn ich ohnehin schon kurz vor dem Überkochen stand, definitiv ganz oben auf der Liste. Doch je länger ich das *Amber Crocus* hatte, desto größer war das Risiko, dass etwas damit passierte. Sobald es in seinem Besitz war, war meine Arbeit erledigt, und es wurde zu seinem Problem.

Landon öffnete die Tür und lächelte angesichts des ausgerissenen *Amber Crocus*, das aus meiner Tasche herausragte. Er schaffte etwas Abstand zwischen uns, bevor er mir bedeutete, ihm in den Raum zu folgen, in dem ich ihn getroffen hatte, als er mich für diesen Job eingestellt hatte. Er nahm auf dem thronähnlichen Stuhl Platz und richtete seine nachtdunklen, zu Schlitzen zusammengepressten Augen auf mich.

„Wenn nicht Mephisto, wer dann?", fragte er.

Die Antwort lag mir auf der Zunge. Ich wollte zu gern zulassen, dass er seinen Zorn an Elizabeth ausließ, oder vielleicht würde sie ihm eine Lektion über Rache erteilen. Im besten Fall würden sie einander in einem Feuersturm verletzen. Aber Situationen wie diese liefen nie wie beabsichtigt ab, und es war wahrscheinlicher, dass sie unversehrt davonkamen, aber unschuldige Unbeteiligte verletzt wurden oder Schlimmeres.

„Ich werde es dir nicht sagen", sagte ich. „Ich kann dir jedoch sagen, dass das Land, auf dem es gepflanzt wurde, zerstört ist. Nichts ist zurückgeblieben. Sofern nicht jemand irgendwo einen anderen Bestand findet oder lernt, es anzu pflanzen, bist du der Einzige, der *Amber Crocus* hat. Die Hexen sind immer noch an ihren Schwur gebunden."

„Und doch bin ich immer noch unzufrieden." In seiner Stimme lag Trotz.

Find' dich damit ab.

Ich fluchte leise, als Elon, der Handlanger des Vampirs, den Raum betrat. Die starren Linien seines Gesichts verrieten die Anstrengung, die nötig war, um sich täuschend menschlich langsam zu bewegen. Als der eigentliche „Problemlöser" des Vampirs lebte er im Verborgenen. Ich wusste von ihm, weil es meine Aufgabe war, es zu wissen. Und wenn er hier war, dann entweder, um ein Statement oder seinen Job zu machen. Das würde nicht ohne Blutvergießen enden; ich hoffte nur, dass es nicht meins sein würde.

Dass ich Magie besaß, verschaffte mir einen Vorteil. Dass keiner von ihnen wusste, dass ich Magie besaß, verschaffte mir noch mehr Vorteile. Es war genau das, was ich brauchte, wenn ich es mit überheblichen Arschlöchern zu tun hatte, die sich von ihrem Zorn überwältigen ließen und nach Rache und Vergeltung dürsteten.

„Erin, du hast dich immer als außergewöhnlich erwiesen, wenn ich mit dir zusammengearbeitet habe. Beeindruckend, aber dass du mich und die anderen Vampire einer Gefahr aussetzt, kann ich nicht tolerieren. Also wirst du mir sagen, wer das *Amber Crocus* gestohlen hat", verlangte er mit einer so hypnotischen Stimme, dass ich mich fragte, ob er mich zwingen wollte.

„Hmmm. Werde ich?"

„Das muss nicht feindselig ablaufen."

„Du hast recht. Und doch ist er hier." Ich warf einen Blick in Elons Richtung und behielt ihn vorsichtig im Auge.

Vertrag dich mit ihm, Erin.

Normalerweise war es nicht allzu schwierig, ein bisschen Diplomatie an den Tag zu legen; schließlich war es die meiste

Zeit Teil meines Jobs. An jedem anderen Tag hätte ich Landon, der auf seinem Thron saß und aussah wie ein Superschurke, der high ist von Drogen, Privilegien und Anspruchsdenken, mit einem Schulterzucken abgetan, weil er exzentrisch und einfach nur nervig war. Ich hätte den Job zu Ende gebracht, einen Zuschlag für die Mühe berechnet, mich mit seinen Exzentrizitäten auseinandersetzen zu müssen und weil er mir verdammt auf die Nerven ging, und dann wäre ich damit fertig gewesen. Heute schaffte ich das einfach nicht.

„Du bekommst keinen Namen", sagte ich entschieden. „Du hast das *Amber Crocus*, der Job ist erledigt. Bezahl mich, damit ich gehen kann."

Er warf einen Blick in Elons Richtung. Ich warf die elektrischen Pellets, die ich aus meiner Tasche geholt hatte, auf seine linke Seite. Die kleine Explosion erregte ihre Aufmerksamkeit und gab mir die Zeit, die ich brauchte, um den Pflock aus meiner Hose zu ziehen und ihn in Landons Brust zu stoßen. Seine Augen weiteten sich, und er schnappte unnötig nach Luft, als sein Blick auf das Holz fiel, das aus seiner Brust ragte.

Er entblößte seine Reißzähne.

„Und jetzt zieh die ein."

Weißglühende Wut schwappte über sein Gesicht. Der scharfe Blick, den er auf mich richtete, war voller Bosheit. Mit großer Anstrengung schloss er den Mund und presste seine Lippen zu einer schmalen Linie zusammen, um so seine Fangzähne zu verdecken.

Ich trat einige Schritte zurück und sah Elon in die Augen, während ich blind nach dem *Amber Crocus* griff. Ich zog ein Stück heraus und hielt es ihm entgegen, wie Menschen es mit Kreuzen machten, um Vampire abzuwehren, was normalerweise dazu führte, dass der Vampir vor Belustigung gackerte. Es war ein Hinweis darauf, dass derjenige, der es versuchte, nicht genug über Vampire recherchiert hatte. Aber das *Amber Crocus* brachte Elon dazu, sich in den anderen

Raum zurückzuziehen, und ich überlegte, ein Stück davon für mich zu behalten. Damit es funktionierte, musste ich es in ihn bekommen, aber das schien keine Rolle zu spielen. Er wich zurück, als würde die bloße Berührung damit seinen Tod bedeuten.

Ich hatte *Amber Crocus* in einer Hand und eine Klinge in der anderen. Auf der langen Liste der Dinge, die mir Mephisto zeigen sollte, stand das Bewegen mit unglaublich hoher Geschwindigkeit ziemlich weit oben. Zufall und Glück waren die einzigen Gründe, warum diese Situation nicht böse geendet war. Sich auf Glück zu verlassen war keine gute Strategie, denn irgendwann ging einem das Glück aus.

Ich teilte meine Aufmerksamkeit zwischen Elon und Landon auf und wandte mich Landon zu. „Du wirst wirklich sterben, wenn ich dir das in den Mund stopfe. Du hast dich wie ein Bully benommen, hast mich bedroht und mir vorgeworfen, dich betrogen zu haben, was ich *nicht* getan habe." Ich hielt meine Stimme leise und neutral, um sie nicht noch wütender zu machen. Ich wollte nicht gegen Elon kämpfen und war noch nicht bereit, meine magischen Fähigkeiten zu offenbaren. Es war ein taktischer Vorteil, den ich geheim halten wollte, bis ich ihn wirklich brauchte.

Landons Blick wurde intensiver, als ich auf ihn zuging und die Pflanze um die Klinge schlang. „Wie soll es enden? Damit, dass mein Gesicht das Letzte ist, was du vor deinem wahren Tod siehst, und ich marschiere mit dem *Amber Crocus* hier raus, und deine Vampire sind immer noch in Gefahr. Oder ich lasse dich von mir trinken, du bezahlst mich, und ich lasse das *Amber Crocus* hier bei dir?"

Wenn Blicke töten könnten, wäre ich tausendmal gestorben. Seine Augen waren angespannt zusammengekniffen. „Du hast mein Wort, wegen des *Amber Crocus* wird dir nichts passieren", brachte Landon mit zusammengebissenen Zähnen hervor. Er begann zu sterben, den wahren Tod, und ich wollte wirklich nicht noch einmal sehen, wie die Totenstarre einsetzte und seine Haut zu faulen begann.

„Nein, ich will dein Wort, dass du auch nicht versuchen wirst, dich zu rächen. Ich habe mich nur verteidigt."

Ein paar Augenblicke später lenkte er ein. „Du hast deinen Wunsch."

Selbst unter den moralisch Grauen wurden Versprechen gehalten. Es war genauso eine Währung wie Geld.

Ich riss den Pflock heraus und streckte ihm meinen Arm entgegen. Er nahm ihn und biss mit größerer Vorsicht, als ich erwartet hatte, zu. Landon zog langsam seine Fangzähne aus mir heraus, bis er sich nicht mehr mit der Steifheit wie zuvor bewegte und seine Haut wieder ihre natürliche, blasse Farbe angenommen hatte.

Als er meinen Arm losließ, entfernte ich mich von ihm und beobachtete, wie seine Zunge über seine Lippen glitt und die Tropfen entfernte. Wut wich kaum verhohlener Lust. Vampire neigten dazu, Sex und Gewalt gleichzusetzen.

„Vielleicht sollten wir etwas trinken, um unsere Einigung zu feiern", schlug er vor, nickte Elon zu und bedeutete ihm damit zu gehen, sein Interesse unbestreitbar lasziv.

Hast du sie noch alle? Ich habe dich gerade gepfählt und dir mit dem wahren Tod gedroht, und das hat dich heiß gemacht?

„Nein, danke, ich werde nur meine Zahlung nehmen."

Seinen Bewegungen fehlte die gewohnte fließende Anmut und Verstohlenheit, als er zu seinem Schreibtisch ging. Sobald er richtig getrunken hatte, würde das zurückkehren. Er hatte gerade genug genommen, um nicht zu sterben.

„Also gut." Er tippte auf seinem Computer herum, und ich holte mein Handy heraus, bestätigte seine Zahlung und lächelte. Er hatte mir einen Bonus gegeben.

„Danke."

„Danke, dass du mich nicht hast sterben lassen", sagte er mit einem koketten Necken in seiner Stimme.

Ich musste schnell aus dem Haus dieses Verrückten raus, in dem der Versuch, ihn zu töten, mich verlockend machte.

„Erin, ich glaube, wir haben einen ganz besonderen Punkt in unserer Beziehung erreicht."

Wir haben keine Beziehung. Lass den Freak nur raushängen. Das ist schön und gut, aber nicht mit mir, du Spinner.

„Du hast recht. Wenn du jemals jemanden für einen anderen Auftrag wie diesen brauchst, gib ihn jemand anderem."

Ich löste das *Amber Crocus* von meiner Klinge und ließ es auf den Haufen der anderen Pflanzen fallen. Wenn sie zu viel Angst hatten, es anzufassen, hatte Landon sicher jemanden, der ihnen helfen konnte.

Ich verließ rückwärts den Raum, behielt meine Klinge in der Hand und blieb wachsam, während ich schnell das Haus verließ. Ich blieb in höchster Alarmbereitschaft, bis ich sicher in meinem Auto saß. Ich schrieb Wendy eine SMS, um sie wissen zu lassen, dass ich das *Amber Crocus* gefunden hatte. Sie bekam die gleiche Antwort wie Landon, als sie fragte, wer es gestohlen hatte. Nachdem ich sie daran erinnert hatte, dass der Schwur immer noch galt, warf ich mein Handy auf den Beifahrersitz und machte mich auf den Heimweg.

22

Miss Harp, wenn Sie auch sonst nichts sind, aber Sie sind wenigstens konsequent, dachte ich, als der silberne 911er Carrera anfing, mir zu folgen, als ich auf die Hauptstraße einbog, die zu meiner Wohnung führte. Ich reduzierte meine Geschwindigkeit auf Schneckentempo und zwang den Sportwagen, der mir folgte, dasselbe zu tun. Als ich in den Rückspiegel sah, erwartete ich Ashers irritierten Blick; stattdessen war da ein Grinsen zufriedener Arroganz. Mehrere Blocks hielt er das Tempo, dann zog er an mir vorbei, trat auf die Bremse und zwang mich zum Anhalten. Er stieg aus seinem Auto und kam wenige Augenblicke später auf meinen Wagen zu.

Sein Lächeln verschwand, als er mich sah.

Ich machte mir nicht die Mühe, mein Fenster herunterzulassen; er konnte mich auch so deutlich hören. „Welches ausgeschmückte Märchen hat dir Miss Harp diesmal erzählt?"

Er klopfte an mein Fenster und forderte mich auf, es runterzulassen. Sein Gesichtsausdruck wurde ernst. „Da ist Blut auf deinem Shirt."

„Es ist nicht meins, es ist Landons."

Er schnaubte entnervt. „Erin, was ist passiert?"

Wir waren nur ein paar Blocks von meiner Wohnung entfernt, und ich wollte duschen, was trinken und Dampf ablassen. Ich seufzte. „Lass mich nach Hause gehen und duschen, dann erzähle ich dir alles. Okay?"

Er nickte, stieg wieder ins Auto und fuhr davon. Ich würde wahrscheinlich vor ihm zu Hause ankommen, denn er würde definitiv einen Strafzettel wegen Geschwindigkeitsüberschreitung bekommen.

***

Asher hatte keinen Strafzettel bekommen. Er stand neben seinem Auto und wartete auf mich, als ich auf den Parkplatz fuhr. Ich hielt neben ihm an, stieg aus und hängte mir meine Waffentasche über die Schulter; der Pflock, den ich bei Landon benutzt hatte, war in der anderen. Er musste gereinigt werden. Als ich meinen Kofferraum öffnete, um meine Reisetasche rauszuholen, nahm Asher sie.

„Ich muss sie nachfüllen", erklärte ich als Antwort auf seinen fragenden Blick. Normalerweise hatte ich genug Kleidung für ein paar Tage in der Tasche, aber das Gefühl, dass Malific mich im Visier hatte, sagte mir, dass es klug wäre, mindestens genug für eine Woche, wenn nicht sogar zwei, dabeizuhaben.

Als ich an meiner Tür ankam, öffnete sich Miss Harps Tür einen Spaltbreit.

„Sehen Sie, wen ich beim Herumlungern ertappt habe", verkündete ich dem Spion. Sie versuchte, unauffällig zu wirken, aber ich weigerte mich, das zuzulassen.

„Hallo, Erin. Ich dachte, ich hätte Geräusche im Flur gehört."

Und Sie wollten es erst überprüfen und dann Asher Bericht erstatten.

Meine Lippen verzogen sich zu einem breiten, übermäßig enthusiastischen Grinsen. „Es sind nur wir."

Asher begrüßte sie mit einem Winken. Ihre Aufmerksamkeit richtete sich auf die Reisetasche, die er bei sich trug, und Team Asher konnte ihre Freude nicht verbergen.

„Gut. Sie scheinen auch besserer Stimmung zu sein. Vorhin haben Sie verzweifelt ausgesehen, ich war besorgt. Ich bin froh zu sehen, dass es Ihnen gutgeht. Haben Sie beide einen schönen Abend!" Sie musste an ihrem verstohlenen Blick arbeiten, denn der Blick, den sie Asher zuwarf, entging mir nicht.

„Ich bin sicher, dein Spion hat dir von meinem Besucher vorhin erzählt." Ich ließ die Tasche von meiner Schulter rutschen und stellte sie neben die Tür. Dann zog ich meine Schuhe aus und nahm Asher meine Reisetasche ab.

Er verzog den Mund zu einem schiefen Lächeln und sagte: „Vielleicht hat sie erwähnt, dass du einen Gast hattest und dich unwohl zu fühlen schienst. Nicht viele Details."

Ich glaubte das keinen Moment. Die Beschreibung dessen, was sich vor und während ihrer Störung ereignet hatte, war sicher ausgesprochen detailliert gewesen.

„Hat sie es nur nebenbei erwähnt?"

Er zuckte mit den Schultern. „Ja, sie hat es zufällig erwähnt."

„Und dann hast du beschlossen, mich zu finden."

Er beschäftigte sich mit dem Kram auf meinem Tisch und tat so, als wäre es ihm gleichgültig.

„Woher wusstest du, wo du mich finden würdest?", fragte ich.

Seine Zunge glitt über seine Lippen, ich schätze, er genoss die Lüge. „Ich bin ein Jäger, ich jage."

Ich drängte nicht, weil ich wusste, dass ich dieselbe Antwort bekommen würde.

„Ich hatte einen Gast, und der Gast war mein Dad", sagte ich.

Er hörte auf, mit der kleinen Figur auf meinem Tisch zu spielen, und schenkte mir seine ungeteilte Aufmerksamkeit. „Was ist passiert?"

Ich blickte auf mein Shirt. „Lass mich erst duschen." Ich wollte das Blut loswerden und die Informationen sortieren, bevor ich sie ihm präsentierte. Meine Gefühle waren zu frisch, und das Neue fühlte sich immer noch beunruhigend an. Eine Dusche würde mir einen Moment Zeit geben, die Fakten durchzugehen und vielleicht eine bessere Perspektive zu bekommen. Ich nahm meine Reisetasche, um sie zu packen, während ich im Schlafzimmer war.

In meinem Zimmer wurde mir schließlich der Ernst der Situation bewusst. Ich hatte Magie. ICH. HATTE. MAGIE. Kein Ausleihen mehr und keine Sehnsüchte mehr. Mein Leben hatte sich verändert.

Der Strom von Emotionen war schwer zu kontrollieren. Erleichterung. Angst. Euphorie. Es war unmöglich, ihren Höhepunkt zu bestimmen. Also ließ ich sie einfach durch mich strömen und akzeptierte es als meinen neuen Normalzustand.

Ich war mir sicher, dass es schnell langweilig werden würde, eine Tür mit Magie zu schließen, meine Kleidung herbeizuzaubern und die Dusche aufzudrehen, aber es machte mir Spaß. Die Dusche hatte mir Klarheit verschafft, etwas, das ich brauchte, obwohl sie das beunruhigende Gefühl nicht beseitigte, das daher kam, dass ich den Grund für meine Geburt kannte, die Rolle meines Vaters darin und die Tatsache, dass meine Tante mich tot sehen wollte.

Der Geruch von Essen ließ mich aus dem Zimmer eilen. Ich warf meine Reisetasche ins Wohnzimmer und ging in die Küche, wo Asher gerade eine Tüte vom Lieferdienst auspackte.

Becks Grill.

„Ich dachte, du hast wahrscheinlich Hunger, und das ist dein Lieblingsburgerladen."

Er schob mir den Behälter zu, als ich an der Theke Platz nahm. „Medium gegrillt, genau so, wie du es magst." Abscheu schwang in seiner Stimme mit.

Er hasste es, mich meinen „verkochten" Burger essen zu sehen, genauso wie ich es hasste, ihn das fast rohe Fleisch essen zu sehen. Ich musste den Blick abwenden, wenn er in seinen hineinbiss.

„Warum machst du das?", fragte er, als er sich neben mich setzte.

„Was? Wegschauen, wann immer du eine rohe Kuh vor mir isst?", sagte ich und warf einen Blick auf den kaum gegrillten Burger. Das Fleisch war so gut wie roh. Nur so konnte er sein Steak und seine Burger essen. Wir waren gleichermaßen abgestoßen vom Essen des anderen.

Er lachte und biss wieder in seinen Burger.

„Danke", sagte ich zwischen den Bissen. „Aber das hättest du nicht tun müssen. Ich habe Essen da."

„Ich habe in deinen Kühlschrank geschaut. Es ist putzig, dass du das Essen nennst. Pizzabagels, eine Packung gefrorene Makkaroni und ein Burrito – und der Lachs in deinem Gefrierschrank sieht ziemlich verdächtig aus."

„Ich koche nicht gern."

„Nein, wirklich? Darauf wäre ich nie gekommen." Er grinste mich an.

Ich hatte nicht bemerkt, dass ich so hungrig gewesen war. Nachdem ich meinen Burger verschlungen hatte, schob Asher mir einen weiteren Behälter zu. Asher und ich hatten nicht den gleichen Geschmack, was Burger anging, aber wir liebten beide Texas-Cheese-Pommes.

Wir aßen die Pommes, während ich ihm von meinem Tag berichtete und dabei den Teil ausließ, in dem Elizabeth mich den Jägern quasi ausgeliefert hatte. Ashers Gesicht blieb während des gesamten Berichts ausdruckslos, abgesehen von der überraschten Befriedigung, die in seinen Blick fiel, als ich ihm davon erzählte, dass ich Landon einen Pflock in die Brust gerammt hatte.

„Was verschweigst du mir?", fragte er. Er neigte den Kopf und musterte mich.

„Dinge, über die ich nicht reden kann", gab ich zu. Ich fing an, auf meiner Unterlippe zu kauen, als fürchtete ich, die Worte würden sonst herauskommen.

Mit einem schwachen Lächeln wandte er sich wieder den Pommes zu und stocherte darin herum, als hätte er den Appetit darauf verloren. Er verschränkte die Arme und musterte mich lange.

„Ein fremder Mann kommt zu dir nach Hause, sagt, dass er dein Vater ist und dich den größten Teil deines Lebens gestalkt hat, bittet dich, zum Haus seiner Schwester zu gehen, und du hast kein einziges Mal daran gedacht, jemanden mitzunehmen?" Seine Stimme war seltsam neutral, aber in seinen Augen sah ich Frustration, Irritation und definitiv Wut.

„Manchmal verlasse ich mich auf mein Bauchgefühl", sagte ich schulterzuckend und fühlte mich ein wenig verlegen darüber, wie irrational mein Verhalten wirkte.

„Bis es aus dir rausgerissen wird." Er biss sich auf die Lippe und rieb mit der Hand über den Schatten seines Stoppelbartes.

„Autsch." Es war nicht nur die Vorstellung, die meine Reaktion provozierte, sondern auch die Grobheit seiner Worte.

Wieder kam ich mir von ihm beurteilt vor.

„Bei dir weiß ich nicht, ob du extrem mutig oder unnötig leichtsinnig bist", flüsterte er.

„Es war mein Vater, und etwas in mir, vielleicht der Instinkt oder die Art, wie er mich angesehen hat, hat mir gesagt, dass er mir nichts tun würde." Ich wollte „dass ich bei ihm sicher war" sagen, doch ich erinnerte mich an seinen Beitrag zu meinem Hiersein und entschied mich dagegen.

Ashers Finger zeichnete kleine Kreise auf meine Hand. „Ich bin nur einen Anruf oder eine SMS entfernt. Wenn ich nicht bei dir sein kann, stehen mir Hunderte von Leuten zur Verfügung. Du musst nichts allein machen, Erin.“

Bevor ich antworten konnte, sagte er: „Denk daran, okay?“

Um seinem eindringlichen und kompromisslosen Blick auszuweichen, richtete ich meine Aufmerksamkeit auf meine Pommes und konzentrierte mich bei jedem Bissen absurd übermäßig darauf, sicherzustellen, dass ich ein ausgewogenes Verhältnis von Käse, Speck, Jalapeños und Pommes hatte. Die Pommes wären weiter meine oberste Priorität gewesen, doch nach ausgedehntem Schweigen ging Asher zum Kühlschrank und holte einen kleinen Mitnahmebehälter heraus.

Er öffnete ihn und brachte ein Stück Erdbeerkuchen zum Vorschein.

„Für wen ist der Kuchen?“

Er errötete und wandte den Blick ab. „Evelyn“, gab er zu.

„Kein Nachtisch für uns“, neckte ich. Nein. Ich neckte nicht. Überhaupt nicht. Ich wollte Nachtisch.

Er holte einen weiteren Behälter aus dem Kühlschrank und reichte ihn mir. „Du magst ihren Erdbeerkuchen nicht.“

Ich mochte niemandes Erdbeerkuchen. Nicht alles sollte zu Kuchen verarbeitet werden. Du auch nicht, Karotte. Im Behälter waren gesalzene Brownie-Sticks aus dunkler Schokolade und Beerendip. Wir hatten drei-, vielleicht viermal bei Becks gegessen. Ich konnte nicht glauben, dass er sich daran erinnert hatte.

„Du bist der Beste!“ Trotz der Magie war es ein harter Tag gewesen. Egal, was irgendjemand sagte, Brownies machten alles besser.

Er warf mir sein typisches Grinsen zu. „Das zuzugeben ist der erste Schritt.“ Dann ging er.

Während er weg war, öffnete ich eine Weinflasche, goss uns beiden ein Glas ein und brachte sie und die Brownie-Sticks ins Wohnzimmer.

Meine Küchenhocker waren nicht so bequem wie die Couch.

„Ich dachte, du wärst länger weg", sagte ich, als Asher zurückkam.

„Nein, Judge Judy läuft, darum hat sie so ziemlich darauf bestanden, dass ich zu dir zurück gehe. Aber nicht bevor sie den Kuchen zunächst abgelehnt und ausführlich erklärt hat, wie ich ihn zu deiner Verführung nutzen kann. Mir gehen diese Bilder nicht mehr aus dem Kopf, und ich kann nichts ungehört machen, was sie gesagt hat", sagte er.

Fast jeder in dieser Stadt hat dich nackt gesehen, weil du dich überall wandelst, und das *empört dich?*

„Ich muss hören, was sie gesagt hat", drängte ich.

„Auf keinen Fall."

Ich lachte so sehr, dass ich prustete.

„Wow, das ist heiß. Jetzt will ich dich so richtig verführen, indem ich all ihre Erdbeerkuchen-Strategien anwende." Sofort machte er ein bedauerndes Gesicht, wahrscheinlich, weil er sich an das Gespräch erinnerte. Er ließ sich neben mir auf das Sofa fallen, nahm ein Glas und wandte sich mir zu, um mich anzusehen. Der lange Schluck, den er trank, schien zum Ziel zu haben, sich zu betrinken oder zumindest die Bilder aus seinem Kopf zu vertreiben.

Asher nickte dem Glas anerkennend zu. Normalerweise hatte ich keinen guten Wein und schon gar nicht einen von der Qualität eines Léoville Las Cases. Ich wollte mich nicht daran gewöhnen, aber ich begann, ihn zu schätzen.

Er stellte das Glas auf den Tisch, entspannte sich auf dem Sofa und verschränkte die Finger hinter dem Kopf.

„Malific", begann er langsam und zögernd. „Glaubst du wirklich, dass sie hinter dir her ist?" Bevor ich antworten konnte, fügte er hinzu: „Du hast Geschichten über sie in Büchern gelesen, die Mephisto dir gegeben hat." Als er Mephistos Namen erwähnte, verzog er das Gesicht. „Und alle sagen dir, wie schrecklich und gefährlich sie ist, aber welche Beweise hast du dafür?"

„Ich weiß nicht. Aber die Immortalis haben versucht, mich auf der Straße zu entführen", erklärte ich.

„Haben sie gesagt, dass sie für sie arbeiten? Könnten sie auf eigene Faust gehandelt haben? In der Hoffnung, dass sie einen Weg finden wird, sie zurück in den Schleier zu bringen?"

Ich dachte länger darüber nach, als mir lieb war, weil immer noch eine kleine Hoffnung brannte, dass ich für meine leiblichen Eltern mehr war als nur eine Schachfigur. Ich wollte, dass meine leibliche Mutter mehr war als das Monster aus den Geschichten.

Ashers besorgter Blick war das Letzte, was ich brauchte. Ich beschäftigte mich damit, die Kleidung, die ich in meiner Reisetasche verstaut hatte, neu zu falten. Er schien zu bemerken, dass ich nicht in die Richtung weitermachen wollte, die das Gespräch schnell eingeschlagen hatte. Also fragte er stattdessen nach meinen magischen Fähigkeiten.

Während ich Kleider in die Tasche stopfte, hielt ich inne. „Ich habe sie erst seit ein paar Stunden und konnte mich noch nicht wirklich damit befassen. Bisher habe ich bewiesen, dass ich zu entwaffnender Magie genauso wie zu defensiver und offensiver Magie fähig bin." Ich ging zur Haustür und ließ meinen Finger über die Schwelle gleiten, während ich einen Zauberspruch flüsterte. Ein violetter Schimmer flackerte auf, gefolgt von einem Licht, das sich über die gesamte Länge des Eingangs ausbreitete und eine unsichtbare Barriere bildete. Es war ein einfacher Schutzzauber, eine simple Abschreckung, aber ich war zuversichtlich, dass ich einen stärkeren wirken könnte. Ich kehrte zu Asher zurück. „Und Schutzzauber. All die Dinge, die ich tun konnte, wenn ich mir Magie von anderen ausgeliehen habe. Ich habe es noch nicht mit Zauberweben versucht.“

Er warf mir einen fragenden Blick zu.

„Dabei geht es darum, aus anderen Zaubersprüchen einen eigenen Zauber zu erschaffen“, erklärte ich. Nicht alle Hexen oder Magier waren darin geschickt. Cory war großartig darin. „Ich bin ein Elf-/Gott-Hybrid. Ich habe keine Ahnung, wozu meine Art von Magie in der Lage ist.“

Asher machte sich nicht die Mühe, in dem Blick, den er mir zuwarf, zu verbergen, was er dachte: Sollte ich den Kontakt zu meinem Vater abbrechen?

„Ich weiß nicht, was ich tun soll“, gab ich zu und ließ mich auf den Platz neben ihm fallen. Ich entspannte mich nicht.

„Du hast niemanden, der dir deine Art von Magie beibringen kann“, sagte er.

Das hatte ich, wenn es um göttliche Energie ging; es war der Elfenteil, der fehlte. Ich musste herausfinden, wie man diese Magie benutzte, besonders wenn es die einzige Magie war, die man gegen einen Gott einsetzen konnte.

Ich schulterte meine Reisetasche und folgte Asher hinaus, um sie in den Kofferraum meines Autos zu bringen. Ich schätzte die gesellige Stille, weil meine Gedanken rasten wie die Magie, die weiter durch mich strömte. Es war surreal, endlich meine eigene zu haben.

Nachdem ich meine Tasche im Kofferraum verstaut hatte, winkte ich Asher kurz zu.

„Gute Nacht“, sagte er und hielt inne, bevor er in sein Auto stieg. Er blieb stehen, beugte sich dann vor und drückte mir einen Kuss auf die Wange. Als er sich zurückzog, glitt sein Blick über meine Lippen, bevor er sie küsste. Sanft und vorsichtig. Seine Finger schlossen sich um meine Taille, und der Kuss wurde leidenschaftlicher, je mehr Wärme durch mich strömte. Als er sich von mir löste, knabberte er kurz an meiner Lippe und ließ mich leise keuchen.

„Nacht", flüsterte ich kaum hörbar.

Ashers Bewegung war blitzartig, als er den Pfeil nur wenige Zentimeter vor meiner Kehle in der Luft auffing. Wir keuchten beide und starrten in die Richtung, aus der er gekommen war. Wir rannten gemeinsam auf das Gebäude zu, wo die schattenhafte Gestalt einer großen und schlaksigen Person, ich vermutete eines Mannes, auf dem Dach stand.

Ich erhaschte einen flüchtigen Blick auf das seltsame rote Leuchten seiner Augen, bevor sie zu Asher schossen, der auf ihn zustürmte. Ich war Schritte hinter Asher. Die Aufmerksamkeit des Schützen blieb auf Asher gerichtet, der offenbar vorhatte, das vor dem Gebäude geparkte Auto als Sprungbrett zu nutzen, um auf das Dach zu gelangen.

Die Straßenlaternen waren aus – wahrscheinlich das Werk des Angreifers – und tauchten die Gegend in Finsternis. Asher brauchte vielleicht kein Licht, ich schon. Im blassen Licht des Mondes konnte ich erkennen, wie der Mann sein Hemd auszog. Ich sammelte Magie zu einer Kugel und schleuderte sie auf ihn. Sie traf ihn und löste sich in einem bernsteinfarbenen Schwall auf, sodass der mutmaßliche Attentäter unversehrt blieb. Er zog seine Hose aus und behielt Asher im Auge, der gerade seinen zweiten Versuch unternahm, auf das Dach zu springen.

Nach diesem ebenfalls gescheiterten Versuch rannte Asher zur Rückseite des Gebäudes, um nach einem anderen Weg nach oben zu suchen. Ich rannte zu meinem Auto, um meine Waffe zu holen, und als ich zurückkam, sah ich einen Falken vom Dach fliegen. Er war zu weit entfernt, als dass ich ihn hätte treffen können, und er verschwand schnell in der Nacht.

„Ein Wandler!", schnaubte Asher wütend.

Nicht irgendein Wandler, sondern einer aus dem Schleier. Auf dieser Seite gab es keine Vogelwandler.

„Ich denke, das könnte meine Theorie widerlegt haben", gab er trocken zu, fuhr sich mit der Hand durchs Haar und zerzauste es noch mehr. Er hob die Nase in die Luft, als wollte er sich den Geruch einprägen.

Ich nickte. Ganz gleich, ob der Falkenwandler ein Anhänger oder nur ein bezahlter Attentäter war, es war offensichtlich, dass der Pfeil mich töten sollte. Ich war mir ziemlich sicher, dass ich wusste, wer ihn geschickt hatte. Ich rieb meine Oberarme, um die Kälte zu vertreiben, die durch meine Adern pulsierte, doch es half nichts.

„Dein Herz rast immer noch", sagte Asher.

„Mir geht's gut."

„Lüge."

Keiner von uns sah den anderen an. Wir behielten weiter die Gegend im Auge.

„Übernachte bei mir", schlug Asher vor.

„Was, kein Abendessen und Liebeswerben? Einfach direkt zur Sache?" Es war ein schwacher und erbärmlicher Versuch, nicht in Panik zu geraten.

„Du solltest nicht allein sein. Du kannst entweder bei mir oder im Safehouse des Rudels bleiben."

„Ich komme schon klar. Ich habe einen Schutzzauber auf meiner Wohnung, der verhindert, dass jemand hereinwynden oder durch den Schleier reinkommen kann. Ich werde einen Schutzzauber an der Haustür anbringen, um alle Zauberanwender auszusperren. Niemand wird an mich rankommen."

„Bist du sicher?", fragte er. „Weil Wandler Schutzzauber überwinden können."

„Für Wandler habe ich einen Koffer voller silberner Messer und Kugeln. Ich komme schon klar."

Ich fühlte mich zuversichtlich und hielt es nicht für eine Lüge. Wenn Asher glaubte, dass es eine war, sagte er es nicht.

Es dauerte einen Moment, bis er in sein Auto stieg. Schließlich tat er es, und als er losfuhr, fragte ich mich, ob ich einen Fehler machte. Jemand hatte versucht, mich zu töten; ich konnte nicht sicher sein, dass es nicht noch jemand versuchen würde.

23

Abgelenkt durch Mephistos SMS mit dem Code zum Tor seines Hauses, wäre ich fast über den riesigen Wolf gestolpert, der direkt vor meiner Tür lag. Eine Masse schwarzen Fells versperrte mir den Weg. Er blickte desinteressiert auf, dann legte er seinen großen Kopf wieder auf die ebenso großen Pfoten. Als ich versuchte, über ihn hinwegzusteigen, stand er auf. Sein Körper reichte bis zu meiner Taille. Meine leichtathletischen Fähigkeiten ließen zu wünschen übrig, und Hürdenlauf über ihn wäre die einzige Möglichkeit, an ihm vorbeizukommen.

„Beweg dich!", forderte ich mit dem Befehlston eines Alphas. Oder was ich dafür hielt. Ich hatte gesehen, wie Asher seinem Rudel Befehle gab; er hatte Autorität in der Stimme, aber er hörte sich nicht aufgeblasen an wie ich.

Hat dieser verdammte Wolf gerade über mich gekichert?

Mit dem Kopf stieß er gegen meine Hüfte und schob mich zurück, als ich versuchte, mich an ihm vorbeizuzwängen.

„Ich sagte, beweg dich!", forderte ich. Okay, das funktionierte nicht. „Auf Anweisung deines Alphas befehle ich dir, dich zu bewegen."

Ich hatte nicht gedacht, dass es funktionieren würde, aber es war einen Versuch wert. Ein vierbeiniges Tier, das einem einen spöttisch-belustigten Blick zuwarf, war erniedrigender, als man sich vorstellen kann. Wütend wich ich zurück, schlug die Tür zu und zog mein Handy aus der Handtasche.

„An meiner Tür steht ein Wolf so groß wie ein Bär", schnauzte ich, sobald Asher ans Handy ging.

„Erin", begrüßte er mich.

„Dein riesiger Wandler steht vor meiner Tür. Ich möchte, dass er *nicht* da ist."

„Ah, das ist Daniel. Er ist ein Mackenzie Valley-Wolf. Er ist furchteinflößend groß, nicht wahr? Gehört seit etwa einem Jahr zum Rudel. Er ist ein Transfer aus Alaska. Spricht vier Sprachen."

„Danke für die Biografie. Gehört Englisch zu diesen Sprachen, weil ich ihm gesagt habe, dass er verschwinden soll, und er sich nicht rührt."

„Er wird sich rühren, wenn ich es ihm befehle."

„Dann mach das."

Die lange Stille führte dazu, dass ich Ashers Namen zwischen zusammengebissenen Zähnen hervorpresste, um eine Antwort zu bekommen.

„Gestern hat jemand versucht, dich zu ermorden", sagte er.

„Ich weiß, ich war dabei." Ich unternahm einen erfolglosen Versuch, meine Stimme lauwarm und unbeteiligt klingen zu lassen.

„Ich mag deine Gesellschaft, deshalb habe ich vor, dafür zu sorgen, dass sie mir erhalten bleibt." Dann Stille. Keine Pause. Stille, weil er aufgelegt hatte.

Beim zweiten Mal bekam er einen Videoanruf, weil ich wollte, dass er meinen finsteren Blick sah.

„Hallo, nochmal." Die Unbeschwertheit seines Tons schürte nur die Flammen meiner Wut. Meine zwiegespaltenen Gefühle halfen auch nicht. Es war schwer, seine Sorge nicht zu schätzen, aber er ging es falsch an. Er ließ den Alpha raushängen, und ich war mir nicht sicher, ob er einen anderen Weg kannte.

„Asher. Ich weiß deine Sorge zu schätzen, und wenn du gestern nicht bei mir gewesen wärst, wäre es schlecht für mich gewesen."

„Du wärst tot gewesen. Für deine Hinterbliebenen wäre es schlecht gewesen", antwortete er.

Als ich sah, wie Wut über sein Gesicht huschte, seufzte ich.

„Ich weiß. Was ist dein Plan? Mich für immer in meiner Wohnung einzusperren? Ich habe Magie, die ich ausprobieren muss, und ich muss Mephisto sehen."

Er biss auf seine Unterlippe. „Wieso er? Was ist er? Ich bin neugierig, was ihn angeht, und ich vermute, dass du es weißt."

Mit jedem Moment wurde es schwieriger, seinem intensiven Blick standzuhalten. „Die Geheimnisse, die wir haben, werden immer zwischen uns bleiben. Ich weiß, dass es schwierig ist, aber du musst die Geheimnisse anderer genauso respektieren wie die deines Rudels."

Ashers Gesicht entspannte sich. „Ich schätze, ich sollte ihn fragen."

„Wahrscheinlich." *Viel Glück dabei.*

Asher sprach nur ein paar Dezibel lauter und sagte Daniel, dass er gehen konnte. Zum Abschied schenkte ich Asher ein anerkennendes Lächeln und dankte ihm. Obwohl ich wusste, wie empfindlich das Gehör eines Wandlers war, war es immer noch schwer zu fassen, dass Daniel es gehört hatte.

Als ich zur Tür kam, trottete er bereits davon. Er hatte den Anstand, mir den Rücken zuzuwenden, während er seine Hose anzog. Wenn man in einer Stadt lebte, in der es viele Wandler gab, ist es genauso selbstverständlich, einen nackten Hintern zu sehen wie einen nackten Arm. Man lernt schnell, dass es einem selbst peinlicher ist als ihnen.

Als ich aus der Einfahrt fuhr, war ich überhaupt nicht überrascht, einen Verfolger zu haben. Umso überraschender war es, dass es nur einer war.

Wähle weise, welche Schlachten du schlagen willst, Erin, redete ich mir selbst zu. Es war das Einzige, was mich davon abhielt, Asher noch einmal anzurufen.

Meine Wandler-Eskorte folgte mir bis zum Tor von Mephistos Anwesen, und als ich hindurchfuhr, sah ich im Rückspiegel, dass er umdrehte und wegfuhr.

Auf dem Weg zur Tür gingen mir zu viele Gedanken und Fragen durch den Kopf. War ich jetzt unsterblich, obwohl ich eine Halbgöttin war? Was waren meine magischen Grenzen? In der Nacht zuvor hatte ich, anstatt zu schlafen, fast alle Zauber aus meinen Zauberbüchern ausprobiert und mich mithilfe eines Zaubers in eine Katze verwandelt. Meine Wandelfähigkeit schien auf Katzen beschränkt zu sein. Ich hatte eine Stunde lang erfolglos versucht, die Gestalt eines Falken anzunehmen.

Ich hatte auch herausgefunden, dass ich nicht wynden konnte, und ich war mir sicher, dass ich nicht wie Kai fliegen konnte. Zwei Stunden und eine Beinahe-Ohnmacht beim Versuch, mir Flügel wachsen zu lassen, hatten das bewiesen.

Die vielen Nuancen und Unterschiede in der Magie waren so groß. Cory war nicht in der Lage zu wynden, selbst mit Zaubern, die seine Magie verstärkten, aber es gab nur sehr wenige Zauber, die er nicht wirken konnte.

Für jemanden mit Kameras in seinem Haus, einem Anwesen, das von den meisten seiner Nachbarn abgeschieden lag und einem „Benton" fand ich es immer seltsam, dass Mephisto seine Tür so oft nicht abschloss. Als ich das Haus betrat, herrschte Stille und ich rief nach ihm. Der Raum, in dem Benton normalerweise saß, war leer. Ich rief erneut nach Mephisto.

„Du hast deinen Vater getroffen", hörte ich seine Stimme hinter mir und erschrak.

Mit der Hand an meiner Brust wirbelte ich herum. „Was?", brachte ich keuchend heraus.

Mit einer unheimlichen Geschwindigkeit, an die ich mich definitiv nie gewöhnen würde, bewegte er sich auf mich zu, dann wanderten seine aufmerksamen Augen langsam über mich.

„Du hast deinen Vater getroffen", wiederholte er mit kompromissloser Aufmerksamkeit.

Ich hatte keine Ahnung, wie er darauf kam. „Woher weißt du das?"

Ein langsames Lächeln umspielte seine Lippen. „Du hast Magie. Ich kann sie von dir ausgehen spüren."

Ich fragte mich, ob sich meine Magie für ihn genauso anfühlte wie seine für mich. Hatte sie einen besonderen Reiz? Es fühlte sich anders an, in seiner Nähe zu sein, ohne die Sehnsucht, näherzukommen und seine Magie in mich aufzunehmen. Aber es gab immer noch eine unbestreitbare Verlockung, die ich ignorierte, weil sie nichts mit seiner Magie zu tun hatte.

„Ja, ich habe meinen Vater kennengelernt", bestätigte ich.

„Du hast deine Magie", sagte er und trat einen Schritt zurück, um mich zu betrachten, als würde ihm eine neue interessante Person vorgestellt.

Ich erzählte ihm von dem Treffen mit Nolan in der unbearbeiteten Version, einschließlich der Gründe, warum Elizabeth ihnen gesagt hatte, wer ich war, und dass sie das *Amber Crocus* gestohlen hatte. Seine einzige Reaktion war ein längeres Blinzeln und ein unleserlicher Gesichtsausdruck. Dass er nicht ablehnend reagierte, blieb nicht unbemerkt. Er hätte die Situation anders gehandhabt, wenn es jemand anderes als ich gewesen wäre.

„Hat er dir gezeigt, wie man einen defensiven *moirus* macht? Sie sind sogar stärker als Klipsen- oder Omni-

Zauber oder die *adligatura*. Ich glaube, das ist es, was sie benutzt haben, um deine Magie einzuschränken."

Ich schüttelte den Kopf, als er mich mit weiteren Fragen zu Zaubersprüchen und den Tiefen meiner Elfenmagie überschüttete, die ich nicht mit Nolan erkundet hatte. Seine Enttäuschung blitzte so deutlich auf, dass ich einen kurzen Blick darauf erhaschen konnte, bevor sie verblasste. Ein Ausdruck der Gleichgültigkeit legte sich über sein Gesicht, aber seine dunklen Augen zeigten etwas anderes.

„Hat er dir auch nur einen ihrer Zaubersprüche gegeben? Erin, seit über fünfzig Jahren wurden keine Elfen mehr gesichtet. Das Wissen um ihre Magie ist eine Chance, die die meisten nicht bekommen. Weil ihre Magie so andersartig ist, können sie Zauber wirken, die denen von Feen, Hexen und Magiern ähneln, aber unendlich anders und unwiderruflich sind. Es verschafft dir einen Vorteil gegenüber den meisten, uns eingeschlossen."

Ich wusste das, und für uns auf dieser Seite des Schleiers war es länger her. Elfen galten als ausgestorben.

„Du hast mindestens eine gesehen. Elizabeth. Sie ist eine Fee/Elf-Hybride und die Schwester meines Vaters."

Die neuen Informationen ließen ihn nur einmal blinzeln. Was hatte das Blinzeln veranlasst, dass meine Tante mit der Information darüber, wer ich war, auf sie zugekommen war? Oder dass sie eine Elfe war?

„Sie hat euch doch vom Raben erzählt, nicht wahr?"

Er nickte kurz.

„Weißt du, was sie vorhatte, als sie euch das erzählt hat?"

„Sie weiß, wie sehr ich Malific hasse." Sein Ton war so neutral wie sein Gesicht.

Ich trat näher an ihn heran. Seine langen Finger strichen über die Konturen meiner Wange.

„Malific ist böse. Ich wollte nicht, dass sie jemals entkommt. Wenn es eine Person gäbe, die die Macht hätte, sie freizulassen, würde ich alles Notwendige tun, um das zu verhindern", sagte er. „Oder zumindest dachte ich, dass ich es tun würde." Bei der Niedergeschlagenheit in seiner Stimme fragte ich mich, ob er das Gefühl hatte, sich selbst kompromittiert zu haben, indem er es nicht getan hatte.

Das Summen seines Handys unterbrach uns. Als er auf das Display blickte, bevor er den Anruf entgegennahm, spiegelte sein Gesicht den Ausdruck wider, den Asher mir zuvor gezeigt hatte.

„Asher." Mephistos Stimme war schroff und kühl. „Wie kann ich dir helfen?" Unaufrichtigkeit und erzwungene Höflichkeit schwangen in seinen Worten mit. Mephistos Blick begegnete meinem und blieb dort, als er näher an mich herantrat. Sein Kopf war gesenkt, das Handy an seinem Ohr, aber so positioniert, dass ich mithören konnte. Der Duft von Zedern, Gewürzen und ihm wehte mir in die Nase.

„Was bist du?", fragte Asher.

„Entschuldigung?" Mephistos Lippen berührten meine Haut, während er sprach.

„Entschuldigung wofür? Tust du so, als hättest du mich beim ersten Mal nicht gehört, oder nutzt du deine Frage, um mehr Zeit für die Antwort zu schinden?", fragte Asher kühl.

„Nein zu beidem."

„Ich bin nur neugierig, warum Erin dich treffen musste. Sie ist jetzt da, nicht wahr?"

Mephistos Stimme war ein leises, heiseres Grollen. „Ja, Erin ist genau hier." Mir gefiel weder die Andeutung noch die Anspielung in seinem Ton.

„Sie hat mir heute Morgen gesagt, dass sie dich besuchen würde." Die in Ashers Stimme gefiel mir genauso wenig.

Warum schreien sie einander nicht zu, wie lang er ist, und sehen, wer gewinnt?

Ich löste mich von Mephisto und sah erst ihn böse an, dann das Handy. Das Handy bekam den für Asher bestimmten finsteren Blick. „Erin ist halb Göttin, halb Elfe, und nachdem sie das herausgefunden hat, geht sie zu dir. Ich denke, ich kann spekulieren –"

„Du kannst spekulieren, was du willst. Ich wünsche dir einen schönen Tag, Asher." Mephisto beendete das Gespräch, stellte das Handy stumm und legte es auf den Tisch.

Das wird nicht gut ankommen.

Er legte das Gespräch mit Asher mit der gleichen Leichtigkeit auf Eis, mit der er sein Handy weggelegt hatte. Es lag mir auf der Zunge, ihn daran zu erinnern, dass Asher Hunderte befehligte und sie dank mir immun gegen Magie waren, auch gegen seine.

„Ich hatte keine Gelegenheit, viel mit ihm zu reden, nachdem er die Beschränkung aufgehoben hatte." Mein Ausbruch Nolan und Elizabeth gegenüber ärgerte mich. Aber ich hatte gute Gründe. Ich schien sie nicht gut versteckt zu haben, denn Mephisto wirkte mitfühlend.

„Da du hier bist, solltest du mir vielleicht deine Fähigkeiten mit dem Schwert zeigen." Er kam näher und streckte seine Hand aus. Ich vermutete, dass das der Wink für mich war, ihm Kais Klinge zu geben. Ich nahm sie aus der Scheide an meiner Taille und reichte sie ihm.

„Danke. Kai wird sich freuen, jetzt wieder beide zu haben."

„Er ist sehr eigen, nicht wahr?"

„Ja." Ein flüchtiger Ausdruck von Sorge huschte über sein Gesicht. Derselbe beunruhigte Blick, den sie alle hatten, wenn es um Kai ging.

Er ging den Flur entlang, und ich folgte ihm in den Fitnessbereich, in dem er mit Kai trainiert hatte. Er zog seine Jacke aus und hängte sie an einen Haken auf der anderen Seite des Raumes. Sollte ich von seinen Fähigkeiten beeindruckt oder von seiner Zuversicht beleidigt sein, dass er meine Fähigkeiten bedenkenlos in Hose und Hemd testen wollte?

Ich warf einen Blick auf meine Schlupfsneakers, meine

Leggings und mein enganliegendes T-Shirt und dann auf ihn in seiner schiefergrauen Stoffhose und Hemd, dessen Manschetten er aufgeknöpft und dessen Ärmel er bis zum Ellbogen hochgekrempelt hatte.

„Ich fühle mich underdressed", witzelte ich und warf seiner Kleidung ein spöttisches Grinsen zu.

„Ah, *Miss Jenson,* war das eine Anmache? Sollen wir das in weniger Kleidung machen?"

Warum sollte er seine baumelnden Teile raushängen lassen wollen, wenn er ein Schwert in der Hand hielt?

Da ich seinen Köder nicht schlucken wollte, schwieg ich, als er auf die Waffenwand zuging.

„Übungsschwert?", fragte er und kämpfte gegen das Grinsen an, das seine Lippen umspielte. Es war weder Ego noch sein kaum verhüllter Spott. Selbst das beste Übungsschwert konnte das Gefühl eines echten Schwerts nicht replizieren, da es oft zu leicht und nicht ausreichend ausbalanciert war. Das Federn bei einem harten Kontakt mit einem anderen Schwert war ein seltsames Gefühl, an das ich mich nicht gewöhnen konnte. Ich würde lieber mit einem stumpfen Schwert oder gleich dem echten Schwert üben.

„Keine Spielzeugschwerter. Das Echte, oder hast du Angst?", fragte ich.

„Das wird interessant."

Er nahm ein Langschwert von der Wand und reichte es mir. Es waren keine Zeichen eingraviert wie bei der Obitus-Klinge, war aber ähnlich geformt. Mephisto nahm ein anderes aus der Halterung.

Ich wärmte mich auf und schwang das Schwert in sanften Achtern, Stößen und Überkopfdiagonalen, um meine Verteidigung, Konter und Schläge zu testen.

„Bereit?", fragte er.

Seine Hiebe waren schnell, aber keine verschwommenen Bewegungen wie bei Kai. Er hielt sich zurück, und das wollte ich nicht. Malific würde sich nicht zurückhalten.

Bei jedem seiner Schläge zog er zurück und gab mir die Chance, ihn abzuwehren. Vor jedem Stoß bewegte er sich langsam auf mich zu, was mich auf seine beabsichtigte Bewegung aufmerksam machte. Es war kaum eine Stufe über Anfängertechniken hinaus.

Ich konterte seinen Schlag mit einem Block, drehte mich außer Reichweite, bis ich hinter ihm war, und fegte dann seinen Fuß unter ihm weg. Er ging zu Boden. Eine schnelle Rolle, und er war wieder auf den Beinen, mein Schwert auf ihn gerichtet. Ein düsterer Ausdruck verdunkelte sein Gesicht, und Andeutungen von Bedrohlichkeit huschten über seine Züge, als er näherkam, bis sich die Spitze meines Schwertes in seine Haut drückte. Dann bewegte er sich noch weiter vorwärts, und es durchbohrte seine Haut. So schnell wie die Verletzung aufgetreten war, verschwand sie auch wieder und zurück blieb das aus ihr ausgetretene Blut, das er schnell wegwischte.

„Was bist du, ein Masochist? Warum hast du das getan?"

Er hielt seine Waffe in seiner Hand und stieß damit in meine Richtung. Ohne die Anmut, die ich zuvor gezeigt hatte, stolperte ich zurück. Der Stoß, den er ausgeführt hatte, hielt kurz vor meiner Brust an und demonstrierte sein Können in Sachen Geschicklichkeit und Kontrolle. Ich starrte auf seine Waffe und wo sie war, trat einen Schritt zurück und richtete meinen Blick auf seinen, während ich mich bewegte.

„Du musst lernen, deine Magie zu nutzen, um dich im Kampf zu heilen", sagte er. „Es wird die Schmerzen nicht lindern, aber es wird verhindern, dass deine Verletzungen zum Nachteil werden." Wieder bewegte er sich schnell und war nur wenige Zentimeter von mir entfernt. „Ich schätze, ich bin in gewisser Weise ein Masochist ... wie sollte ich uns sonst erklären? Ich kann dir versichern, das Letzte, was ich will, ist, in meinem Untergeschoss zu sein und nur mit dir zu trainieren." In seinen Augen war unbestreitbare Sehnsucht, als er zurücktrat.

„Wie mache ich das? Ich meine, mich während des Kampfes heilen", fragte ich und richtete meinen Blick auf die Wand hinter ihm, weil ich nicht sicher war, ob er seinen Wunsch nicht wahrmachen würde, wenn das es nicht klargestellt hätte.

Er sagte mehrere Worte und forderte mich auf, sie zu wiederholen. Ein schwerer Umhang aus Magie, unbequem und schwer, legte sich um mich und machte jede Bewegung so schwer, als würde ich durch zähen Schlamm waten.

„Du wirst dich daran gewöhnen. Aber du willst die Fähigkeit, dich während eines Kampfes zu heilen. Deine Göttermagie wird dich beschützen, aber deine magischen Fähigkeiten werden begrenzt sein. Am besten lernst du, es bei Bedarf einzusetzen." Es war ein komplizierter Prozess, von dem ich mir sicher war, dass er nicht leicht zu meistern war.

Er lehnte sein Schwert an die Wand, nahm einen Dolch aus dem Schrank und kehrte zu mir zurück.

„Lass es uns versuchen", befahl er.

Ich senkte mein Schwert und streckte meine Hand aus.

Die Klinge drückte kaum in meine Haut, nur ein kleiner Ritz.

Ich starrte auf meine Hand und schnaubte. „Was ist das? Eine Papierschnittwunde tut mehr weg. Ich brauche keine Magie, um das zu heilen. Ich werfe einen strengen Blick darauf, und es könnte von selbst heilen. Ich brauche einen größeren Schnitt."

Ich schloss meine Augen und wartete, doch nichts passierte. Er starrte mich nur mit leerem Blick an. Dann reichte er mir das Messer und wich zurück.

„Tu es", schlug er vor und ließ einige Zentimeter Abstand zwischen uns.

Es war das erste Mal, dass ich ihn ohne sein kühnes

Selbstbewusstsein sah. Da er meinem Blick nicht standhalten konnte, blickte er zu Boden, als ich meine Hand um die Klinge schloss und vor Schmerz scharf einatmete. Als ich meine Hand öffnete, konnte ich den Fleck sehen, aber keinen sichtbaren Schnitt.

„Wie ich schon sagte, es lindert den Schmerz nicht."

Ich zuckte mit den Schultern. „Ich werde mich für die Option ‚Verletze dich nicht' entscheiden und mir die Mühe ersparen", sagte ich.

Sein kehliges Lachen hallte durch den Raum, und im nächsten Moment war er wieder bei mir und hatte die Hand ergriffen, die ich geschnitten hatte. Er strich mit seiner Hand darüber und entfernte die verbliebenen hellroten Streifen. Dann küsste er meine Handfläche.

„Du bist so unbestreitbar Erin", flüsterte er an mein Ohr.

„Ich weiß nicht, was das bedeutet."

„Doch, das tust du", antwortete er mit einem leisen, krächzenden Knurren.

Die Hitze seiner Lippen erwärmte mich. Ich hätte zurückweichen sollen, aber mein Körper wollte nicht. Ich blieb wie angewurzelt stehen.

Meine Finger schlossen sich um den weichen Stoff seines Hemdes und strichen über die Härte seiner Bauchmuskeln.

Sein Blick wanderte von meiner Hand auf seiner Taille über meinen Arm zu den Konturen meines Gesichts und meiner Lippen und wieder hinauf, um mir in die Augen zu sehen.

„Was wirst du jetzt verwenden?", fragte er mit leiser und rauer Stimme.

„Wofür?" Meine Stimme war atemlos und rau. Ich atmete ein und nahm seinen maskulinen Duft wahr, der mit einem Hauch des Zederndufts seiner Magie durchsetzt war. Er blieb und verspottete meine Sinne.

„Du hast jetzt Magie und musst dir meine nicht mehr

ausleihen. Womit rechtfertigst du, was zwischen uns existiert?" Er drückte zärtliche Küsse auf meine Lippen und flehte um eine Antwort, die ich nicht geben konnte. Es brachte mich dazu, zu viele Dinge infrage zu stellen und mich zu intensiv mit den Gefühlen und der puren Anziehungskraft dieses rätselhaften Mannes zu beschäftigen, der den Namen Mephisto als seinen Spitznamen gewählt hatte, dass ich nicht bereit war, darauf einzugehen.

Ich löste meine Hände von seiner Taille und zog mich mehrere große Schritte zurück. Er tat dasselbe, aber in schnellerem Tempo und einer größeren Distanz.

„Wie kann ich die Heilmagie deaktivieren?"

Er sagte mir die Worte. Ich wiederholte sie schnell und genoss das neue Gefühl der Schwerelosigkeit, das ich spürte, als ich mein Schwert aufhob. „Bereit?"

Sekunden später stand er mit der Waffe in der Hand an der Wand.

„Wie bewege ich mich so schnell?", fragte ich und starrte erneut auf die Wand hinter ihm. Auf meine Unfähigkeit, ihn anzusehen, reagierte er mit einem leisen Lachen.

„Es ist kein Zauber, man macht es einfach. Just do it!"

„Okay, Nike, was meinst du damit, *Just do it?*"

„Ich kann es nicht erklären. Es ist die Art, wie du dich bewegst. Wie beim Gehen, nur dass du deinen Körper dazu zwingst, sich schneller zu bewegen. Versuch es."

„Das werde ich." Es war definitiv nichts, was ich vor Publikum machen wollte. Ich stellte mir vor, dass ich wie ein Reh aussah, das laufen lernt, aber nicht annähernd so bezaubernd.

Mephisto nahm eine Kampfposition ein und hielt sich diesmal nicht zurück. Das Klirren von Metall auf Metall hallte durch den Raum. Und das Rauschen unseres Atems, als wir unsere Waffen weggeworfen hatten und anfingen, Frau gegen Mann zu kämpfen. Er blockte einen frontalen Kick, der auf seine Brust gerichtet war. Er packte mein Bein und riss es herum, sodass ich zu Boden ging. Nachdem ich mich nur Sekunden zurückgezogen hatte, trat ich nach seinem Bein. Als ich mich auf die Füße rollte, setzte die Müdigkeit ein, aber ich weigerte mich aufzugeben. Die Freude, auch bei ihm Anzeichen von Müdigkeit zu sehen, ließ mich lächeln.

Da ich eine bessere Defensiv- als Offensivkämpferin war, winkte ich ihn nach vorn.

Die Veränderung in seinem Aussehen überraschte mich, und ich blieb mitten in der Bewegung stehen, um die subtilen Veränderungen zu betrachten. Das war der Grund, weswegen Elizabeth an ihrer Identität gezweifelt hatte. Sein kurzes, mitternachtsblaues Haar war dasselbe. Seine Nase war länger, eine Adlernase. Seine Lippen voller und etwas breiter. Die Kanten seines Kiefers wurden schärfer, seine Wangen breiter und schärfer. Der Mann vor mir sah aus wie ein entfernter Verwandter des Mannes, den ich kannte, und wenn ich nicht gesehen hätte, wie der Glamourzauber seine Wirkung verloren hatte, hätte ich auch an seiner Identität gezweifelt.

Mit der Leichtigkeit und Effizienz, mit der er die Maske fallengelassen hatte, setzte er sie wieder auf. Mephisto.

Dieses Überraschungsmoment nutzte er zu seinem Vorteil. Es war eine magische Kugel, die auf mich zuraste und mich veranlasste, einen magischen Schutzwall zu errichten. Seine Magie traf ihn und löste sich in einem Hauch auf. Er ging zu der Wand, mit der ich mich umgeben hatte. Während er sie studierte, bewegte sich sein Mund. Der Wall schwankte, hielt aber stand. Mehrere Minuten lang versuchte er, ihn zu deaktivieren. Er ging darum herum, untersuchte ihn und stieß seine Magie hinein.

„Du bist nicht auf die Ablenkung hereingefallen. Sehr gut", nickte er und seine Finger glitten über die Barriere, die uns trennte.

Ablenkung war meine Lieblingswaffe in meinem Köcher, daher merkte ich schnell, wenn sie gegen mich eingesetzt wurde. Aber dass er den Glamour fallengelassen hatte, *hatte* mich abgelenkt. Ich hätte lieber Angriffsmagie eingesetzt, als mich hinter meiner Schutzmauer zu verstecken.

„Was hast du gemacht?", fragte er.

„Ich habe den Wall genauso errichtet, wie ich es getan habe, wenn ich mir Magie von anderen geliehen habe."

„Das ist kein einfacher Schutzzauber", sagte er und dachte immer noch über meinen Schutzkokon nach. „Vielleicht ist das *dein* Schutzzauber, wenn du deine Magie einsetzt." Er klang erfreut. „Er ist einzigartig du, Erin. Ich kann ihn nicht brechen."

Was bedeutete, dass es wahrscheinlich Elfenmagie war. Das war in Ordnung, aber ich musste lernen, sie zu nutzen. Der Gedanke machte mich frustriert darüber, wie ich meinen Vater verlassen hatte. Es war offensichtlich, dass ich noch viel von ihm lernen musste. Ich ließ den Schutzzauber fallen, und Mephisto überwand schnell die Distanz, die er zwischen uns geschaffen hatte.

„Glamourzauber. Ich muss lernen, sie zu wirken."

Er runzelte die Stirn.

„Was?"

„Ich weiß nicht, ob du es schaffen wirst, sie zu wirken. Weder Oedeus noch Malific konnten es. Das war einer der Vorteile, die wir ihnen gegenüber hatten. Aber du wirst in der Lage sein, Dinge zu tun, die andere nicht können, und das wird deiner Blutlinie folgen." In seiner Stimme lag ein Zögern.

„Weil ich eine Halbgöttin bin, werde ich eingeschränkt sein?"

„Überhaupt nicht. Du bist eine Halbgöttin mit Elfenfähigkeiten. Ich vermute, *meine* Halbgöttin, die Dinge, die du tun kannst, werden das, was du nicht tun kannst, bei Weitem übersteigen", flüsterte er gegen meine Lippen. „Du bist alles andere als eingeschränkt." Da war mehr als sein typischer Funke Neugier und Faszination. Seine Augen waren Seen voller Begierde und Sehnsucht, und die Hitze seines Körpers hüllte mich ein.

Mephisto küsste mich und weckte Empfindungen, von denen ich nicht wusste, dass sie existierten. Er eroberte meinen Mund mit zärtlichen, aber entschlossenen Küssen und verteilte sie über meinen Kiefer, bis er zu meinem Ohr kam. Sein Atem war warm. Ich erschauerte von der zärtlichen und sehnsüchtigen Berührung. Wie konnte ein Mann gleichzeitig unersättliche Hitze und sanfte Verlockung sein?

„Wie heißt du?", fragte ich, als der Kuss endete. Er hatte mir sein wahres Gesicht gezeigt.

Ein sündiges Lächeln umspielte seine Mundwinkel. „Mephisto."

Oh ja. Da ist er.

Er drückte seine Lippen auf meine, als er mich gegen die Wand drängte und einen köstlichen Pfad von meinen Lippen bis zu meinem Hals küsste. Entschlossene, zärtliche Hände streichelten meine Brüste, als ich mich an ihn schmiegte. Ich fuhr mit meinen Fingern durch sein Haar, zog ihn näher an mich heran und schmeckte die Intensität seines Kusses und die Härte seines Körpers.

Sein Name, unsere Geschichte und seine Geschichte im Schleier wurden von seiner Berührung in den Schatten gestellt. Die Hitze, die seine kleinste Berührung hinterließ, die Art, wie er zwischen den Küssen meinen Namen stöhnte. Sein heiseres, kehliges Flüstern nannte mich *seine Halbgöttin*, während er mein Shirt auszog und an der entblößten Haut knabberte und leckte, dann ließ er seine Lippen wieder zu meinen zurückkehren. Ich fing schnell an, sein Hemd aufzuknöpfen und kämpfte gegen den Drang an, es ihm vom Leib zu reißen. Seine Hand glitt über meine Taille, knetete meine Haut und wanderte zum Rand meines Höschens.

Als jemand räusperte, lösten wir uns voneinander, und ich verschränkte die Arme vor der Brust, um meine halb entblößten Brüste zu bedecken.

„Clayton, hi", brachte ich heraus und ließ mich auf die Knie fallen, um mein Shirt zu holen und es schnell anzuziehen.

Ausdruckslos ging Clayton mit langsamen und gemessenen Schritten auf uns zu, mit derselben Leichtfüßigkeit, die ihn hatte unentdeckt bleiben lassen, als er den Raum betreten hatte.

Hitze erwärmte meine Wangen und meinen Nasenrücken. Wenn es um Sex ging, geriet ich nicht so schnell in Verlegenheit. Ich war mir ziemlich sicher, dass ich es irgendwann in meinem Leben vor Publikum gemacht hatte oder ich zumindest gehört worden war. Aber unter Claytons prüfendem Blick fühlte ich mich unbehaglich. Sein Blick wanderte von mir zu Mephisto und sah ihn strafend an.

Mephisto kniff die Augen zusammen, während er Clayton anstarrte, und was auch immer sich in der stillen Kommunikation zwischen ihnen abspielte, ließ sie einander böse anfunkeln.

„Ich habe Magie", platzte ich heraus, da ich etwas brauchte, um die Spannung zu lösen. Clayton hatte keine Abneigung mir gegenüber, aber er hatte offensichtlich eine Abneigung gegenüber mir mit Mephisto zusammen.

„Ja, das sehe ich." Seine Stimme war sanft und warm, ein scharfer Gegensatz zu seinem strengen Blick, der immer noch auf Mephisto gerichtet war.

„Wir haben geübt", fuhr ich fort. Schon bald würde ich plappern.

„Magie?", erkundigte er sich mit hochgezogenen Augenbrauen.

Ja, Magie. Der Versuch, die Kleidung des anderen verschwinden zu lassen und den anderen auf den Höhepunkt der Lust zu bringen. Unter Claytons prüfendem Blick wollte ich, dass die Farbe aus meinem Gesicht verschwand.

„Was machst du hier?", fragte Mephisto Clayton und knöpfte sein Hemd wieder zu.

„Du hattest immer eine Politik der offenen Tür, M. Was hat sich geändert?", neckte er.

„Nein, du hast immer so *getan*, als hätte ich eine Politik der offenen Tür", erwiderte Mephisto mit angespannter Stimme. Es war offensichtlich, dass er darüber nachdachte, alle Freiheiten, die Clayton in seinem Haus hatte, zu widerrufen.

Clayton wandte seinen Blick von Mephisto ab. „Du hast Magie. Deine Einschränkungen wurden von deinem Vater aufgehoben?" In seiner Stimme lag Unsicherheit.

Ich nickte.

„Elf?"

Als ich nickte, tauschten sie einen weiteren Blick aus. Clayton stellte keine Fragen mehr, sondern machte sich stattdessen daran, die Waffen wegzuräumen.

„Lass mich das Schwert für dich holen", sagte Mephisto.

Ich folgte ihm nach oben, Clayton war nicht weit hinter mir. Ich schätze, wir hatten einen Anstandswauwau verdient.

Mephisto ging in sein Büro und kam mit dem Schwert zurück, achtete jedoch nicht auf unseren Begleiter, als er es mir gab. In meiner Peripherie konnte ich sehen, wie Clayton uns mit einem strengen Blick beobachtete, ganz anders, als ich es gewohnt war. Irritation und Neugier meldeten sich gleichzeitig, und bevor ich fragen konnte, was sein Problem mit Mephisto und mir war, sagte Mephisto: „Du hast deine Magie erst seit zwei Tagen. Übe damit, dann treffen wir uns wieder und sehen, wo du stehst und was ich dir zeigen muss."

„Was *wir* ihr zeigen müssen", sagte Clayton. „Wir kennen das Ausmaß ihrer Magie noch nicht. Wo du schwach bist, ist einer von uns stärker. Diese Kombination wird in dieser Situation am besten funktionieren."

Als die beiden einen wissenden Blick tauschten, wusste ich, dass es nicht nur um Magie ging.

Bei allem, was in den letzten Tagen passiert war, war es für mich in Ordnung, ein oder zwei Tage zu warten, um es herauszufinden. Mit dem Schwert in der Hand winkte ich schnell zum Abschied und ging.

24

Die gleiche Erleichterung, die ich in Dr. Sumners Stimme gehört hatte, als ich ihn nach dem Verlassen von Mephisto wegen eines Termins anrief, leuchtete jetzt auf seinem Gesicht.

Als er aus seinem Auto stieg, verzogen sich seine Lippen zu einem angespannten Lächeln. Er trug ein schwarzes T-Shirt mit der Aufschrift *„Run DMC"* in silbernen Buchstaben, eine dunkelblaue Jacke, locker sitzende Jeans und seine neue, überdimensionierte Brille ohne Sehstärke. Sein Bart war voller. Ich konnte ein Lächeln nicht erzwingen; stattdessen sah ich ihn verwirrt an. Er sah aus wie ein Professor an einer Schule, für die ich nicht cool genug war.

War ich unwissentlich in ein lächerliches Mode-Feiglingsspiel geraten? Würde seine Kleidung immer klischeehafter oder eklektischer werden, würde sich sein Bart von einem gestutzten, ordentlichen zu etwas Langem und Unkontrollierbarem verwandeln? Sein modisch zerzaustes Haar zu einem widerspenstigen Mopp? Und seine Brille immer größer werden, um von seinen hellblauen Augen, seinem kantigen Kiefer, seinem freundlichen, ruhigen

Lächeln und seinem scheinbar verhassten, gelehrtenhaft-guten Aussehen abzulenken?

„So sehen Sie aus, wenn Sie sich zu Hause ausruhen?"

Er zuckte mit den Schultern. „Sie wollten mich sehen."

„Es hätte nicht heute sein müssen." Ich hatte erwartet, dass er mir einen Termin am nächsten Tag geben würde. Ich hatte nicht damit gerechnet, dass er mir sagen würde, ich solle ihn in einer Stunde in seiner Praxis treffen.

Er schloss die Tür auf und ließ mich zuerst eintreten. Als er drinnen war, schloss ich die Tür mit einer Finger-bewegung.

Er drehte sich schnell um. „Sie haben Magie?"

„Ich habe Magie." Ich strahlte.

Sorge huschte über sein Gesicht, bevor er sich von mir abwandte. „Nehmen Sie Platz. Kaffee?"

„Nein, danke."

„Das ist doch kein Tequila-Besuch, oder?" Seine Stimme war angespannt, der Humor darin erzwungen.

„Nein, aber die Situation ist kompliziert." So kompliziert.

„Sie und Kompliziert haben eine Bindung aufgebaut und scheinen eine kampflustige Beziehung zu haben", sagte er und machte sich eine Tasse Tee. Als er sich setzte, trank er einen großen Schluck aus seiner Tasse, stellte sie auf den Tisch und nahm Notizblock und Stift. „Wie geht's, Erin?"

Ich gab ihm mehr als nur ein beiläufiges Update. Der Damm brach, und ich flutete ihn mit Informationen. In der ungekürzten Fassung. Das war keine Therapie mehr, sondern Dampfablassen. Sogar meine Therapie war ein kompliziertes Chaos.

„Wollte der Dämon Sie, weil Sie eine Halbelfe sind?"

Ich lachte, nicht über seine Frage, sondern darüber, dass er mich als Halbelfe bezeichnete.

„Warum Halbelfe?", fragte ich.

„Warum Halbgöttin?", konterte er. „Nach dem, was Sie mir

erzählt haben, scheint Ihre Elfenmagie die mächtigste zu sein. Ihre Schutzzauber und Zauber können nicht von Göttern gebrochen werden. Halbelfe scheint daher passender zu sein."

Dr. Sumner war einfach bizarr, und er kniete sich da hinein. Ich mochte es. Ich lächelte, behielt aber meine Meinung für mich.

„Nein, ich weiß nicht, ob es was damit zu tun hat, dass ich eine Halbelfe bin. Harrison war dem Dämon was schuldig, und ich war die akzeptable Währung. Machen Sie niemals einen Deal mit einem Dämon", sagte ich ihm.

„Ich werde daran denken." Da war ein Funke Neugier gemischt mit Angst.

Ich zögerte, weiterzumachen, bis er mich mit erwartungsvollem Blick dazu drängte.

„Sie hatten recht, ich war nicht für den Vorfall verantwortlich. Ich habe ihn nicht getötet. Der Mord wurde mir von meinem Vater in die Schuhe geschoben."

Ich erzählte ihm, wie ich meinen Vater kennengelernt und herausgefunden hatte, dass die Frau in Schwarz meine Tante war, und den Grund für meine Existenz. Bis zu diesem Zeitpunkt hatte er es geschafft, seine Miene ruhig zu halten, dann wurde sein Gesichtsausdruck hart, und Verachtung und Abscheu tauchten auf. Es dauerte eine Weile, bis er es aus seinem Gesicht verdrängen konnte.

Dr. Sumner legte den Notizblock auf den Tisch und rieb sich mit der Hand über den Bart. Es schien ihm schwerzufallen, alles zu verarbeiten, was ich ihm gesagt hatte.

Und jetzt stell dir vor, das selbst zu leben.

„Ihr Dad hat es nicht aus böser Absicht getan, als er zum ersten Mal Ihre Erinnerungen genommen hat. Er dachte, dass er das Richtige tut."

„Trotzdem hat er es vermasselt. Mein Leben hat sich dadurch verändert."

„Das ist wahr", stimmte er zu. „Wie fühlen Sie sich dabei?"

Ich hatte ihn wegen der Aufrichtigkeit in seiner Stimme

und der sanften Frage in seinen Augen nicht wegen der klischeehaften Frage zur Rede gestellt.

Wie fühlte ich mich dabei?

„Ich fühle mich … falsch", gab ich zu. „Es ist schwer, anders zu denken, wenn man herausfindet, dass man für den einen Elternteil ein Instrument zur Rache und für den anderen eins zur Flucht ist."

Er beugte sich vor und hielt meinen Blick fest, sein Blick sanft und tröstend. „Die Handlungen anderer können nicht definieren, wer Sie sind, Erin. Mit Ihnen ist alles in Ordnung."

Es wurde immer schwieriger, ihn anzusehen, in diesem angespannten Zustand zu sein. Dass ich mich nicht schlecht fühlte, änderte nichts an der Tatsache, dass meine Mutter meinen Tod wollte.

Ich wandte meinen Blick von ihm ab und legte mich wieder auf das Sofa.

„Stört es Sie, ein Mensch zu sein und das alles zu hören?", fragte ich.

Was folgte, war langes Schweigen. Es dauerte so lange, dass ich meine Aufmerksamkeit von der Decke abwandte und mich umdrehte, um ihn anzusehen.

Er sah nachdenklich aus, als er sich auf die Unterlippe biss. „Lassen Sie uns weiter über Sie reden."

Mein Ablenkungsversuch war entweder gescheitert, oder er wollte es nicht zugeben. Ich vermutete, es war eine Kombination aus beidem.

Meine emotionale Quelle war ausgetrocknet, und ich wollte nicht mehr darüber reden. „Es gibt nicht viel mehr zu sagen", sagte ich. Was gab es mehr zu berichten, als dass mein Leben ein Chaos war und ich es in Ordnung bringen musste?

„Was haben Sie wegen Ihrer Mutter vor?"

Das war eine ausgezeichnete Frage; was sollte ich mit einer Frau machen, die schon einen Attentäter auf mich gehetzt hatte?

„Ich weiß nicht." Ich zuckte mit den Schultern. „Versuchen, nicht von ihr getötet zu werden." Ich warf einen Blick auf die Uhr meines Handys. Ich hatte fast anderthalb Stunden lang geredet. „Ich sollte gehen."

„Das müssen Sie nicht", bot er an. Ich wusste, wenn ich mich durch das Reden erschöpft fühlte, er sich genauso fühlen musste, nachdem er alles gehört hatte. Aber er sah aus, als meinte er es ernst.

„Nein, ich sollte gehen. Ich muss wirklich ein paar Dinge klären", sagte ich, als ich aufstand. „Danke, dass Sie heute Zeit für mich hatten."

Er nickte. „Kein Problem." Es folgte erneut Stille. Ich nahm das als Anlass, zu gehen. Bevor ich die Tür erreichte, sagte er: „Ich schicke morgen meinen Bericht. Sie werden nicht mehr per Gerichtsbeschluss gezwungen sein, zu mir zu kommen."

Der Atemzug, den ich einsog, blieb an dem Kloß hängen, der sich in meinem Hals bildete.

„Sie planen, mich nicht wiederzusehen", krächzte ich und drehte mich zu ihm um. Warum tat das weh? Es sollte nicht wehtun. Ich hatte einen Großteil meiner Zeit damit verbracht, von ihm wegzukommen, und jetzt hatte ich das Gefühl, dass meine Besuche bei ihm eine der wenigen existierenden Ranken waren, die mich mit meinem früheren Leben verbanden. Und er schnitt sie einfach ab. Ich blinzelte, aber meine Sicht war immer noch verschwommen.

„Nein, überhaupt nicht." Er stand mit menschlicher Langsamkeit auf und ließ mich die Normalität der typisch menschlichen Anmut und Geschwindigkeit schätzen. Nichts Übernatürliches an ihm.

Er legte seine Hand auf meine Schulter und drückte sie. „Sie können mich sehen, wann immer Sie mich brauchen. Ich bin hier. Es ist einfach nicht mehr gerichtlich angeordnet. Sie haben mich wegen etwas gesehen, dessen Sie sich nie schuldig gemacht haben."

Ich stieß einen Atemzug aus, von dem ich nicht gewusst hatte, dass ich ihn angehalten hatte.

„Werden Sie ihnen das sagen?"

Er schüttelte den Kopf. „Ich denke, je weniger Leute wissen, was Sie sind, desto besser."

Ich nickte, denn Sprechen war immer noch schwieriger, als es sein sollte. Er hatte nicht Unrecht. Wie würden die Menschen mit den neuen Informationen umgehen: Elfen, Götter, Jäger, der Abyssus und ich, eine Elf/Göttin-Hybride?

„Danke, dass Sie mein Geheimnis für sich behalten. Ich werde Ihres auch für mich behalten."

Er runzelte die Stirn. „Welches Geheimnis?"

„Tagsüber sind Sie ein sanftmütiger Therapeut, der sich hinter seiner Fensterglasbrille versteckt, und nachts nehmen Sie sie ab und bekämpfen das Verbrechen."

Schmunzelnd schob er die Brille seine Nase empor. „Nichts so Aufregendes. Abends unterrichte ich zweimal pro Woche einen Kurs", sagte er. „Nicht so interessant, wie von einem Tag im Leben einer Halbelfe zu hören."

„Sie bestehen wirklich auf die Halbelfe?"

Als er mich beobachtete, schien es, als würde er analysieren, was ich davon hielt. Vielleicht eine Vergeltung für all die Witze über seine Brille. „Bis nächste Woche, Erin."

Ich winkte ihm kurz zu. Als ich zu meinem Auto ging, überkam mich ein Anflug von Angst bei dem Gedanken, dass das nie passieren würde, wenn es nach meiner Mutter ginge.

25

Als ich in meiner Wohnung unter den vernichtenden Blicken von Madison und Cory saß und meine Pläne verkündete, wirkte ich eher leichtsinnig und gefährlich verantwortungslos als proaktiv. Durch mein Gespräch mit Dr. Sumner war mir klar geworden, dass ich in die Offensive gehen und nicht auf einen weiteren Angriff warten durfte.

„Also", begann Madison langsam, „willst du deine Magie nutzen, um deine Mutter so aufzuspüren, wie sie dich aufgespürt hätte?"

Madisons Augen folgten Cory, während er in der Wohnung herumschwirrte und Dinge zurechtrückte.

Ich nickte. „Ich muss sie einfach sehen." Frustriert fuhr ich mir mit den Händen durchs Haar. Sie treffen, sie töten, sie wieder einsperren. Eines davon. Ein konkretes Endziel gab es nicht. Ich würde alles tun, was meine Sicherheit garantierte.

„Du bist unbesonnen. Da, ich habe es gesagt", meckerte Cory, verschränkte die Arme vor der Brust und ließ sich neben Madison auf das Sofa fallen. Ihre Lippen verrieten, dass sie ihm zustimmte.

„Ich bin lieber der Jäger als der Gejagte. Und das ist, was sie gerade tut."

„Sie hat ihren eigenen Bruder getötet, der eine Erzgottheit war, und du bist ..."

„Eine Halbgöttin und eine Viertelelfe", unterbrach Cory. „Weil deine Mutter eine Gottheit ist und dein Vater halb Mensch und halb Elf. Und bist du dir überhaupt sicher, dass du Elfenzauber anwenden kannst? Du konntest mit Elizabeth und der Hilfe deines Vaters Elfenzauber anwenden, um deine Einschränkung aufzuheben. Aber kannst du sie allein wirken? Und ich weiß, dass du gesagt hast, dein Schutzzauber hat Mephisto aufgehalten, aber das ist alles, was du bisher zu wissen scheinst. Eine magische Erfahrung mit deiner soziopathischen Tante und deinem Vater, der bisher keine sichtbare Rolle in deinem Leben gespielt hat. Hast du also vor, den Teil mit der Elfenmagie zu improvisieren?" Cory war wieder auf den Beinen und wischte mit den Fingerspitzen über die Lamellen der Jalousien.

„Ich bin nicht unbesonnen. Welche Möglichkeiten habe ich?"

Cory schnaubte gereizt, bevor er sich mit den Händen übers Gesicht rieb. „Bist du sicher, dass sie es war, die den Wandler auf dich angesetzt hat?"

„Wer sonst? Ich habe nicht viele Feinde."

Cory und Madison sahen einander an, dann mich.

„Was?"

„Bist du dir da sicher?" Cory bemühte sich um ein Lächeln, das nicht ganz seine Augen erreichte. „Du bist eher" – er hielt inne, um nach dem richtigen Wort zu suchen – „na ja, du bist wie ein Kanonenschlag, wenn die Leute eine kleine Wunderkerze erwarten."

Ich warf ihm einen bösen Blick zu.

„Mir gefällt, dass du eine Mini-Bombe bist", fuhr er fort, „die sich mit gezückten Waffen in ein Gebäude stürzt, als ob es dir gehört, bei Bedarf Chaos verbreitet und Vampirmeister pflockt, wie du es vorgestern getan hast. Hast du das schon vergessen? Vielleicht war es nicht Malific, sondern er."

Er glaubte genauso wenig wie ich, dass es Landon war. Es wäre leichter, die Bedrohung zu bekämpfen, die wir kannten, als die, von der wir nichts wussten. Egal, wie schwierig es war, Landon war zu bewältigen. Malific war ein großes Fragezeichen.

„Es war nicht Landon", sagte ich überzeugt. „Wir haben hier keine Falkenwandler und ich bin mir ziemlich sicher, dass er nichts über den Schleier weiß."

Cory schüttelte energisch ein Kissen auf. „Ich weiß. Eine geschwächte Erzgottheit ist ... was? Sie kann keine Leute erschaffen, aber es gibt viele Ebenen darunter, die ihr immer noch eine Macht bedeuten könnten, die man nicht besiegen kann."

„Ich muss sie nicht besiegen, ich muss sie nur wieder einsperren."

Die Situation musste geklärt werden, aber ich wollte meine Mutter nicht töten. Ich wollte auch nicht, dass sie mich tötete.

„Wir kennen vier Götter", sagte Cory. Ich starrte ihn finster an. „Gut, wir kennen vier Götter und eine ‚Erin'. Was ist der Plan? Sie irgendwohin locken, wo der Omni-Zauber errichtet werden kann?"

Ich nickte. „Aber zuerst müssen wir sie finden. Ich habe noch nicht vor, sie zu konfrontieren. Ich will nur wissen, womit ich es zu tun habe. Alles, was ich habe, sind Berichte aus zweiter Hand. Ich will sie finden, sie sehen –"

„Und dann von ihr getötet werden", warf Madison ein. Die Sorge ließ sie härter klingen, als sie beabsichtigt hatte. Das hoffte ich jedenfalls.

„Ich glaube, du musst dich mit deinem Vater versöhnen. Du hast Fähigkeiten, die niemand außer dir, Elizabeth und Nolan hat. Elfenmagie. Nur zwei Leute konnten die Einschränkung deiner Magie aufheben. Wenn du sie aufhalten willst, finde einen Weg, sie auf eine Weise einzusperren, die mit deiner Elfenmagie zu tun hat. Ich glaube nicht, dass dein Omni-Zauber ausreichen wird. Finde etwas, das nur an dich gebunden ist. Das nur du kontrollieren kannst." Madison hielt inne. „Oder töte sie." Sie erwähnte die letzte Option mit solch kühler Gleichgültigkeit, dass sowohl Corys als auch mein Blick in ihre Richtung schoss.

Es folgte eine unbehagliche Stille.

Madison kaute auf ihrer Unterlippe und gab sich große Mühe, zu unterdrücken, was sie sagen wollte. Ein Kampf, den sie offenbar verlor, weil sie schließlich herausplatzte: „Eigentlich denke ich, dass es Plan A sein sollte, sie zu töten. Vergiss alles andere."

Cory blinzelte eine ganze Weile nicht, sondern starrte sie nur mit geöffnetem Mund an.

„Sie könnte recht haben", fügte er schließlich hinzu und schloss sich Team „Töte Malific" an. „Sie hat ihren Bruder getötet, sie hat Wandler bei Vollmond während des Wandelns angegriffen und getötet, sie hat eine ganze Rasse ausgelöscht, und sie hat versucht, dich zu töten. Ich denke, sie ist weder zu retten noch hat sie recht auf *im Zweifel für den Angeklagten*. Werde sie und ihre Speichellecker los, und sie ist kein Problem mehr. Und selbst wenn noch irgendwelche ihrer Anhänger übrig sind, werden sie ihr nicht mehr folgen können."

„Nein, aber sie könnten ihr Leben der Rache widmen", erwiderte ich.

Aufgrund der Blicke, die sie mir zuwarfen, hatte ich den Eindruck, dass sie denselben Umgang mit den rachsüchtigen Anhängern befürworten würden.

„Ich will, dass du in Sicherheit bist", gab Madison zu. „Der mögliche Zorn ihrer Anhänger sollte deine geringste Sorge sein. Deine Sicherheit. Darauf solltest du dich konzentrieren. Und du wirst nicht sicher sein, solange sie lebt."

Malific zu töten war immer noch nicht Plan A für mich,

aber ich wollte sie auf jeden Fall wegsperren. Und ich musste es besser früher als später tun, bevor es einen weiteren Anschlag auf mein Leben gab.

„Ich muss meine Tante besuchen."

Als Madison, Cory und ich vor Elizabeths Haus aus dem Auto stiegen, warf mir Cory einen missbilligenden Blick zu, während ich meine Waffen kontrollierte: Schwert in der Scheide auf meinem Rücken, kleiner Beutel mit Shuriken, Messer in der Scheide an meiner Taille. Ich dachte über meine Pistole nach, legte sie aber zurück ins Handschuhfach.

„Nichts sagt mehr ‚Lass uns wieder vertragen', als schwer bewaffnet aufzutauchen", sagte Cory.

Ich blickte auf meine Waffen.

„Sie sind keine Götter, warum bringst du das Schwert mit?", fragte er.

Madison schwieg, aber nur, weil ihre Lippen so fest aufeinandergepresst waren, dass sie nichts sagen konnte.

Ich nahm das Schwert aus der Scheide, legte es auf den Rücksitz und zog dann an meinem Shirt, um das Messer und den Beutel zu verbergen. Ich nahm die Halskette mit dem kleinen Faustmesser in die Hand und begann zu überlegen, ob ich vorsichtig oder bis zur Absurdität paranoid war.

„Jemand hat versucht, mich zu töten, und wenn Asher nicht gewesen wäre, wäre es demjenigen vielleicht gelungen", sagte ich. Das reichte als Erklärung aus, um jeden weiteren Kommentar oder vorurteilsvolle Blicke zu verhindern, während wir uns auf den Weg zu Elizabeths Haus machten. Wir mussten mit ihr und meinem Vater reden, falls er da war. Wenn nicht, hoffte ich, dass sie mir eine Möglichkeit geben würde, mit ihm in Kontakt zu treten.

Nachdem wir den Weg durch den Wald der Irreführung gefunden hatten, stellte sich uns der nervige Kobold in den

Weg, der Vergnügen daran hatte, über seine Brille hinweg auf uns herabzublicken.

„Erin und Begleitung", sagte er mit noch mehr Förmlichkeit in seinem Patrizierenglisch. Er rückte seine gestreifte Krawatte zurecht, bevor er an seiner dunkelblauen Weste zupfte. „Ich gehe davon aus, dass Sie hier sind, um die Herrin des Hauses zu sehen."

„Ja, ich bin hier, um Elizabeth und Nolan zu sehen, falls er auch hier ist."

Er rümpfte die Nase, als er die Verärgerung in meiner Stimme hörte.

„Ich glaube mich zu erinnern, dass Sie sich mit dem Wunsch verabschiedet haben, dass sie zur Hölle fahren mögen. Soll ich annehmen, dass Sie Ihre Meinung geändert haben?", fragte er.

Mit zusammengebissenen Zähnen bedachte ich ihn mit demselben spöttischen und urteilenden Blick, den er uns zuwarf.

„Wir haben angenommen, dass Sie zurückkommen würden, sobald Sie sich nach Ihrem kleinen Ausbruch beruhigt hatten. Ich habe vorgeschlagen, dass wir einen Schnuller für Sie bereithalten, für den Fall, dass Sie das nächste Mal schlechte Laune bekommen."

Ich drückte meine Zunge an meinen Gaumen, um ihm nicht zu sagen, wohin er sich den Schnuller stecken sollte.

„Bitte folgen Sie mir."

„Das war einfach, kein Rätsel, kein Feuer, kein Mirra, nur ein kurzes Gespräch mit einem voreingenommenen Kobold", flüsterte Cory.

Als sich der Kobold umdrehte, dachte ich, er wollte Cory antworten, doch stattdessen begann er, sich zu verändern. Sein Körper veränderte sich. Seine rote, ledrige Haut dehnte sich, während er zu der riesigen Kreatur heranwuchs, die uns bei unserem ersten Besuch rausgeworfen hatte. Seine kleinen Hörner wuchsen und bogen sich.

Machetenscharfe Krallen ersetzten die kleineren des Kobolds.

Gerade als seine Verwandlung abgeschlossen war, traf ihn ein Pfeil in die Brust und ein weiterer durchbohrte seine Schulter. Er stolperte zurück. Magie wirbelte mit turbulenter Kraft um Corys Hand herum, und er warf sie in die Brust des großen, schlaksigen Mannes, der nur wenige Meter entfernt stand und definitiv mein Angreifer vom Dach gegenüber meines Hauses war. Corys Magie legte sich ohne Wirkung um ihn.

Der Wandler schwenkte seine Waffe mit der Entschlossenheit eines Attentäters und wechselte von seinem ursprünglichen Ziel Arius zu Cory, der aus dem Weg sprang. Der Pfeil verfehlte seinen Kopf, bohrte sich aber in seine Schulter. Er biss die Zähne zusammen, um den Schmerzensschrei zu unterdrücken.

Madison nutzte Magie, um Äste von den Bäumen zu reißen. Sie peitschten und wirbelten vor dem Wandler herum und versperrten ihm die Sicht. Unbeirrt setzte er seinen entschlossenen Marsch auf uns zu fort. Ein schneller Richtungswechsel schickte einen Pfeil in Madisons Richtung. Eine knappe Handbewegung brachte ihn vom Kurs ab. Das Messer, das er schleuderte, hätte sie getroffen, wenn ich sie nicht getackelt und zu Boden gerissen hätte. Wir rollten davon, weg von den Pfeilen, die in schneller Folge um uns herum zischten.

Als er näherkam, nutzte Madison unermüdlich ihre Magie, frustriert über ihr Scheitern.

„Es ist ein Wandler aus dem Schleier. Der Typ von gestern", warnte ich sie. Aus meiner Sicht sah es so aus, als hätte er noch acht, vielleicht neun Pfeile übrig. Ich war sein Ziel. Ich stand auf und rannte nach links, lenkte ihn ab und beobachtete aus meiner Peripherie, wie Cory sich langsam aufrappelte. Blut färbte sein Hemd, und er verzog das Gesicht bei jeder Bewegung. Cory rannte auf den Wandler zu. Mit zielstrebiger Konzentration verzichtetet der Wandler darauf, sich selbst zu schützen, um den Schuss zu landen, der mich am Hals getroffen hätte, wenn ich mich nicht fallengelassen hätte.

Cory prallte mit dem ganzen Schwung seiner Bewegung gegen den Wandler und schlug ihm dabei den Bogen aus der Hand. Der harte Schlag des Wandlers gegen Corys Kiefer ließ seine Hand nach dem Aufprall zurückzucken. Ein weiterer harter Schlag und ich glaubte, Knochen knacken zu hören. Der Wandler war stärker und schneller. Sie tauschten heftige Schläge aus, und Cory versuchte, sie abzuwehren, während sie auf dem Boden herumrollten. Der Wandler verdrehte seinen Körper in einem unangenehmen Winkel. Mir wurde schnell klar, dass er nach einem Messer griff.

Ich zückte mein eigenes Messer, rannte auf sie zu und blickte kurz auf, als Nolan meinen Namen rief. Er stürmte auf mich zu, Elizabeth dicht hinter ihm. Ihre Aufmerksamkeit galt nicht mir, sondern Arius, der am Boden lag, flach und unregelmäßig atmete und erfolglos versuchte, die Pfeile herauszuziehen.

„Erin!" Nolan rief eindringlicher meinen Namen, aber ich ignorierte ihn. Der Wandler war im Vorteil und lag auf Cory, der versuchte, die Schläge des Mannes abzuwehren. Der Wandler riskierte einen Blick auf mich und sah sich schnell um. Ich rannte schneller, als ich erkannte, dass er fliehen wollte. Ich rammte ihm das Messer in die Seite, trat einen Schritt zurück, positionierte meine Hände und stieß Magie in den Griff, brach ihn ab und ließ ihm keine Möglichkeit, die silberne Klinge herauszuziehen. Er würde nicht in der Lage sein, zu heilen oder sich zu wandeln.

Cory stieß ihn zu Boden, während der Wandler sich die Seite hielt und versuchte, die eingebettete Klinge zu entfernen.

„Zurück, Erin!", schrie Nolan und zerrte an meinen

Klamotten. „Du auch“, befahl er Cory, als ich sah, was ihn in solche Panik versetzt hatte.

Es war die dunkelhaarige Frau, die auf uns zukam, die Nolan veranlasste, uns schnell vor ihr in Sicherheit zu bringen. Genauso wie ich wusste, wer Nolan war, als ich ihn zum ersten Mal gesehen hatte, wusste ich, wer die dunkelhaarige Frau war. Sie wurde von einer weiteren Frau und einem Mann flankiert. Ihre mechanischen Bewegungen ließen Magie durch die Luft pulsieren. Nolan zog etwas aus seiner Tasche und warf es hoch. Körnige Partikel flatterten und schwebten zu Boden. Eine Welle der Magie schob uns hinter eine durchsichtige Mauer, die sich um das Anwesen zog, und uns Sicherheit bot. Die Magie der Immortalis schlug hinein und ließ sie Wellen schlagen, aber die Wand hielt stand.

Die Aufmerksamkeit der Frau war nicht auf uns gerichtet; sie beobachtete den Wandler, der sich immer noch bemühte, die Klinge aus seiner Seite zu ziehen. Die Falten im übermäßig kantigen Gesicht der Frau wurden weicher, als sie ihn beobachtete. Warme, mitfühlende kastanienbraune Augen musterten ihn.

„Du bist verletzt“, sagte sie, ihre Stimme war angenehm, und sie wirkte sanft, im Widerspruch zu ihrem berüchtigten Ruf. Milde Menschen schickten keine Attentäter auf ihre Kinder los.

„Ich bekomme dieses verdammte Messer nicht aus meiner Seite“, brachte er mit einem Zischen hervor, das durch seine zusammengebissenen Zähne klang. Er sah mich an, seine Augen voller Absicht, seine Arbeit zu Ende zu bringen und mich dafür bezahlen zu lassen.

Als sie sich bückte, um ihn zu untersuchen, beleuchtete die Sonne die tiefen Rot- und Brauntöne des französischen Zopfes, der bis zur Mitte ihres Rückens fiel.

„Nimm deine Hand weg. Lass mich sehen.“ Sie beugte sich weiter vor. „Das ist ganz leicht.“ Sie winkte mit der Hand, als wäre es wirklich ein Kinderspiel, und zog die verkeilte Klinge heraus. Sie schwebte in der Luft, während sie es betrachtete. „Clever, clever. Meine Tochter ist klug." Ihr Blick wanderte zu mir. Etwas darin machte deutlich, dass sie meine Klugheit nicht schätzte.

Das Gesicht des Falkenwandlers entspannte sich. Er hob sein Hemd und betrachtete die schnell heilende Wunde.

„Du hast zweimal versagt", sagte sie mit leiser, ruhiger Stimme.

Sie erwies ihm nicht einmal die Höflichkeit, ihn noch einmal anzusehen, bevor sie die schwebende Klinge in seine Kehle rammte. Ich schauderte, als ich das gurgelnde Geräusch hörte, das er von sich gab. Gleichgültig zog sie ihr Schwert und beendete ihr Werk mit einem Schlag. Sein Körper sackte zu Boden; ich wandte meinen Blick von der Stelle ab, an die der andere Teil von ihm rollte.

Sie steckte ihr Schwert in die Scheide, ging auf die durchsichtige Wand zu, die uns trennte, und betrachtete sie. „Nolan, du warst immer voller kleiner Tricks, nicht wahr?"

„Und du bist immer noch ein bösartiges Miststück."

Der Hass zwischen ihnen tobte grenzenlos. Seine Verachtung und sein Zorn schienen aus jahrelangem Schwären entstanden zu sein. Wie zum Teufel hatten sie es geschafft, einander lange genug zu tolerieren, um Sex zu haben? Oder hatte sich dieser Hass im Laufe der sechsundzwanzig Jahre meines Lebens verschlimmert? Ich war ein Ergebnis dieses Hasses. Der Gedanke belastete mich.

„Hallo, Sweetheart." All die Wärme, die sie dem Wandler gezeigt hatte, war verschwunden. Es war nichts Sanftes oder Freundliches daran, wie sie mich ansprach und ansah. Sie besaß keinerlei elterliche Zuneigung oder gar Liebe. Ich war nichts weiter als ein Ziel.

Ihr Blick war messerscharf und arktisch und ließ mich angesichts der Intensität des Hasses, den sie hegte, schaudern. Ich war nicht in der Lage, mich zu ducken, aber solch puren Hass hatte ich noch nie erlebt. Ich musste Nolan ansehen, um zu sehen, wie nah er mir war, und hoffte, dass ihre Bösartigkeit die Summe ihres Hasses auf uns beide war.

Als sie ihre Hand gegen die Wand drückte, die uns trennte, bewegte sie ihre Lippen, und die Wand schlug Wellen und schwankte, hielt aber stand. „Ich. Hasse. Dich", sagte sie, und ihre glühende Wut richtete sich ausschließlich gegen Nolan.

„Er hat dich mir gestohlen", flüsterte sie mir zu. Zumindest hatte sie den Anstand, den Anschein zu erwecken, dass es sie verletzt hatte. Es änderte jedoch nichts daran, dass ich es für eine Beleidigung hielt, dass sie annahm, mich täuschen zu können.

„Er wird nicht überleben", sagte Malific. Obwohl sie mich im Auge behielt, wandte sie sich Elizabeth zu, die über Arius stand und die Pfeile in der Hand hielt und sie untersuchte. „Die Pfeilspitzen fehlen, nicht wahr?", fragte sie zufrieden. Sie zuckte mit den Schultern. „In fünfzig Jahren habe ich das eine oder andere gelernt. Du kennst Erin nicht, aber wie lange war Arius bei dir? Lass den Schutzzauber fallen, und ich werde einen Eid schwören, ihm zu helfen. Wenn ich es nicht tue, wird er sterben."

Nolan schwang seine Hand durch die Luft, und Feuer loderte vor Malific auf. Sie trat hindurch. Durch die Schutzmauer blockiert gelang es ihr nicht, auf die andere Seite zu gelangen. Feuer leckte über ihre Haut. Sie schauderte einmal, dann wurde ihr Gesichtsausdruck gelassen, bevor die Gelassenheit etwas wich, das nicht ganz Freude oder Akzeptanz des Schmerzes war. Nein, es war Trotz. Eine Weigerung, sich vom Schmerz besiegen oder von ihrem Ziel abhalten zu lassen. In diesem Moment wurde mir klar, dass jede Geschichte, die ich über sie gehört hatte, wahr war.

Die Angst setzte sich wie ein Anker in meiner Brust fest.

„Elizabeth." Endlich löste Malific ihren kalten Blick von mir und sah Elizabeth an. „Entscheide dich. Arius oder Erin."

Sie spie meinen Namen mit so viel Feindseligkeit aus, dass ich einen kleinen Schritt zurückwich.

Als sie aus dem Feuer trat, löschte Nolan es. Arktische, hasserfüllte Augen wanderten in meine Richtung, dann zu Elizabeth. Zwischen Malifics Fingern erschien ein rautenförmiges Stück Metall. Sie schleuderte es in den Boden und flüsterte einen Zauber, der es metallisch blau leuchten und vor Magie summen ließ, die durch den ganzen Schutzzauber zu spüren war.

„Elizabeth, wenn du mich kontaktieren willst, benutze einfach das. Ruf meinen Namen, und er wird dich zu mir führen."

Malifics unnachgiebiger Blick blieb auf mich gerichtet, als sie sich zurückzog. Das böse Lächeln, das sich über ihr Gesicht ausbreitete und ihre Augen erreichte, sagte eines: Entweder ich oder sie.

Ich sah es genauso.

„Wer wird derjenige sein, der dich tötet, deine Mutter oder deine Tante?" Ihr unheilvolles Lachen hallte auch noch wider, als ich sie nicht mehr sehen konnte.

Wir alle sahen zu, wie Elizabeth einen Zauber nach dem anderen wirkte und versuchte, den sterbenden Arius zu retten. Als sie aufblickte, hatte ich das Gefühl, dass es meine Tante sein würde.

NACHRICHT AN MEINE LESER*INNEN

Vielen Dank, dass Sie Nightsoul aus den vielen Titeln ausgewählt haben, die Ihnen zur Auswahl stehen. Mein Ziel ist es, eine fesselnde Welt, faszinierende Charaktere und eine interessante Erfahrung für Sie zu schaffen. Ich hoffe, das ist mir gelungen. Rezensionen sind für Autoren sehr wichtig und helfen anderen Lesern, unsere Bücher zu entdecken. Bitte nehmen Sie sich einen Moment Zeit, um eine Bewertung abzugeben. Ich würde gerne Ihre Meinung zu diesem Buch erfahren. Egal, ob Sie ein paar Sätze oder mehrere Absätze schreiben, ich weiß Ihre Bewertung zu schätzen.

Um Benachrichtigungen über neue Cover, Werbeaktionen, Updates und Neuerscheinungen zu erhalten, melden Sie sich bitte für meine mckenziehunter.com/Mailingliste.de.